Aus früheren Zeiten

Die Tote am Felsen (Band 1)

Ein Zeitreise-Krimi

von

Jamie Craft

ISBN: 978-3-9822741-1-9

www.jamie-craft.blogspot.com
E-Mail: **jamiecraft@ewe.net**
www.facebook.com/JamieCraft.Autorin
www.instagram.com/jamie._.craft

Inhalt

Samstag

Der Schlüssel kratzte gegen das Metall. Agnetha drehte ihn nach links, öffnete die Wohnungstür und blickte in das Gesicht ihrer Mutter. Mit zusammengepressten Lippen stand diese im Flur, vor sich den Rollator, in dessen Korb eine Hanfpflanze, die nach Wasser schrie.

»Da bist du ja endlich.« Hannelores Mund entspannte sich und schickte ein Lächeln auf den Weg. »Du wolltest bereits gestern vorbeikommen.« Das Lächeln verkroch sich nun wieder ein wenig. Mit ausgestrecktem Arm hielt Frau Wiesenbauer ihrer Tochter einen kleinen Zettel entgegen.

»Hallo Mama …« Agnetha schenkte ihrer Mutter eine Umarmung. »… und nein, wollte ich nicht.« Sie nahm das beschriebene Papierstück an sich.

»Wolltest du doch.«

»Gestern war Freitag, da habe ich noch ziemlich lange gearbeitet.« Dass ihre Mutter aber auch immer meinte, dass sie jederzeit für sie parat stehen konnte, nur weil sie meist von zu Hause aus arbeitete. »Jetzt bin ich ja hier.« Agnetha lächelte, bis sie den süßlichen Geruch wahrnahm. »Deine Pflanzen werden dich noch mal verraten«, sagte sie. »Und die da hat einen ziemlichen Durst.« Sie deutete auf das Gestrüpp im Korb. »Soll ich schauen, ob ich sie wieder hinbekomme?«

Hannelore Wiesenbauer zog ihre Lippen nach vorn zusammen und wackelte unentschlossen mit dem Kopf, während Agnetha die Pflanze aus dem Korb nahm und auf ein kleines Schränkchen stellte.

Eigentlich war Agnetha kein Fan von Hannelores Züchterhobby und anfangs hatte sie keine Mühen und Diskussionen gescheut, um sie davon abzubringen. Doch nach fast vierzigjähriger gemeinsamer Bekanntschaft wusste die Tochter, dass ihre Mutter sich von ihren Ideen nicht abbringen ließ. Mittlerweile hatte sie den Kampf aufgegeben und versuchte lediglich, an der Geheimhaltung dieses Projektes zu arbeiten. Außerdem schwor Hannelore Wiesenbauer auf die schmerzlindernde Wirkung ihrer liebevoll gezüchteten Pflanzen und natürlich auf die ausschließliche Produktion für den Eigenbedarf. Agnetha konnte also bisher keine wirklichen Nachteile erkennen. Außer die der Illegalität.

»Sollen wir erst eine Runde zusammen spazieren gehen?«, fragte Agnetha.

»War ich schon.«

»Echt?« Agnetha zog eine Augenbraue hoch. »Weiter als zum Müllcontainer unten im Hof?«

»Ja.« Hannelore hielt dem Blick ihrer Tochter stand. »Einmal drum herum und zurück.« Jetzt grinste sie.

Agnetha schüttelte den Kopf. »Möchtest du denn mitkommen zum Einkaufen?« Die 39-Jährige blickte auf den Einkaufszettel in ihrer Hand. In einer etwas holperigen, aber ansonsten akkuraten Schrift standen dort zwei Spalten geschrieben.

»Ach, geh du mal allein. Ich bereite schon den Kaffee vor.« Hannelore Wiesenbauer drehte den Rollator Richtung Küche. »Außerdem hüpfst du immer so«, fügte sie hinzu.

»Ich mache was?«

»Du hüpfst. Wie ein Kleinkind. Und dann auch noch so schnell. Da komme ich doch gar nicht mit.«

»Ich hüpfe nicht. Ich gehe schwungvoll.« Agnetha stemmte ihre Hände in die Taille. Schließlich schüttelte Agnetha leicht ihre Locken und blickte wieder auf den Zettel. »Okay, ich geh‘ dann«, sagte sie.

»Ja, geh nur. Ach, und vergiss nicht die …«

»Du brauchst Damenbinden?«

»… Damenbinden.« Hannelore nickte. »Sind im Angebot.«

»Aber Mama, …«

»Kann man immer gebrauchen.«

Agnetha war beinahe gewillt, diesen Diskussionspunkt zu vertiefen, allerdings blieb ihr Blick in der Flurecke hinter der Eingangstür haften.

»Mama«, sagte die 39-Jährige, »du brauchst eine Putzhilfe.« Sie drehte sich um und eilte zur Abstellkammer linker Hand.

»Ich brauche keine Putzhilfe. Ich organisiere nur anders als du. Ich sammle erst. Ist ökomenischer.«

»Ökonomischer«, sagte Agnetha, öffnete die Abstellkammer und blickte zu dem Schrank, in dessen Innern keine Kleider, sondern Hanfblüten kopfüber hingen. »Puh! Mama, du brauchst dringend einen neuen Kohlefilter, sonst hast du morgen die Polizei im Haus.« Sie nahm das Kehrblech und den Besen und verschloss schnell wieder die Tür.

»Oh ja, bring mal mit.« Hannelore blickte zu ihrer Tochter, die sich der Anhäufung aus Schmutz in der Ecke hinter der Eingangstür näherte. Der Haufen gab nicht nur dem Straßenschmutz ein Zuhause, sondern ebenso zwei zerknüllten Taschentüchern, einem Bonbonpapier und etlichen Wollmäusen.

»Das da hat bisher niemand gesehen«, verteidigte Hannelore ihre Art der Schmutzkonzentration. »Das bist immer nur du, der so etwas auffällt.«

»Irrtum.«

»Frau Bogner hat's nicht gesehen.«

»Sie hat nur nichts gesagt.«

»Sicher?«

Agnetha nickte. Sie bückte sich und kehrte den Abfall und den Dreck auf die Plastikschaufel. Sie musste gleich unbedingt eins von diesen Stehkehrsets mitbringen. Vielleicht würde der Müll dann eher dort landen, wo er hingehörte.

Agnetha brachte Schmutz und Kehrblech zurück an die für sie vorgesehenen Orte. »So«, sagte sie schließlich, »jetzt will ich aber mal.« Sie lächelte und strich ihrer Mutter über die Schulter.

Hannelore begleitete ihre Tochter bis zum Treppengeländer im Hausflur des seniorengerechten Mehrfamilienhauses. »Und vergiss nicht, die Karte vorzuzeigen!«, rief sie ihr noch hinterher, als Agnetha bereits ein Stockwerk tiefer war. »Die zum Punktesammeln«, klang es durch den Hausflur.

Agnetha zeigte kurz den Daumen hoch und eilte weiter die Treppen hinab.

Eigentlich war sie ganz froh, dass ihre Mutter nicht mitkommen wollte, das verkürzte die Prozedur um ein Vielfaches. Nicht nur, dass Hannelore Wiesenbauer mittlerweile das Tempo einer Schnecke mit Doppelhaus hatte, sie wurde während des Einkaufs auch ständig abgelenkt. Zur Entscheidungsfindung holte sie stets noch die Verkäufer oder Verkäuferinnen heran, weil sie mal wieder nicht wusste, ob sie ihre übliche Billig-Butter nehmen sollte, oder doch lieber die, die im Angebot war und nun nur noch zehn Cent mehr kostete.

*

Nach dem Kaffeetrinken bei ihrer Mutter lief Agnetha zurück zu ihrer Wohnung in Ibbenbürens Innenstadt. Die beiden Wohnungen lagen keine fünf Gehminuten auseinander. Zu Hause sprang ihr als Erstes ihr Kater ins Genick. Agnetha hatte sich abgewöhnt, sich davor zu erschrecken.

»Kaktus, lass dir mal was Neues einfallen.« Sie setzte die Hanfpflanze ihrer Mutter auf den Garderobenschrank, zupfte den Kater von ihrer Schulter und setzte ihn auf den Boden. Seine Plüschmaus lag genau vor ihren Füßen. Sie schoss sie in die Küche und Kaktus jagte hinterher.

Der Kater lauerte der Maus noch ein paar Mal aus Hinterhalten auf und schleuderte sie vor sich her, doch schließlich wandte er ihr sein Hinterteil zu und wackelte davon in Richtung Wohnzimmersofa.

Agnetha begab sich in ihr Arbeitszimmer, fuhr den PC hoch und arbeitete weiter an dem Logo für einen Unverpackt-Laden in Münster.

Es war kurz vor acht, als sie auf die Uhr schaute. Mist! Sie fuhr den PC runter, eilte in ihr Schlafzimmer und riss die Kleiderschranktür auf.

Die Hanfpflanze fiel ihr ein. Die durstete ja weiterhin im Flur herum. Schnell holte sie sie her und stellte sie neben die anderen. Dann nahm sie die Sprühflasche und gönnte ihr eine vorsichtige Dusche. Da die Sonne sich gerade anschickte, unterzugehen, konnte sie den frisch geduschten Neuankömmling ohne Sorge vor Verbrennungen zu den anderen stellen.

Eigentlich hatte Agnetha genau wegen dieses Sonnenlichts oder besser gesagt, wegen des ›prima Dachfensters‹ – wie ihre Mutter sagte – die Pflanzen hier stehen. Denn sie benötigten in ihrer Wachstumsphase viel Licht und Hannelore meinte, dass ihre eigene Wohnung zu dunkel sei. Anfangs war es eine Pflanze gewesen. Eine kümmerliche, die trotz liebevoller Pflege nicht hatte gedeihen wollen. Jetzt waren es fünf. Agnetha strich noch einmal über die Blätter des Neueinzugs und stand wieder auf.

Der Kleiderschrank wartete noch mit geöffneten Türen auf sie. Agnethas Augen huschten die Klamotten entlang. Was sollte sie gleich anziehen? Sie zog einen etwas schickeren Pullover hervor und betrachtete ihn. Dann besah sie sich im Spiegel, faltete den Pullover wieder ordentlich zusammen und legte ihn zurück auf den Stapel. Sie würde so gehen, wie sie war: Mit Jeans und Kapuzenpulli. So fühlte sie sich am wohlsten. Sollten die anderen doch denken, was sie wollten. Außerdem würden die meisten bestimmt eh schon vom Alkohol angeheitert sein, wenn sie beim Klassentreffen auftauchte. Zwanzig Jahre Abitur. Das war schon eine lange Zeit. Ob sie die Leute überhaupt wiedererkennen würde? Sie hatte nach dem Abitur ihr Design-Studium in Münster angefangen und ihre Mitschüler und Mitschülerinnen recht schnell aus den Augen verloren. Was nicht weiter schlimm war. So richtig wohl hatte sie sich nie gefühlt auf dem Gymnasium. Sie bereute auch fast schon, dass sie die Einladung zum Abitreffen angenommen hatte.

Eigentlich hatte sie es nur wegen ihm gemacht.

Wegen Nico. – Und wegen des Tanzens. Sie liebte tanzen. Aber nicht zu zweit.

Ob er heute da war? Ihr Herz pochte aufgeregt und ihr wurde beinahe schlecht bei der Vorstellung, ihn dort vielleicht zu sehen.

›Mein Gott!, jetzt krieg dich mal wieder ein, du bist kein Teenie mehr‹, ermahnte sie sich. Dennoch schlug ihr Herz weiterhin schnell. So wie früher, wenn sie in der Pause zu ihm geschielt hatte. Und schnell wieder wegeguckt hatte, wenn er zufällig mal in ihre Richtung geschaut hatte. Ja, so hatte nichts draus werden können. Sie war einfach zu schüchtern gewesen. Damals. Und heute?

Agnetha seufzte, betrachtete ihr Spiegelbild mit den braunen, wilden Locken, die auf ihre Schultern fielen, und straffte ihren Rücken.

Mit etwas wackeligen Knien machte sie sich schließlich auf den Weg. Es war Viertel vor neun, als sie bei der alten umgebauten Lagerhalle des Güterbahnhofs ankam. Im Eingangsbereich stand eine Gruppe und schien sich bereits gut zu amüsieren.

»Hallo«, sagte Agnetha, als sie sie passierte. Neugierige Gesichter blickten sie an.

»Agnetha!« Eine Frau löste sich aus dem Pulk und eierte auf hochhackigen Schuhen auf sie zu.

Wer war das?

»Wie schön, du bist auch hier.« Die Hochhackige herzte sie, ihr Sektglas schwappte ein wenig über.

»Ja.« Agnethas Gehirn begann zu arbeiten. Genau. Englischkurs. Britta? Birgit? Barbara? Wenn sie doch nur nicht so schnell alle Namen vergessen würde. »Äh«, sagte Agnetha, nachdem ihr erfreutes Gegenüber sich ein wenig von ihr gelöst hatte und ihr in die Augen blickte. Agnetha lächelte. »Bettina?« Ihre Augenbrauen wanderten hoffnungsvoll in die Höhe.

»Ha«, lachte die Frau. »Eins zu null für mich! Brigitte wäre es gewesen.«

Agnetha schlug sich mit dem Handballen vor die Stirn. »Natürlich!«, sagte sie in ihr lachendes Gegenüber. Wer zum Henker war Brigitte?

Allerdings kam sie gar nicht zum Nachdenken, denn nun wurde sie von den anderen aus der Gruppe geherzt und gefragt, wie es ihr ergangen sei in all den Jahren und was sie so mache. Natürlich gehe es ihr gut, sagte sie. Und sie hoffe sehr, noch nicht an Alzheimer erkrankt zu sein, fügte sie hinzu, nachdem sie obendrein die restlichen Personen ausnahmslos falsch benannt und mit jeder Falschmeldung Gelächter entfacht hatte.

Irgendwann schaffte sie es, bis zur Anmeldung im Eingangsbereich vorzudringen. Ihr Name wurde auf einer Liste durchgestrichen und ihr wurde ein kleines Namensschild überreicht. Jetzt entdeckte sie auch die Schildchen an den Blusen und Hemden, Shirts und Kleidern der anderen.

›Blindfisch‹, schalt sie sich. Dankend nahm sie ihr Schildchen entgegen, zerknüllte es und warf es in den Papierkorb.

Die Musik drinnen war gut, die Ansprachen hatte sie zum Glück verpasst und das Buffet war inzwischen eröffnet und noch nicht ganz leergefegt. Ging doch. Agnetha versorgte sich erst einmal mit Baguette und Kräuterbutter. Sie setzte sich an einen Tisch, an dem nur zwei Leute saßen, die sich kurze Zeit später entfernten. So blieb Agnetha die nächsten zwanzig Minuten mit der Tischdeko allein, die sie aufgrund dieser ungestörten Einsamkeit immerhin entdeckte. Sie ordnete ein wenig das Blumenarrangement und machte sich noch einmal auf den Weg zur Theke. Mit einem gefüllten Bierglas stellte sie sich schließlich wieder zu der Gruppe, die sie im Eingangsbereich so nett begrüßt hatte. Allerdings schien die Euphorie ihr gegenüber abgeklungen zu sein. Brigitte erzählte etwas von der Geburt ihres letzten Kindes und alle hingen an ihren Lippen, als hätten sie noch nie selbst eine erlebt, dabei hatte jede von ihnen mindestens ein Kind. Außer Agnetha.

Ihre Augen suchten ihn und je länger sie suchten, umso mehr war Agnetha davon überzeugt, dass sie gleich nach Hause gehen würde. Er war nicht da. Sie wandte sich zur Theke und bestellte ein letztes Bier.

»Für mich auch eins«, sagte jemand neben ihr. Als sie sich zu der Stimme umschaute, folgte noch ein »Hi« in ihre Richtung. Und ein Lächeln.

Agnethas Blut vergaß, sich ordnungsgemäß zu verteilen. Binnen einer Zehntelsekunde versammelte es sich in ihrem Kopf, brannte in ihren Wangen und ließ ihre Augen überquellen.

Er war nicht nur da. Er stand neben ihr!

Und er hatte sie angesprochen. Mit einem atemberaubenden »Hi«.

Ihr Kopf, ihr explosionsgefährdeter Kopf, flog wieder Richtung Tresen, wo der Kellner gerade ihr frisch Gezapftes hinstellte. Ihre Hände schnappten das Getränk und, noch bevor sie denken konnte, wühlte sie sich durch die Menge zurück zum Tisch und setzte sich.

Danach fragte sie sich, wie doof sie eigentlich war. Er war hier und sie verhielt sich genauso wie damals. Das konnte doch nicht sein! Sie hatte sich doch weiterentwickelt, hatte Freunde gehabt, Beziehungen. Dennoch, hier und jetzt, mit den Leuten von früher, war sie nicht mehr neununddreißig. Sie war achtzehn. Naiv und schüchtern. Wie damals. Sie atmete tief durch und schaute sich um.

Und es schien ihr mit einem Mal, dass nicht nur sie wieder in der Rolle von damals steckte. Die anderen ebenso. Die Angeberin Christina plapperte drauf los und ließ niemanden zu Wort kommen, das Organisationstalent da vorne – wie hieß er noch mal? – fragte überall rum, ob alle zufrieden seien und heimste sich dabei viel Lob ein, die Schlafnase … Bastian? … saß Agnetha schräg gegenüber und hing bereits mit geschlossenen Augen über einem Mixgetränk. Genau wie im Unterricht, nur war damals kein Getränk vor ihm gewesen, also, zumindest kein alkoholisches. Oder etwa doch?

Und Nico? Ihr Blick huschte über die Leute. Sie musste ihn sprechen. So eine Gelegenheit konnte sie nicht einfach zwischen den Fingern verrinnen lassen. Sie atmete tief durch und entdeckte ihn.

Er steuerte mit seinem Bier gerade den Nachbartisch von Agnetha an. Klar, da saßen ja auch die hübschen Mädels von damals, vielleicht ein bisschen verlebter, möglicherweise ein bisschen dicker. Aber sie fielen ihm immer noch um den Hals. Und Nico sonnte sich in der Aufmerksamkeit, die ihm zuteilwurde. Doch dann wurden die gackernden Hühner abgelenkt. Das eine mit dem Schild ›Uschi‹ auf der Brust hatte sich wohl kurz zuvor ein Lied beim DJ gewünscht, das der prompt spielte. Unter Gejohle zogen sie ab auf die Tanzfläche.

›So, Agnetha, nun zeig, dass du dich verändert hast‹, ermunterte sie sich selbst und stand auf. Mit wackeligen Beinen und ihr Bierglas fest umklammert schritt sie auf den Platz ihm gegenüber zu.

»Darf ich?«, fragte sie und deutete auf den Stuhl.

»Aber gerne.« Sein breites Grinsen ließ ihre Augen leuchten.

»Du bist Nico, nicht wahr?« Sie lächelte ihn an. Ihr fiel auf, dass er ebenfalls kein Namensschild trug.

»Ja.« Er zog eine Augenbraue hoch. »Und du?«

Sie sah, wie seine Augen ihren Pulli absuchten.

»Agnetha.«

»Agnetha.« Seine Stirn legte sich in Falten, sein Mund verschob sich zur Seite. Sah lustig aus. »Agnetha wer?«

»Agnetha Wiesenbauer.«

»Hm. Bist du sicher, dass du in meiner Stufe warst?« Er beugte sich weiter vor. »Oder hast du dich hier als Anhang von jemandem hineingeschmuggelt?« Eine Augenbraue wanderte nach oben.

Sie beugte sich ebenfalls etwas vor und grinste zurück. »Hinzugeschmuggelt, aber verrat's keinem.« Sie legte den Zeigefinger auf ihre Lippen.

»Echt?«

»Nee.« Sie lachte und schüttelte den Kopf. Dann wurde sie ernst. »Du kannst dich noch nicht mal an meinen Namen erinnern?«, fragte sie. »Also, ich meine, nachdem ich ihn genannt habe?«

Er runzelte die Stirn. »Nein«, sagte er. »Ist das so verwunderlich?«

»Nun ja, ist ja kein alltäglicher Name.«

»Hm. Stimmt. Wem hast du den denn zu verdanken?«

»Meinen Eltern.« Sie guckte etwas schief.

»Ja«, sagte er, »dann geht's dir ja wie mir.«

»Hä?«

»Ich habe meinen Namen auch meinen Eltern zu verdanken.« Er grinste.

»Ja, aber deine Mutter war wohl nicht Fan einer schwedischen Band, sonst würdest du Björn oder Benny heißen.«

»Abba?«, fragte er.

»Treffer.« Sie nickte.

»Nein«, lachte er. »Meine Eltern waren eher Fan von so 'nem rot gekleideten Typen, der mit 'nem Sack voller Süßigkeiten durch die Gegend latscht und dem man ein Gedicht aufsagen muss.«

»Nikolaus?«

Er nickte.

»Du heißt doch nicht wirklich Nikolaus, oder?« Sie hatte nie gehört, dass ihn jemand Nikolaus genannt hatte. Er war immer Nico gewesen.

»Doch«, sagte er.

»Glaube ich nicht.« Sie fixierte seine grün-gelb-braunen Augen. ›Wie die von Kaktus‹, dachte sie mit einem Mal. Vielleicht ein bisschen mehr Honig drin.

»Ich kann's beweisen.« Er kramte sein Portemonnaie hervor, öffnete es und zog seinen Perso ein Stück weit heraus. Plötzlich hielt er inne. »Ach nee«, sagte er, »mein Passfoto sieht so was von bescheuert aus. Das lassen wir lieber.«

»Nee, nee, nee.« Agnetha langte über den Tisch und zog an dem Papier.

»Ey, ey, ey.« Er zog ebenfalls. Agnetha spürte seine Fingerkuppen und ihr war, als sprühten dort kleine Funken, die durch ihre Arme sprudelten, ihren ganzen Körper einnahmen und sie zum Strahlen brachten. Und dann waren da seine Augen, seine grünen Kaktus-Augen. Und sie lachten ihn an.

Sie gewann den Kampf ums Papier und es stand tatsächlich dort: Nicolaus.

»Aber mit ›c‹«, sagte Agnetha.

»Habe ich nie bestritten«, grinste er.

»Und wer hat dir dieses stylische Äußere verpasst?« Sie deutete auf das Foto. »Du hast eine gewisse Ähnlichkeit mit einem Vulkanier.«

»Spock?« Gespieltes Entsetzen lag in seiner Stimme, als er wieder nach dem Personalausweis griff. Erneut berührten sich ihre Finger. Agnetha fing das Kribbeln ein und hielt es fest in ihrem Herzen.

Sie nickte in das hübsche Gesicht mit den vorstehenden Wangenknochen, das jetzt von hellbraunen, an den Seiten mit einem leichten Grauton durchzogenen, fransigen kurzen Haaren umgeben war.

»Es hatte geregnet. Dann sind sie nicht ganz so fluffig.« Er schielte kurz nach oben zu seinem Haaransatz. Schließlich steckte er den Personalausweis zurück in sein Portemonnaie. »Außerdem«, sagte er, »hatte ich nicht damit gerechnet, dass ich ihn jemals einer gutaussehenden ehemaligen Mitschülerin zeigen müsste, an die ich mich bedauerlicherweise noch nicht einmal erinnern kann.«

»Tja«, sagte Agnetha, »das ist natürlich beklagenswert.« Sie grinste und dachte, dass sie das eigentlich alles andere als bedauerlich fand, denn wenn er sich an sie erinnern könnte, dann mit Sicherheit als Zahnspangen tragendes, schlaksiges, nach vorne gebeugtes hässliches Entlein mit viel zu dicken und roten Wangen. Da sah sie heute um einiges besser aus. Das Gesicht war schmaler und ohne Zahnspange und dank ihrer täglichen Yoga- und Pilates-Übungen hatte sich ihre Haltung wesentlich verbessert. Und ihre Stimmung erst einmal, die derzeitige. Sie hangelte sich in luftiger Höhe entlang, zumindest so lange, bis Nico den nächsten Satz hervorbrachte.

»Ach«, rief er, »ich glaube, jetzt hab ich's. Warst du nicht die mit der komischen Zahnspange?«

Zack! Die Stimmung hing am seidenen Faden.

»Äh.« Ein leichtes Grinsen umspielte Agnethas Mund. Sie musste alle Yoga- und Pilates-Leitsätze vor ihrem geistigen Auge herlaufen lassen, um ihre Schultern aufrecht zu halten.

»Warst du's?« Seine Augen durchbohrten sie. Eine Augenbraue wanderte fragend nach oben.

»Ja«, brachte sie hervor. Und schon war es wieder da, das Gefühl, hässlich und uninteressant zu sein.

»Na«, meinte Nico. »Dann kann ich dich ja gar nicht kennen …«

»Nein?« Klar, sie war zu hässlich, als dass man sie bemerkte.

»Wir hatten nie einen Kurs zusammen.«

»Das ist richtig.« Ein Grinsen bemächtigte sich ihres Mundes.

»Also«, sagte er und reichte ihr die Hand über den Tisch. »Bin erfreut, deine Bekanntschaft zu machen. Darf ich mich vorstellen: Nicolaus Flachsmeer.«

»Oh, sehr erfreut«, lachte Agnetha und ergriff seine Hand. »Agnetha Wiesenbauer.«

Einen kurzen Moment drückte er ihre Hand. Er zwinkerte ihr zu und ließ sie wieder los. Schade.

»Aber eins musst du mir noch erklären«, sagte er.

»Ja?«

»Warum wusstest du sofort, wer ich bin?«

»Äh.« Agnetha spürte, wie sämtliche Blutvorräte ihres Körpers abermals ein Meeting in ihrem Gesicht veranstalteten. »Ich kann mir halt gut Namen merken.« Noch während sie ihm ein Grinsen schenkte, tauchte Brigitte hinter Nico auf. Es war deutlich zu sehen, dass sie mit ihrem guten Kumpel Alkohol unterwegs war. Sie klopfte Nico etwas ungelenk auf die Schulter.

»Na, alter Freund«, lallte sie, »hat Agnetha bei dir auch beim heiteren Namenraten versagt?«

»Äh. Nein.« Nico drehte sich zu Brigitte um. »Bei dir denn?«

»Vollkommen.« Sie machte eine wegwerfende Handbewegung. »Voll die Niete, unsere gute Agnetha.« Sie grinste wie ein Breitmaulfrosch in Agnethas Richtung. »Namen hat sie einfach nicht drauf.« Damit setzte sich Brigitte neben Nico und schnappte sich ein Getränk, das dort die ganze Zeit besitzlos herumgestanden hatte.

»Soso.« Nico lehnte sich zurück und grinste. »›Ich kann mir halt gut Namen merken.‹«

Agnetha wäre am liebsten im Boden versunken. Sie war sogar beinahe dankbar, dass jetzt Brigitte begann, Nico von der Seite her vollzulabern, wobei Agnetha kaum verstehen konnte, was sie da so vor sich hin nuschelte. Aber es war ja auch nicht für sie bestimmt. Und es erfüllte sie mit Freude, zu sehen, dass Nico anscheinend alles andere als erbaut darüber war, dass Brigitte sich in ihre Unterhaltung hineingeschmuggelt hatte.

»Brigitte, bitte entschuldige«, sagte er nach kurzer Zeit, »aber ich habe Agnetha einen Tanz versprochen.« Er stand auf und hielt Agnetha seine Hand hin.

Agnetha schaute ihn mit großen Augen an und blieb sitzen.

Seine Lippen formten das Wort »Bitte«.

Leise stöhnend erhob sich Agnetha. Sie liebte das Tanzen. Aber ausschließlich allein. Dann konnte sie alles aus sich herauslassen.

»Was sollte das denn?«, fragte sie, als sie neben ihm zur Tanzfläche ging.

»Ich dachte, ich hab noch eine kleine Lüge gut, Mrs. Namen-kann-ich-mir-halt-gut-merken.« Er grinste und Agnetha seufzte.

»Aber gleich nicht beschweren über zertretene Füße, unkontrolliertes Führungsverhalten oder sprunghafte Hüpfeinlagen.« Sie blickte ihm in die Augen.

»So was hast du drauf?«

»Und wie.« Sie zog ihr Nase kraus.

Er schien einen Augenblick nachzudenken und dann begann er, sie zu führen.

Sie trat ihm nicht – kaum – auf die Füße und sie sprang nicht, sie schwebte. So einen Tanz hatte sie noch nie erlebt. Und einen solchen Tanzpartner auch nicht. Mit festem Griff leitete er sie so gekonnt über die Tanzfläche, dass sie gar nicht recht wusste, wie ihr geschah. Er schickte sie weg, und zog sie ran, drehte sich mit ihr und ließ sie plötzlich wieder von sich wegdrehen. Hatte Agnetha sich noch kurz vorher Gedanken gemacht, was sie denn nun auf der Tanzfläche weiter zu reden hätten, dachte sie mittlerweile überhaupt nicht mehr an irgendetwas. Sie konnte nur noch eins: lachen. Sie schwebte und lachte. Sie wusste gar nicht, dass Tanzen so viel Spaß machen konnte. Nach dem Lied bedankte sie sich. Ihr Gesicht war immer noch mit einem fetten Grinsen geschmückt. Sie wollte zurück zu ihrem Tisch, von dem Brigitte mittlerweile verschwunden war, aber Nico hielt sie zurück.

Das nächste Lied war langsamer. Er zog sie näher zu sich heran. Jetzt hätten sie sich unterhalten können, doch Agnetha vergaß das Reden und nahm diesen Moment der Zweisamkeit einfach in sich auf. Und hoffte, ihn für immer festhalten zu können. Sie roch sein Aftershave, spürte seine Muskeln, fühlte sich wie ein Teenager, der alles noch vor sich hat.

Als das Lied endete, wollte sie nach Hause. Das war schon immer so gewesen: Wenn sie meinte, dass höchste an Glücksgefühlen erreicht zu haben, brach sie ab, aus Furcht, dass es danach bergab ging. Dass vielleicht eine der Brigittes, Barbaras, Brittas daherkam und sich ihm an den Hals schmiss. Dann wollte sie lieber schon zu Hause sein und diesen Traum von heute noch einmal träumen. Zu Hause. Für sich. Allein.

Okay, ganz allein war sie nicht. Immerhin gab es da noch Kaktus.

»Bist du sicher, dass du schon nach Hause willst?« Nicos Stimme klang enttäuscht.

Sie nickte.

»Okay«, sagte er, »ich bringe dich noch nach draußen.«

Draußen stand ein Taxi. »Hast du das bestellt?«, fragte Nico.

»Nein«, sagte Agnetha, »ich gehe zu Fuß. Ist nicht weit.«

»Du wohnst in Ibbenbüren?«

»Ja.«

»Ich begleite dich«, sagte er und Agnethas Herz machte einen Hüpfer.

»Das brauchst du nicht«, sagte sie und bat Gott oder wer auch immer irgendwie Einfluss nehmen konnte darum, diese blöden Worte ungehört verhallen zu lassen.

»Möchte ich aber gerne«, sagte Nico und ging los.

Agnetha dankte dem Himmel und blickte Nico hinterher. »Danke«, rief sie, »das ist nett. Aber ich wohne in der Richtung.«

Als Nico sich umdrehte, deutete sie hinter sich. Sie grinste breit und setzte sich in Bewegung. Kurze Zeit später tauchte Nico neben ihr auf.

»Hast du früher denn auch in Ibbenbüren gewohnt?«, fragte er.

»Ja.«

Er nickte. »Ich in …«

»… Laggenbeck.« Sie biss sich auf die Lippen.

Nico zog die Augenbrauen hoch. »Wow«, sagte er, »du weißt sogar, wo ich gewohnt habe.« Er zwinkerte ihr zu. »Ich fühle mich geehrt«, sagte er und Agnetha war froh, dass es hier draußen ziemlich dunkel war, dennoch schob sie ihre Locken etwas weiter ins Gesicht. »Und wenn du mir jetzt noch sagen kannst, wo ich heutzutage wohne, dann …«

»Dann?«, fragte Agnetha.

»… dann bekomme ich Angst.« Er grinste.

»Brauchste nicht. Ich hab keine Ahnung.«

»Puh!« Er wischte sich mit dem Ärmel über die Stirn.

Auch wenn es scherzhaft gemeint war, sackte Agnethas Stimmung mit dieser Bewegung in den Keller. War er froh, dass sie es nicht wusste? Wollte er vermeiden, dass sie bei ihm auftauchte? Wie eine Stalkerin? Das würde sie nicht tun. Auch wenn sie wüsste, wo er wohnte.

»Rheine«, klang es an ihr Ohr. Und kurze Zeit später schnippte er mit seinen Fingern vor ihrem Gesicht. »Hallo? Noch an Bord oder schon im Weltall verschollen?«, fragte er.

»Äh. Wie bitte?« Sie drehte sich zu ihm. »Ach, du wohnst in Rheine.«

»Ja, heute habe ich mich aber beim Hotel Leugermann einquartiert.«

»Aha.« Agnetha schaute einem Krankenwagen mit Martinshorn und Blaulicht hinterher, der sie gerade passiert hatte.

»Ach, die Kollegen«, sagte Nico.

»Du bist Rettungssanitäter?« Agnetha machte große Augen. Zu große anscheinend, denn Nico schaute sie erstaunt an.

»Warum nicht?«, fragte er. »Ist doch gut, wenn es welche gibt, oder?«

»Ja, klar. Nein, so war das ist nicht gemeint. Ist nur, weil …, weil … Ich hab immer gedacht, du gehst zum Fernsehen. Schauspieler oder so.«

»Nicht dein Ernst, oder?« Er zog amüsiert die Augenbrauen hoch. »Nur weil ich ein bisschen Theater gespielt habe?«

»Äh.« Oh mein Gott, was redete sie da? Nicht jeder Schüler aus einer Theater-AG wurde Schauspieler. Und bestimmt hatte er damals nur so gut gespielt, weil ihre Augen das so gesehen hatten. »Äh, oder irgendetwas mit Autos oder Motorrädern«, versuchte sie eine Kehrtwende.

»Das war ein Hobby und ist lange her«, sagte er und Agnetha hatte das Gefühl, dass ihr die Kehrtwende nicht gut gelungen war. Nicos Stimmung hatte sich irgendwie verschlechtert. Und jetzt waren sie auch schon da. Agnetha blieb stehen und kramte ihren Haustürschlüssel hervor.

»Hier wohne ich.« Sie deutete nach oben zum dritten Stock. Sollte sie ihn noch fragen, ob er mit hinaufkäme?

»Aha«, sagte Nico und kam einen Schritt auf sie zu. »Dann … wünsche ich dir noch eine gute Nacht.«

»Danke«, sagte sie und steckte ihren Schlüssel ins Schlüsselloch. Es machte Klick und die Tür sprang auf.

»Agnetha?«

»Ja?« Sie drehte sich um.

Nico zog sein Handy aus der Hosentasche hervor. »Darf ich deine Handynummer haben?«

Ein Lächeln huschte über ihr Gesicht.

»Ja, klar.« Sie nannte ihm ihre Nummer.

»Danke«, sagte er und: »Schlaf schön.«

»Du auch. Gleich oder später. Ich weiß ja nicht, ob du noch wieder zum Abitreffen gehst.«

»Nee.« Er schüttelte den Kopf. »War ein schöner Abend. Ich gehe jetzt schlafen.«

Agnetha nickte. »Fand ich auch«, sagte sie leise. An seinem Lächeln erkannte sie, dass er es gehört hatte. Schnell trat sie in den Hausflur und schloss die Tür hinter sich.

Kurze Zeit später öffnete sie ihre Wohnungstür. Noch bevor sie das Licht in ihrem Flur anknipste, sah sie die zwei Augen, die ihr grün-gelb aus der oberen Etage des Garderobenschrankes entgegenleuchteten.

»Kaktus, gib dir keine Mühe«, sprach Agnetha, »ich habe dich bereits entdeckt.«

Das jedoch beeindruckte den Kater nicht. Er sprang trotzdem, landete auf ihrer Schulter und ließ sich in die Küche tragen. Als Agnetha sich auf den Küchenstuhl setzte, sprang er auf den Küchentisch.

»Na, na, na!« Agnetha scheuchte ihn hinunter. Sie zog ihr Handy hervor und betrachtete die obere Nachrichtenzeile. Schade. Keine WhatsApp-Mitteilung. Sie legte das Handy zur Seite und verschwand im Bad. Als sie nachtfertig war, stand sie wieder vor dem Handy. Ein letztes Mal betrachtete sie die obere Zeile, die ihr leer entgegenblickte. Schließlich steckte sie das Gerät ans Ladekabel, löschte das Küchenlicht und tapste in ihr Schlafzimmer.

Pling!

Sie sauste zurück in die Küche, schoss in der Dunkelheit versehentlich Kaktus vor sich her, erntete als Dankeschön eine Ladung Kratzetatze und wischte mit dem Zeigefinger über das Handy.

Da! Whatsapp! Eine unbekannte Nummer, ein »Schlaf schön« und ein Kussmundsmiley.

Agnethas Herz begann zu pochen. Ihre Lippen stoben auseinander. Sie drückte ihr Handy an ihre Brust und schrieb dasselbe zurück. Danach legte sie das Handy zur Seite. Mit einem Lächeln im Gesicht und einem lauernden Katzenblick im Rücken eilte sie ins Schlafzimmer und legte sich ins Bett.

Sonntag

Als sie am nächsten Morgen auf ihr Handy schaute, war da bereits eine weitere Nachricht von Nico. »Wollen wir uns heute treffen? 14.30 Uhr, Café Sieben?«

»Ja«, tippte Agnetha schnell ins Handy, zusammen mit einem Lach-Smiley. Dann drückte sie auf Senden, legte ihr Handy zur Seite und machte für Kaktus und sich Frühstück.

Die aufgeregte Freude, die ihr in den Fingern und in den Beinen kribbelte, konnte leider nicht darüber hinwegtäuschen, dass in ihrem Kopf ein ziemlicher Kater herumpochte. Und zwar einer der alkoholischen Sorte, kein Kaktus. Dabei hatte sie gestern doch gar nicht so viel getrunken. Agnetha fasste sich an die Schläfe und setzte sich. Neben ihrer Tasse Kaffee lag bereits eine Kopfschmerztablette. Ihr war nach Auf-dem-Sofa-lungern und noch ein bisschen dem gestrigen Abend nachfühlen. Allerdings fiel ihr Blick auf den Strauß Blumen, den sie gestern gekauft hatte. Die Blumen waren für das Grab ihres Vaters vorgesehen. Und zu den Gräbern ihrer Onkel und ihrer Tante wollte sie auch noch. Da war sie schon so lange nicht mehr gewesen und ihr Gewissen riet ihr, dort mal wieder vorbeizuschauen und eine Kerze anzuzünden. So hatte sie gestern den Plan für heute gefasst. Einen Augenblick zögerte Agnetha, dann raffte sie sich auf. Sie würde die Gräber besuchen und anschließend durch den parkähnlich angelegten Zentralfriedhof spazieren. So, wie sie sich das vorgenommen hatte. Es tat ihr bestimmt gut.

Hätte ihr irgendein Gefühl oder der Wind oder sonst wer mitgeteilt, dass dieser Gang über den Friedhof ihr Leben verändern würde, sie hätte es sein gelassen und sich mit einem Tee und einem Buch aufs Sofa verkrochen.

Doch so besuchte sie das Grab ihres Vaters und ordnete die Schnittblumen in die Vase hinein. Nachdem sie noch eine neue Kerze angezündet und das Grab von vorwitzigen kleinen Unkrautpflanzen gesäubert hatte, verabschiedete sie sich von ihrem Vater und ging zurück zum Hauptweg. Dort warf sie die alte Kerze und das Unkraut in den Müll und spazierte den breiten Weg entlang, nahm die vier Sandsteinstufen hoch am Wasserbecken vorbei und erklomm nach zehn Metern die nächsten vier Stufen. Linker Hand befand sich nun das große, auf einem Podest stehende Steinkreuz. Agnetha eilte daran vorbei und bog nach rechts ab.

Auf dem Weg zum Grab ihrer Tante huschten ihre Augen die verschiedenen Grabsteine entlang. Ein Grabstein mit glitzernden Sternen gefiel ihr gut. Ein paar Grabstellen vor dem ihrer Tante blieb sie an einem Doppelgrab stehen und betrachtete die Gravur zwischen den Namen. Waren es zwei Ringe? Agnetha runzelte die Stirn. Sie konnte es nicht genau erkennen, denn Schmutz hatte sich darüber gesetzt. Also zog sie ihr Papiertaschentuch hervor und putzte damit den Stein, bis dort tatsächlich zwei goldfarbene, ineinander verwobene Ringe zum Vorschein kamen. Agnetha trat einen Schritt zurück und wollte ihr Werk betrachten, als ihr das Taschentuch entglitt und hinter die Friedhofsleuchte fiel. Die 39-Jährige beugte sich vor und griff nach ihrem Tuch. Sie hob es an und wunderte sich. Ihre Finger fühlten etwas Hartes zwischen den Papierfasern. Agnetha faltete das Taschentuch auseinander und ihre Augen wurden groß. Da lag tatsächlich ein Ring auf ihrer Handfläche.

»Na, das ist hier ja inflationär mit den Ringen«, murmelte sie und schielte zu den beiden von ihr freigeputzen Ringen auf dem Grabstein. Schließlich glitt ihr Blick wieder zu dem Schmuckstück auf ihrer Handfläche. Es war ein breiter Ring mit goldenen Spiralen und Blattmotiven. Und an seiner breitesten Stelle entdeckte sie in die Ornamente eingebettet zwei geschwungene Buchstaben: A und P. Sie schielte zurück zur Grabinschrift. ›Manfred und Annette Winckler‹ stand dort. Hm. Ein ›A‹ war vorhanden, aber kein ›P‹.

Agnetha hielt den Ring hoch. Er glänzte in der Sonne. Schön sah er aus. Irgendwie besonders.

Sie konnte später nicht mehr sagen, welcher Hornochse sie getrieben hatte, aber sie schob den Ring ihren Ringfinger an der rechten Hand entlang und betrachtete ihn erneut. Ja, er stand ihr. Doch würde sie ihn nicht behalten. Vielleicht war er wertvoll und sie wollte niemanden bestehlen.

Sollte sie ihn wieder zwischen die Pflanzen legen, da, wo sie ihn her gefischt hatte? Oder sollte sie ihn zum Fundbüro bringen? Sie betrachtete die hohen Bäume am Wegesrand, als könnte das Säuseln des Blattwerks ihr eine Antwort liefern. Kurzentschlossen umfasste sie mit den Fingerkuppen der linken Hand den Ring und zog.

Er bewegte sich kein Stück.

Das konnte nicht sein. Es war ein Einfaches gewesen, ihn aufzusetzen. Da würde sie ihn jawohl wieder herunterbekommen. Sie versuchte, den Ring zu drehen. Selbst das gelang ihr nicht. Es schien, als habe er sich festgesaugt.

Das war ja jetzt merkwürdig. Agnetha probierte es erneut, doch das Einzige, was sich bewegte, war ihre Haut, die sie hoch und runter quetschte. Sie war mittlerweile ganz rot gefärbt. Kurzentschlossen eilte Agnetha zum Hauptweg zurück. Sie würde ihre Hand in das kühle Wasser des Wasserbeckens stecken, so ließe sich der Ring gewiss von ihrem Finger lösen. Warum war sie so bescheuert gewesen, diesen Schmuck auszuprobieren? Sie schüttelte den Kopf, eilte um das steinerne Kreuz und hielt inne. Da war eine Stimme. Agnetha blickte sich um. Sie konnte niemanden entdecken.

Jetzt hörte sie schon Gespenster. Sie schüttelte den Kopf und ging weiter. Aber irgendetwas stimmte hier nicht. Nur was? Ihr Blick wanderte von einem Busch zurück zu ihrer Hand, an der der Ring glänzte.

Dann kam ihr der Gedanke, dass es besser sei, das frische Wasser bei den Toiletten über ihren Finger laufen zu lassen. Sie drehte um und bog nach dem Kreuz links ab. Kurze Zeit später erblickte sie den Anbau der kleinen Kapelle, in dem die Besuchertoilette untergebracht war. Sie drückte die Klinke herunter und fragte sich, wer denn die Symbole für die Damen- und Behindertentoilette entfernt hatte. Im selben Moment gab die sich öffnende Tür den Blick aufs

Innere frei. Was Agnetha dort sah, konnte sie kaum glauben. Sie schloss ihre Augen und öffnete sie erneut. Der Anblick blieb der gleiche.

Jemand hatte innerhalb von ein paar Tagen ihre Friedhofstoilette vernichtet. Stattdessen blickten ihr alte Bretter, Eimer, ein paar Werkzeuge und Regale entgegen. Agnetha schnaufte, schloss die Tür und stand einen Augenblick wie benommen da.

Das gab es doch nicht. Was war mit ihrer Toilette passiert? Das ging hier nicht mit rechten Dingen zu. Erneut öffnete sie die Tür und betrachtete den Raum. Eine Rumpelkammer. Eine schmutzige Rumpelkammer. Agnethas Hände begannen zu zucken. Hier musste aber so was von dringend mal aufgeräumt werden.

Die 39-Jährige schüttelte den Kopf. War da gestern irgendetwas in dem Bier gewesen? Hatte sie heute Halluzinationen? Vielleicht hatten sie deswegen heute Morgen diese Kopfschmerzen geplagt. Sie wagte einen Schritt in den Raum hinein und hob vorsichtig die Bretter, die rechts an der Wand lehnten, an. Die Toilette, die sich an der Stelle befunden hatte, war futsch. Verschwunden war auch der geflieste Boden. Einfach weg. Herausgebaut. Weggerissen. Fortgespült.

Agnetha stolperte rückwärts wieder hinaus.

»Suchen Sie etwas?«

Erschrocken fuhr Agnetha herum. Ihr Gegenüber auf einer Bank vor der Hecke saß eine junge Frau, fast noch ein Mädchen, mit einer aufgeschlagenen Zeitung vor sich und schaute interessiert zu ihr herüber.

»Äh.« Agnetha machte einen Schritt auf sie zu. Was hatte die denn für Klamotten an? Welches junge Ding trug einen gerade, engen Rock, der bis übers Knie reichte? Und so 'ne altertümliche Bluse und einen Hut hatte sie auf ihrem dunklen Bubikopf. »Ich suche die Toilette«, sagte Agnetha.

»Eine Toilette an diesem Orte?«, kam es zwischen den zwei rot geschminkten Lippen hervor. Das Mädel rückte ein wenig zur Seite und klopfte mit der linken Hand neben sich. »So setzen Sie sich doch.«

Etwas zögernd nahm Agnetha die Einladung an. Ihre Augen schweiften zur Zeitung, die nun auf dem Schoß der jungen Frau lag.

»Wo haben Sie die denn her?« Agnetha kniff die Augen zusammen und versuchte erneut, das Datum zu erfassen. Sie runzelte die Stirn. Wem war denn da so ein eklatanter Fehler unterlaufen?

»Die habe ich vor einem kurzen Augenblicke käuflich erworben.« Jetzt klopfte das Mädel mit dem Zeigefinger auf einen Artikel. »Hier, der tragische Mord an Emilia Pacifico ist ebenhier vermeldet.«

»Ähem.« Nun deutete Agnetha mit dem Zeigefinger auf die Zeitung, »Da haben Sie sich aber ein etwas altes Exemplar andrehen lassen.« Agnetha versuchte ein Lächeln.

»Verzeihung?« Das Mädel schaute sie erstaunt an. »Sie meinen?«

»Na, hier.« Agnethas Zeigefinger wanderte zum Datum.

Es war der siebte September des Jahres 1925.

»Die Zeitung ist alt. Uralt«, fügte sie hinzu.

»Es ist der siebente September dieses Jahres.« Die junge Frau faltete die Zeitung zusammen und setzte sich noch etwas aufrechter hin, als sie eh schon saß.

Agnethas Kopf begann zu rauschen und der Bubikopf räusperte sich und sagte: »Ich denke, Sie verdienen meine absolute Aufrichtigkeit.«

»Okay«, sagte Agnetha vage. Hier stimmte etwas ganz und gar nicht. Sie wollte jetzt gehen.

Und doch blieb sie sitzen und hörte die junge Frau Worte herausbringen, die keinen Sinn ergaben.

»Dass Sie und ich uns heute hier treffen", begann der dunkle Bubikopf, »das ist nicht dem Zufall zugetan.«

»Aha.«

»Es geht um den Mord.« Zarte Finger mit dunkelrotem Nagellack tippten auf die Zeitung. »Er wird unaufgeklärt bleiben, es sei denn …«

»Es sei denn …?«

»Es sei denn, Sie klären ihn auf.«

»Ich?« Agnetha hüstelte.

»Ja, Sie.«

Ein kurzes Lachen entsprang Agnethas Kehle. »Ich bin keine Kriminalinspektorin. Sie verwechseln mich da bestimmt mit jemandem.«

Die junge Frau schüttelte den Kopf. »Nein, nein. Ich habe hier auf Sie gewartet.« Ihr Blick wanderte zu Agnethas Händen. »Sie sind im Besitz des Ringes.«

»Ach ja, der.« Agnethas rechte Hand wanderte unter ihre linke. »Den wollte ich ja gerade loswerden. Den habe ich nur versehentlich am Finger.« Okay. Das hörte sich jetzt komisch an. »Also, ich meine, äh, der lag da so … also, mir ist mein Taschentuch hinter das Grablicht gefallen und dann, als ich es …«

»Es ist nicht von Bedeutung, auf welche Art und Weise Sie diesen Ring an sich gebracht haben. Einzig das Vorhandensein des Schmuckes an ihrem Finger zählt.«

Agnetha rutschte ein wenig von der Frau weg. Diese griff plötzlich nach ihrer Hand.

»Bitte«, sprach sie. »Sie müssen mir helfen.«

Agnetha konnte nicht umhin, in ihren Augen einen wirren Blick auszumachen. Einen Blick, wie sie ihn schon einmal bei einer alten Dame in Ibbenbürens Innenstadt gesehen hatte. Sie war beim Gang durch die Fußgängerzone an der Alten vorbeigelaufen. Plötzlich hatte diese nach Agnethas Arm gegriffen und sie mitreißen wollen. Dabei hatte sie laut gerufen, dass alle Leute in Deckung gehen sollten, weil jeden Moment eine Bombe das Gebäude zu ihrer Rechten wegfegen würde. Es war ein ziemlicher Tumult entstanden und die alte Frau war letztendlich in der Psychiatrie in Lengerich gelandet.

Agnetha sprang auf, bevor die junge Frau ihre Hand fester um die ihrige schließen konnte.

»Es tut mir leid«, rief sie. »Ich muss weiter.« Sie drehte sich um und ging mit ausgreifenden Schritten zum Ausgang an der Ecke Nordstraße / An der Reichsbahn. Ihr Herz pochte. Sie drehte sich nicht noch einmal um, doch ihre

Ohren lauschten angespannt. Waren da Schritte, die ihr folgten? Agnetha beschleunigte nochmals ihr Tempo. Als sie die Treppe, die hoch zur Straße führte, erreicht hatte, wagte sie einen Blick zurück. Die Frau war weg. Lediglich die Zeitung lag auf der Bank. Agnetha nahm zwei Stufen auf einmal. Oben angekommen, atmete sie tief ein und wandte sich nach links, um ihren Weg Richtung Innenstadt aufzunehmen. Mitten in der Bewegung hielt sie inne und drehte sich nochmals zurück.

Die abknickende Vorfahrtstraße linker Hand war verschwunden. Ebenso die Gillmannstraße, die direkt vor ihr von der Nordstraße hätte abzweigen müssen.

Stattdessen präsentierten sich ihr ein paar Felder.

»Scheiße!«

»Fräulein! Zügeln Sie Ihre Ausdrucksweise!« Ein älterer Mann mit Anzug und Hut auf einem Fahrrad fuhr an ihr vorbei.

»‘tschuldigung.« Agnetha blickte ihm hinterher. »Ich, ich …«

Ein Auto näherte sich aus der – hä? Was war das denn für eine Straße? Die kannte sie ja gar nicht. Die 39-jährige starrte dem grünen Oldtimer ohne Dach hinterher. Ihm folgte ein weiteres altes Fahrzeug. Ihr Blick wanderte nach links, von wo Hufgetrappel an ihre Ohren drang. Sie erblickte einen Zweispänner, der auf der Straße ›An der Reichsbahn‹ entlangfuhr – direkt neben dem Gehweg. Wo war der Parkstreifen hin? Wo die Verkehrsinsel?

Die Fahrbahn! Agnetha wich einen Schritt zurück. Der Belag sah ganz anders aus.

Agnetha drehte sich um, raste die Stufen zum Friedhof runter und hastete die Grabstellen entlang. Sie ahnte, dass sie es nicht finden würde. Und dennoch suchte sie danach: das Grab ihres Vaters.

Sie hatte die Stelle fast erreicht, als eine Gestalt plötzlich hinter einem Baum hervorschoss und sich vor sie stellte. Die junge Frau mit dem Bubikopf. Agnetha fuhr zusammen und hielt abwehrend ihre Hände vor sich.

»Weg«, rief sie. »Geh weg!«

Die junge Frau hörte nicht auf sie und hielt mit ihr Schritt. »Agnetha! So bleib doch stehen«, sagte sie und Agnetha lief ein Schauer über den Rücken. Woher, verdammt noch mal, wusste sie ihren Namen? Und hatten sie sich nicht eben noch gesiezt?

Sie sah nun die Grabstelle ihres Vaters ein paar Meter vor sich liegen. Allerdings erkannte sie bereits von hier, dass sie sich verändert hatte. Sie las die Grabinschrift und ihr Herz sank zu Boden. Hier lag Anton Wegmeister, keine Spur von Gottfried Wiesenbauer, ihrem Vater. Agnetha spürte, wie ihr der Schweiß aus den Poren trat.

»Jetzt lass mich doch endlich mal meine Botschaft überbringen«, nahm sie die Stimme neben sich wieder wahr.

Agnetha schaute die junge Frau verständnislos an. »Das Grab«, murmelte sie. »Mein Papa.«

»Ich weiß.« Die junge Frau berührte sie am Arm. »Schau mich an«, sagte sie. »Es verhält sich folgendermaßen: Da du den Ring gefunden hast, bist du nun eine Zeitreisende.«

Agnetha schüttelte den Kopf.

»Hallo!« Die Frau schnippte mit den Fingern vor Agnethas Gesicht. »Hierher gucken!« Der Ton hatte etwas an Schärfe gewonnen. Agnetha schaute auf.

»Du musst es schaffen, hierorts den besagten Mordfall aufzuklären. Nur dann wirst du wieder dein gewohntes Leben dort führen können, wo du herkommst.«

Agnetha blickte sich um. Das hier musste ein Traum sein. Gleich würde sie aufwachen und alles wäre so, wie sie es kannte. Ganz gewiss.

»… und nur unter dieser Bedingung wirst du hernach wieder endgültig in den Zeiten deines Jahres verweilen können«, vernahm sie die Stimme neben sich.

»Wann?«

»Wann was?«

»Wann bin ich wieder in 2019?«

»Hast du mir nicht zugehört?« Das junge Mädel – es konnte höchstens siebzehn sein, schätzte Agnetha – baute sich vor ihr auf. Es reichte ihr trotzdem lediglich bis zur Schulter. Doch was der jungen Frau an Körpervolumen fehlte, setzte sie in ihre Stimme, die sie gen Himmel hob. Es wirkte fast ein bisschen komisch, wie sie nun ihre gefalteten Hände drohend in die Luft hämmerte. Die Tonlage war laut und erzürnt. »Mein Gott«, rief sie. »Warum hast du mir so eine Lusche vor die Füße gesetzt? Das darf doch nicht sein! Diese Person wird niemals zum Gelingen etwas beitragen.«

»Äh.« Agnetha klopfte ihr auf die Schulter. »Das war jetzt nicht höflich von dir. Nun krieg dich mal wieder ein und erzähl mir, wie ich zurückkomme.«

Das Mädel atmete tief durch. »Der Mordfall muss aufgeklärt werden. Dennoch: Zum Gelingen dieses Vorhabens darfst du zwischendurch die glückliche Rückreise antreten. Dazu gehört es sich, dass der Ring ...« Sie tippte auf Agnethas Finger. »… zwei Umdrehungen nach rechts vollendet. An diesem Orte, an dieser Stelle. Allerdings handelt es sich hierbei lediglich um die zwischenzeitliche Rückkehr nach drei …«

»Echt?« Agnethas Gesicht hellte sich auf. »Lässt er sich denn drehen?« Sie erinnerte sich genau, dass sie den Ring überhaupt nicht hatte bewegen können.

»Du wirst es in ein paar Augenblicken versuchen dürfen. Zuvor schenke mir noch einen Moment deiner Aufmerksamkeit.« Agnetha spürte den Blick des Mädchens, während ihre Augen zu dem Ring an ihrem Finger glitten. »Vergiss nicht, Untersuchungen bezüglich des Mordes anzustreben. Und bereise immer wieder diesen Ort hierselbst. Dazu ist es nötig, das große Christuskreuz halb zu umrunden und schon empfängt dich dieser schöne Friedhofsgarten.« Sie zeichnete mit ihrem ausgestreckten Arm einen Bogen. »Außerdem vernehme eine weitere Information: Mit jedem Hinweis, der der Auflösung des Falls dienlich ist, wird dir die Gabe zuteil, die Zeit betreffend ein Stück weiter zurückzureisen, sodass dir gegebenenfalls die Möglichkeit geboten wird, Zeuge des Mordes zu werden.«

Na, danke, darauf hatte Agnetha ja nun gar keinen Bock. Was redete die da alles für ein wirres Zeug? Sie begann schon einmal, den Ring zu drehen.

»… oder ihn gar zu verhindern.« Das Mädchen lächelte. »… und, obwohl es sich hier im Jahre 1925 recht angenehm leben lässt, solltest du deinen Aufenthalt hierselbst nie über drei Stunden ausdehnen«, plapperte die junge Frau weiter, »das ist wichtig. Hörst du? Denn wenn du zu lange im hiesigen Zeitreich weilst, läufst du Gefahr …«

Agnethas Finger hatten den Ring zweimal gedreht und die Stimme neben ihr hörte auf, zu plappern. Agnetha sprang einen Schritt zur Seite. Ihre Augen huschten umher. Das Mädel war verschwunden. Die 39-Jährige drehte sich um und scannte nochmals ihre Umgebung. Der Bubikopf tauchte nicht mehr auf. Agnetha atmete auf. Das konnte nur heißen, dass … Ihr Bauch kribbelte, als sie jetzt vorsichtig zum Grabstein schielte.

»Papa!« Agnetha lachte. »Papa. Du bist da.« Vor ihr auf dem Grab stand der Name ›Gottfried Wiesenbauer‹. Sie hätte ihn umarmen mögen, diesen Stein. In Anbetracht der Leute, die sich mit Gießkanne und Handschaufel näherten, unterließ Agnetha das. Ihr Blick wanderte umher. Alles passte zusammen, war dort, wo es hingehörte. Die grüne Gießkanne hinter dem Grabstein ihres Vaters ebenso wie die Kerze, die sie vorhin angezündet hatte, und die Schnittblumen in der Vase. Die Gräber neben ihr, die Kriegsgräber hinter ihr, alle waren wieder da. Der Lärm von der Straße hörte sich so schön surrend an, das mussten Autos aus dem Jahr 2019 sein. Das waren keine knatternden Motoren, wie sie sie eben noch gehört hatte. Schnell eilte sie die Gräberreihe entlang bis zum Hauptzugang, passierte das geöffnete Tor, sah die Friedhofsarbeiter mit ihren motorisierten Wägelchen dahertuckern. Agnetha rannte die kleine Steigung des Haupteingangs hoch bis zur Fahrbahn.

Innerlich jubelte sie, als sie die am Straßenrand parkenden Autos sah, die vertraute Verkehrsinsel, die normalen Autos, die an ihr vorbeirauschten. Eine ältere

Dame kreuzte ihren Weg und ging die breite Einfahrt hinunter zum Friedhof.

»Entschuldigung«, rief Agnetha ihr hinterher, und als sie sich umdrehte, fragte sie: »Könnten Sie mir sagen, wie spät es ist?«

»Aber natürlich«, sagte die Frau. »Es ist 14.40 Uhr.«

»Danke.« Agnetha atmete auf. Sie würde also fast noch pünktlich beim Café Sieben ankommen. »Und … äh«, hielt sie die Frau abermals zurück. »Könnten Sie mir auch noch sagen, welches Datum wir heute haben?«

»Ja, heute ist der achte September.«

Agnetha nickte. »Und welches Jahr?«, fragte sie vorsichtig.

»2019.« Die Frau runzelte die Stirn und ging rasch weiter.

»Danke«, rief Agnetha ihr hinterher, doch da war sie bereits durch das Tor gehuscht und nach rechts abgebogen.

14.40 Uhr. Agnetha machte sich auf den Weg. Sie war spät dran, aber noch im Rahmen, fand sie, als sie über die Fußgängerbrücke eilte und unter ihr die Westfalenbahn fuhr. Schnell lief sie zur Ampel an der Großen Straße, wartete ungeduldig auf das grüne Männchen und tauchte dann ein in die Fußgängerzone. Nach H&M bog sie links ab in die kleine Gasse ›Zur alten Wache‹ und nach ein paar Metern erreichte sie den Neumarkt, wo sich das Café Sieben befand.

Er stand dort an die halbhohe Mauer gelehnt und schaute auf sein Handy. Ein Grinsen schoss durch Agnethas Gesicht. Ein richtiges Breitmaulgrinsen. Dieser gutaussehende Mann, ihr Jugendschwarm, hatte sich tatsächlich mit ihr verabredet. Ihr Herz begann zu klopfen.

Als er aufschaute und sie entdeckte, dekorierte ein Lächeln seinen Mund.

»Hallo.« Er stieß sich von der Mauer ab und schenkte ihr eine Umarmung.

Es war nur kurz, doch Agnetha spürte dem kräftigen Druck seiner Arme nach und seiner Hand, die sanft, beinahe wie zufällig, ihren Rücken hinabgefahren war.

»'tschuldigung«, sagte Agnetha, »ich glaube, ich bin ein wenig spät.«

»Macht nix«, sagte er und führte sie zu einem Tisch. Er nahm ihr gegenüber Platz. Agnetha lächelte ihn an. Dennoch waren ihre Gedanken woanders.

Da war diese junge Frau, die sich mit aller Macht in ihre Gedankengänge drängte. Agnetha stieß sie zurück. Konzentrierte sich auf das wunderbare Gegenüber. Diese grünbraunen Augen, die Lachfalten, der Dreitagebart. Die kurzen, leicht grauen Haare waren so lange hübsch, bis sie von einem dunklen Bubikopf verdrängt wurden. Agnetha zuckte zusammen. Ihre Gedanken waren nicht so leicht auszutricksen. Hatte sie wirklich neben ihr gestanden? Und war sie, Agnetha, wahrhaftig ins Jahr 1925 gereist? Vielleicht hatte sie das alles nur geträumt. Ein merkwürdiger, komischer, abstruser Traum.

»Alles in Ordnung?« Nico schaute sie schief an.

»Ja, ja, klar.« Agnetha lächelte. ›Nun verbock das hier bloß nicht‹, sagte sie sich, ›konzentrier dich auf den Mann, in den du so verknallt warst. Früher. Und jetzt?‹ Schon wieder diese Frau. Agnetha zuckte zusammen. Wahrscheinlich war das alles nur ein schlechter Traum gewesen, eine kurze Halluzination. Sie atmete noch einmal tief durch und griff nach der kleinen Speisekarte, die in dem Aufsteller klemmte.

»Weißt du schon, was du willst?«, fragte sie. Ihr Blick fiel auf ihren Ringfinger und sofort wurde ihr heiß und kalt. Ihr Herz pochte. Sie hatte sich das nicht eingebildet. Keine Halluzination. An ihrem Finger klebte der Ring. Schnell zog sie die Karte zu sich, ließ ihre Hände unter dem Tisch verschwinden und zog an dem Ring. Erstaunlicherweise ließ er sich dieses Mal leicht vom Finger lösen. Schnell ließ sie ihn in der Beuteltasche ihres Pullovers verschwinden. Was Nico ihr auf ihre Frage geantwortet hatte, hatte sie nicht mitbekommen.

Mittlerweile stand der Kellner neben ihnen und Nico bestellte Kaffee und Apfelkuchen. Agnetha nahm das Gleiche. Ihr Kopf rauschte, sie konnte sich nicht wirklich auf so etwas wie eine Bestellung konzentrieren.

»Du siehst heute etwas mitgenommen aus«, sagte Nico.

Agnetha fasste sich an die Stirn. »Hast du auch solche Kopfschmerzen?«, fragte sie.

»Nee. Du?«

Sie nickte und hoffte, dass damit ihr komisches Verhalten erklärbar war. Auf jeden Fall schien sie sich jetzt besser in den Griff zu bekommen, denn nachdem der Kellner Kaffee und Kuchen gebracht hatte, unterhielten sie sich locker und so, dass es Spaß machte. Agnetha lachte viel und diese komische junge Frau hockte brav in der hintersten Ecke ihres Gedächtnisses. Nur die wichtigen Themen umrundete sie, ohne sie anzurühren. Hatte Nico eine Freundin? War er gar verheiratet? Hatte er vielleicht sogar Kinder?

Zu groß war Agnethas Sorge, er könnte die Fragen mit »Ja« beantworten.

Nachdem sie schließlich das Café verlassen hatten, wurde Agnetha nervös. Die junge Frau aus 1925 drängte sich wieder in den Vordergrund, spukte immer wieder in ihre Gedanken hinein. Agnetha schob es heimlich auf den Ring, den sie immer wieder nervös in ihrer Beuteltasche befummelte, während sie neben Nico durch die Fußgängerzone schlenderte.

Als er vorschlug, noch ein Eis zu holen, blieb sie stehen und atmete einmal tief durch. »Du«, begann sie, »ich muss eigentlich noch einmal zum Friedhof. Ich möchte dort noch ein paar Lampen zum Leuchten bringen.« Sie klopfte unter ihren Rucksack, in dem sich tatsächlich noch die Grabkerzen befanden, die es vorhin nicht mehr auf die Gräber ihrer Verwandten geschafft hatten.

»Oh, ja?« Er drehte sich zu ihr um. Fast schien es ihr, dass er ein wenig enttäuscht war. Kurz überlegte er, dann fragte er: »Darf ich mitkommen? Ich war seit Ewigkeiten nicht mehr da.«

»Äh, klar, gerne.« Agnetha lächelte und hoffte zugleich, dass er gleich nicht mitbekommen würde, wie sie den Ring auf dem Grab ›verlieren‹ würde, von dem sie ihn genommen hatte und von dem er niemals hätte verschwinden dürfen.

Sie passierten das Steinkreuz und bogen rechts ab. Agnetha schlenderte langsam neben Nico daher und ließ ihren Blick über die Gräber an der rechten Seite schweifen. Welches Grab war es denn noch mal gewesen? Das Grab ihrer Tante, auf dem sie eine Kerze anzünden wollte und das sie vorhin nicht erreicht hatte, rückte immer näher. Mein Gott, es konnte doch nicht verschwunden sein, das Grab mit den auf dem Grabstein eingravierten Ringen. Sie hatte das doch noch gesäubert. Wo war es nur? Agnetha blieb stehen und ließ ihren Blick noch einmal zurückschweifen.

»Na, Grab verloren?«, fragte Nico, und als sie ihn irritiert anschaute, meinte er: »Macht nix. Geht mir auch immer so.«

»Nein, nein, ähm.« Agnetha ging weiter. »Hier! Hier ist es!«, rief sie mit einem Mal euphorisch, nahm ihren Rucksack ab und bückte sich.

»Wow.« Nico hob die Augenbrauen. »Freust du dich immer so, wenn du ein Grab wiederfindest?« Er grinste und stellte sich neben sie. »Was suchst du denn da in deinem Rucksack?«

»Kerze und Feuerzeug.«

»Aber da brennt schon eine Kerze.« Nico deutete auf das Grablicht.

»Hä?« Agnethas Gesichtszüge entglitten. So 'n Mist aber auch. Ihr Plan war gewesen, ihr Feuerzeug nicht wiederfinden zu können und Nico mit der Kerze zu einem anderen Grab zu schicken, damit er diese dort an einem brennenden Grablicht anzündete. In der Zwischenzeit wollte sie schnell den Ring an der Stelle verbuddeln, wo sie ihn gefunden hatte. Dass dieses Grab hier gar nicht das einer Verwandten war, brauchte er ja nicht zu erfahren. »Oh«, fügte sie noch hinzu. »Ja, dann … Magst du mir vielleicht irgendwoher eine Gießkanne besorgen? Dann gieße ich noch ein wenig. Ist so trocken hier.« Sie berührte den Boden und lächelte zu Nico hoch, der zwei Schritte am Grab entlangging und eine Gießkanne anhob, die hinter dem Grabstein stand.

»Die hier?«, fragte er.

Sie lächelte und nickte. »Ist noch Wasser drin?«, fragte sie.

»Jupp.« Nico begann zu gießen. »Ich glaube, das reicht«, sagte er, als die Kanne leer war. »Willst du eigentlich auf ewig dort unten hocken?«

Agnetha zog schnell wieder ihre Hand zurück, in der sie mittlerweile den Ring verbarg. »Nein«, lachte sie und stand auf. »Aber die Blume da vorne, die braucht immer viel Wasser. Magst du noch etwas von dem Wasserbecken dahinten holen?«

»Klar.« Die grüne Plastikkanne schwenkend machte er sich davon.

Schnell bückte Agnetha sich und verbuddelte den Ring hinter der Grableuchte an der Stelle, an der sie ihn gefunden hatte.

Als Nico zurückkam, gönnte sie der besagten Pflanze noch einen zusätzlichen Spritzer Wasser. Schließlich stellte sie die Kanne zurück und sie machten sich auf den Weg zum nächsten Grab. Agnetha war so froh, diesen Ring losgeworden zu sein. Sie hüpfte wie ein kleines Kind neben Nico her und hätte beinahe das Grab ihrer Tante verpasst. Nico allerdings stellte sich als aufmerksamer Grabinschriftenleser heraus und machte sie darauf aufmerksam, dass dort eine »Wiesenbäuerin« liege.

»Oder hat derselbe Nachname nichts zu sagen?«, fragte er.

»Ach ja.« Agnetha schlug sich den Handrücken vor die Stirn. Schnell kramte sie Kerze und Feuerzeug hervor und zündete ein Licht für ihre Tante an.

»Na«, lachte Nico auf dem Rückweg, als sie federnden Schrittes vorauseilte. »Deine Kopfschmerzen scheinen ja weg zu sein.« Er griff nach ihrer Hand und zog sie zu sich zurück. Ehe sie es sich versah, fand Agnetha sich in seinen Armen wieder. Einen Augenblick schaute sie ihm in seine grün-braunen Augen, sein Gesicht schwebte vor ihrem und Agnethas Herz klopfte. Noch während sie ihrem Herzklopfen lauschte, spürte sie seine warmen Lippen auf ihrem Mund. Sie schloss die Augen, um diesen Traum festzuhalten. Er hielt nur einen kurzen Moment und zerplatzte, als eine Frauenstimme sie zurechtwies.

Agnetha lief rot an und zog Nico mit sich. Wie peinlich! Sie benahmen sich hier wie Teenies. Auf dem Friedhof. Und sie schwebte gerade auf Wolke Sieben. Geküsst! Er hatte sie tatsächlich geküsst! Sie drehte sich zu Nico um, dessen Hand immer noch in ihrer lag. Ein breites Grinsen flog über ihr Gesicht und als sie die nächste Biegung hinter sich gebracht hatten, begann sie zu lachen.

»Fühlst du dich auch gerade so jung?«, fragte sie.

Nico grinste. Er stellte sich ihr gegenüber, ganz nah, dann senkte er den Kopf, seine Lippen streiften kurz ihren Mund, um jetzt weiter an ihr Ohr zu wandern. »Aber wir sollten uns nicht erwischen lassen«, sagte er, »sonst gibt's noch Hausverbot.«

»Dann lass uns mal weitergehen.« Mit breitem Grinsen und Schwung in den Beinen setzte sie ihren Weg fort.

Nico holte sie ein, ging eine Zeit lang neben ihr. Ob sie es wagen sollte, wieder nach seiner Hand zu greifen? Wollte er das?

In diesem Moment gingen sie an dem Grab vorbei, auf dessen Grabstein Therese Bernhardt stand. Erinnerungen schossen Agnetha ins Gedächtnis. Therese war eine Mitschülerin gewesen, die vor etlichen Jahren durch einen Verkehrsunfall ums Leben gekommen war. Sie war ein Jahrgang unter ihnen gewesen. Agnetha hatte sie nur vom Sehen gekannt. Trotzdem war in diesem Moment, in dem sie ihren Namen las, die Tragödie von damals präsent und Agnetha dachte, was für ein Glück man hatte, relativ unbeschadet durchs Leben gekommen zu sein. Spontan blieb sie stehen und zog Nico zu sich.

»Das ist schon ganz schön traurig, wenn man so plötzlich aus dem Leben gerissen wird, wie Therese hier«, sagte Agnetha.

»Ja.« Nico nickte.

»Kanntest du sie?«

Er zuckte mit den Schultern.

»Ein bisschen.«

Agnetha nickte. »Das war, als ich in Münster studiert habe und gerade von meinem ersten Freund betrogen wurde.«

»Na, so genau weißt du das?« Nico zog sie weg von dem Grab.

»Ja«, sagte Agnetha, »ich weiß noch, wie Mama mir davon am Telefon berichtet hat. Danach habe ich gedacht, dass mein fremdgehender Freund doch nicht die größte Katastrophe auf der Welt ist, dass es viel schlimmere Dinge gibt.« Sie schaute Nico an. »Das hat mir so leidgetan für sie und ihre Eltern und ihre Freunde. Ich glaube, ihr Freund war sogar mit in den Unfall verwickelt, hat das Motorrad gefahren oder so … und war schwer verletzt. Ich weiß gar nicht, was aus dem geworden ist. Ob er es überlebt hat?« Agnetha dachte nach. »Hast du da mehr von gehört?«

Nico schüttelte den Kopf. »Nee«, sagte er und hielt inne. »Komm«, fuhr er fort, »lass uns über schönere Dinge reden.« Er öffnete das kleine Tor, das zur Bockradener Straße führte und verneigte sich vor ihr. Agnetha eilte hindurch und nachdem auch er den Friedhof verlassen hatte, griff er nach ihrer Hand und hielt sie fest. So gingen sie zur Innenstadt zurück und Agnetha durchströmte ein viel zu lange vermisstes Glücksgefühl.

Als die 39-Jährige ihre Wohnungstür aufschloss und eintrat, war sie den Hauch eines Moments zu spät, um Nico auf ihren im verborgenen lauernden Kater hinzuweisen. Schon flog ein schwarzer Schatten auf sie zu und spitze Krallen fraßen sich in Nicos Schulter.

»Kaktus!« Agnetha versuchte, das Katzentier abzuzupfen. »Geht man so mit seinen Gästen um?«

»Na, er hat auf jeden Fall den passenden Namen.« Nico verzog das Gesicht ein wenig, während Agnetha an ihrem Kater zog, dessen Krallen sich hartnäckig in Nicos Pullover verfangen hatten.

»Vielleicht wäre es besser gewesen, die Jacke anzulassen«, meinte Nico und hing seine Jacke, die er im Arm getragen hatte, an einen Kleiderhaken.

»Tut mir leid.« Agnetha schaffte es nun endlich, die Krallen aus dem Stoff zu lösen. Sie setzte Kaktus ab und ging in die Küche.

»Magst du was trinken?« Agnetha stand vor Nico, in der einen Hand eine Flasche Wasser, in der anderen ein Bier.

»Ein Bier geht wohl.« Er nahm Agnetha die Flasche ab und setzte sich an den Küchentisch.

»Nur eins geht?« Agnetha zog die Augenbrauen ein wenig hoch.

»Ich muss nachher noch fahren.« Er drehte sich zu ihr und hob die Hände, als umfasste er ein Lenkrad.«

»Ach ja«, Agnetha haute sich vor die Stirn. »Du bist ja gar kein Ibbenbürener mehr.« Agnetha stellte eine zweite Flasche auf den Tisch.

»War ich nie.«

»Warst du doch. Laggenbeck gehört zu Ibbenbüren.« Mit einem Grinsen öffnete sie seine Flasche und stellte sie ihm wieder hin.

»Pah. Wir waren Laggenbecker!« Ein Trommelwirbel seiner Finger auf dem Tisch folgte.

»Oh! Vorsicht! Das ist gefä…«

»Au!« Kaktus hatte dem Trommelwirbel ein Ende bereitet.

Agnetha jagte ihn vom Tisch. »Kaktus!«, schimpfte sie. »Musst du immer alle Gäste vergraulen?«

»Passiert das häufiger?« Nico rieb seine Finger.

Die Antwort blieb Agnetha ihm schuldig. Ihr blieb gerade noch Zeit für eine Entschuldigung, bevor die Türklingel erklang. Kaktus sauste in den Flur und positionierte sich.

»Nanu«, meinte Nico. »Erwartest du Besuch?« Er zog eine Augenbraue hoch und Agnetha musste lachen.

»Eigentlich nicht«, sagte sie. »Wenn wir Pech haben, ist es …«

»Huhu, Agnetha, bist du da?« Ein unregelmäßiges Poltern gegen die Wohnungstür kündigte den Besuch an.

»Sie ist es«, seufzte Agnetha.

»Wer?«

»Meine Mutter.« Agnetha verzog das Gesicht. »Wahrscheinlich gibt es wieder eine dringende klitzekleine Kleinigkeit, die ich bitte ganz schnell besorgen muss.« Agnetha machte sich auf den Weg zur Tür, an der es weiterhin polterte.

»Bin schon da, du kannst aufhören, meine Tür zu ruinieren.« Agnetha öffnete. »War unten schon wieder nicht abgeschlossen?«

»Du«, sprach Hannelore Wiesenbauer und rollte ihren Rollator an ihrer Tochter vorbei in den Wohnungsflur. »Kannst du eben noch die kleine Blume zu Papa bringen? Ich hatte ganz vergessen, dir die mitzugeben. Und du weißt doch, meine Hüfte will zurzeit so gar nicht mitspielen. Wo ist denn dein frecher Kater?« Ihr Blick wanderte zum Garderobenschrank, auf dem tatsächlich kein Kaktus lauerte.

»Ich weiß nicht.« Agnetha schaute den Spuren hinterher, die Frau Wiesenbauers Rollator auf ihrem Laminat hinterließen. Sie nahm das Kehrblech und begann zu fegen. »Eben ist er noch in den Flur gerannt«, sagte sie mit dem Blick auf den Boden.

»Na, ist ja auch egal. Ich stelle dir die Blume hierhin.« Sie bückte sich etwas mühevoll, hob die Pflanze aus dem Korb ihres Rollators und stellte sie auf die kleine Ablage bei der Garderobe. Als sie neben sich schaute, blickte sie direkt in zwei grün-gelbe Kateraugen.

»Huch! Kaktus! Da ist er ja!« Hannelore drehte sich zu ihrer Tochter und deutete mit dem Zeigefinger auf die Katze, die mit ihren Krallen in einer braunen Lederjacke hing. Dann wandte sie sich wieder dem Kater zu. »Kaktus. Wo hast du denn die scheußliche Jacke aufgetrieben? Ist das dein Kratzbaum?« Sie rümpfte die Nase.

»Die gehört mir.« Im Türrahmen zur Küche stand Nico und hielt der alten Frau seine Hand entgegen. »Ich bin Nico. Nico Flachsmeer.«

»Ah … ah … aha.« Hannelore Wiesenbauer legte ihre Hand in seine und ließ sie schütteln. Mit großen Augen musterte sie ihn, blickte zu Agnetha und wieder zu ihm.

Schließlich ging ein Strahlen über ihr Gesicht. »Sehr erfreut!«, rief sie. »Hannelore Wiesenbauer. Die Mutter von Agnetha.« Als sie ihre Hand wieder für sich hatte, wandte sie sich Agnetha zu, die den ganzen Trupp in die Küche schob, samt Kaktus, der mittlerweile auf dem Rollatorsitz Platz genommen hatte. »Ker!«, rief Frau Wiesenbauer über ihre Schulter Agnetha zu. »Hast du den vom Klassentreffen mitgebracht? Das ist ja prima! Endlich mal ein Mann im Haus.« Bei den Worten wandte sie sich nach vorne und strahlte Nico an, der bereits wieder auf dem Küchenstuhl Platz genommen hatte. Nico grinste und Agnetha spürte, wie ihr Gesicht merklich an Farbe gewann. Gleich hatte sie bestimmt wieder die gehassten roten Flecken aus Teenagertagen im Gesicht.

»Mama«, wies sie ihre Mutter zurecht, während diese dem Gast erklärte, dass er sich gerade auf dem Platz von Kaktus breitmache und sie nicht wisse, ob das dem Kater so genehm sei.

»Scheint bisher okay zu sein«, meinte Nico und deutete auf Kaktus, der weiterhin den Rollator besetzt hielt und sich nun ausgiebig säuberte.

»Ja?« Hannelore warf einen Blick auf den Rollator samt Inhalt. »Ja, ja, dann.« Sie rückte den Stuhl an der Längsseite des Küchentisches umständlich zurecht und ließ sich nieder.

Agnetha atmete tief ein. Es sah so aus, als wollte ihre Mutter noch eine Weile bleiben. »Möchtest du etwas trinken, Mama?« Sie öffnete bereits die Tür des Hängeschranks.

»Ach nein, dann muss ich so oft auf Toilette.«

»Du solltest aber mehr trinken.« Agnetha zog bereits ein Glas hervor.

»Ach.« Hannelore Wiesenbauer winkte ab. »Überbewertet.« Sie wandte sich an Nico. »Sind Sie denn auch noch so ledig wie meine Agnetha?«

Agnetha fiel das Glas aus der Hand. »Mama«, knurrte sie und bückte sich schnell.

»Kind!« Die Mutter ließ ihren Blick über ihre Tochter schweifen. »Was machst du denn da wieder für Sachen?« Sie blickte zu Nico. »Also manchmal.« Hannelore schüttelte den Kopf. »Recht ungeschickt, das Kind.« Sie legte ihre Hand auf Nicos Arm und raunte ihm zu. »Aber ansonsten ein nettes Mädel.«

Nico grinste und stand auf, um die Scherben einzusammeln, während Agnetha Besen und Kehrblech holte. Agnetha hatte das Gefühl, dass ihr Kopf gleich platzte. Am liebsten hätte sie ihre Mutter nach Hause geschickt. Stattdessen fegte sie stumm die Scherben zusammen, während ihr Herz gegen ihre Brust hämmerte. Sie fragte sich, ob Nico die Frage, die ihre Mutter ihm gestellt hatte, noch beantworten würde. Und ob sie die Antwort hören wollte.

Auch Hannelore Wiesenbauer schien noch an der Beantwortung interessiert zu sein. Ihr Blick folgte intensiv den Bewegungen, die Nico da unten in der Hocke vollführte. Als endlich alle Scherben zusammengekehrt waren und er wieder aufrecht stand, blickte sie ihn mit großen Augen an.

»Äh«, sagte er und fuhr sich mit der Hand durch die Haare. »›Getrennt lebend‹ bezeichnet man, glaube ich, meinen derzeitigen Zustand.«

›Getrennt lebend.‹ Das hörte sich direkt gut an. Auf jeden Fall viel besser als ›glücklich verheiratet‹. Das Kehrblech mit dem Scherbenhaufen nahm Agnetha Nico schnell ab und eilte zum Mülleimer. Auch wenn es vielleicht etwas egoistisch war, so war das Grinsen in ihrem Gesicht doch ziemlich breit. Es fror ein, als ihre Mutter die nächste Frage stellte. »Und haben Sie Kinder?«

»Mama!« Agnetha stand erstarrt vor dem geöffneten Mülleimer.

»Wieso?« Hannelore drehte sich mühsam in Agnethas Richtung.

Die Scherben fanden ihren Weg in den Restmüll und Nico sagte: »Nein.«

Als Agnetha sich langsam zu ihm drehte, funkelten seine Augen sie belustigt an. Schnell legte sie das Kehrblech zur Seite, eilte zum Tisch und setzte sich.

»Prost.« Sie hob ihr Bier an und trank.

»Gut«, ließ Hannelore Wiesenbauer verlauten.

Agnetha schielte mahnend in ihre Richtung. »Wie wäre es, wenn du einfach mal über das Wetter plauderst?« Agnetha schenkte ihrer Mutter ein Lächeln.

»Kind,« Hannelore schüttelte den Kopf, »über das Wetter spricht man, wenn einem nichts anderes einfällt. ›Smol Tolk‹ heißt das.« Sie schüttelte ihren Kopf. »Was machen Sie denn beruflich?«, wandte sie sich wieder an Nico.

»Rettungssanitäter«, sagten Nico und Agnetha gleichzeitig.

»Ach, sieh mal einer an.« Hannelore drehte sich erneut zu ihrer Tochter. »So viel hast du auch schon herausgefunden.«

Agnetha verdrehte die Augen und stellte ihre Bierflasche laut krachend zurück auf den Tisch. Die Flasche hatte bereits die Hälfte ihres Inhalts eingebüßt.

Nico klärte indessen Frau Wiesenbauer darüber auf, dass sie sich bei der gestrigen Jahrgangsfeier wiedergetroffen hatten und dass er sie jetzt leider verlassen müsse, da er noch einen wichtigen Termin habe. Er stand auf und reichte Hannelore Wiesenbauer die Hand.

»Wie?« Hannelore erwiderte den Gruß und starrte ihn groß an. »An einem Sonntagabend?«

Nico nickte, während Agnethas Herz bereits in der Hose saß. Ihr Kopf rauschte und sie hätte ihre Mutter schütteln mögen. Sie hatte ihn vergrault. Mit ihrer ollen Fragerei. Agnethas Lippen waren aufeinandergepresst, als sie sich nun ebenfalls erhob.

»Ich begleite dich zur Tür«, brachte sie hervor.

»Bis zum nächsten Mal«, trällerte Hannelore Wiesenbauer dem jungen Mann hinterher.

»Tut mir echt leid«, raunte Agnetha ihm an der Tür zu. »Manchmal ist sie echt …«

»Tut mir echt leid«, sagte Nico. »Ich habe wirklich einen Termin.« Er gab ihr einen sanften Kuss auf die Lippen. »Deine Mutter ist schon okay«, sagte er. »Amüsant«, fügte er hinzu und lachte, als er Agnethas Gesichtsausdruck sah.

Doch in Wirklichkeit blühte ihr Herz gerade wieder auf, bekam Flügel und flog ihm hinterher. Ihm, der jetzt die Treppe hinuntereilte, ihm, den sie … wann wiedersehen würde?

»Nico!«, rief sie über das Treppengeländer gebeugt hinterher. »Sehen wir uns wieder?«

»Klar.« Er grinste. »Ich melde mich.«

*

Als sie den Friedhof erblickte, merkte Agnetha, dass sie die letzten Stunden gar nicht mehr an ihren komischen Traum oder was auch immer das gewesen war, gedacht hatte. Dafür kam der Gedanke an die junge Frau nun mit einer Wucht zurück, die sie innehalten ließ. Gehetzt schaute sie sich um, drehte sich um sich selbst und ging schnellen Schrittes ein paar Meter zurück. Zurück zum Ausgang. Dann wieder blieb sie stehen. Sie konnte unmöglich diesen Ort für immer meiden. Ihr Papa lag hier. Und mit Nico zusammen hatte sie den Gang über den Friedhof vorhin schließlich auch mühelos geschafft. Sie war nirgendwohin gereist, hatte keine Halluzinationen gehabt und außerdem – gehetzt hob sie ihre Hand an – sie hatte keinen Ring am Finger.

Allmählich beruhigte sich ihr Herzschlag. Als ein älterer Mann an ihr vorbeiging und die Richtung einschlug, die auch sie nehmen musste, schlich sie hinterher. Nur die letzten Meter musste sie allein schaffen, denn er bog eine Weggabelung früher ab und entfernte sich linker Hand. Sie brachte die vier Schritte hinter sich und stellte die Blume auf den aus Rindenmulch angelegten Weg, der das Grab in zwei hübsch geschwungene Hälften teilte. Kurz ließ sie ihren Blick über die Grabinschrift laufen und über die kleine Wolke, die dort eingraviert war. Sie stellte sich vor, dass ihr Papa dort oben auf seinem Himmelsheim saß, und schickte ihm einen Gruß. Das tat sie jedes Mal. Und sie war froh, dass es diese kleine Wolke gab, ihre Verbindungspforte zu ihrem Vater. Mama hatte auf die üblichen betenden Hände bestanden, allerdings hatte Agnetha sich durchgesetzt. Eins der wenigen Male.

Mit einem ›Adieu‹ zur Wolke wandte Agnetha sich nach links und blickte direkt in das Gesicht der jungen Frau aus 1925.

Agnetha schrie.

Mein Gott! War sie wieder gereist?

»Pschscht.« Die Frau legte den Zeigefinger auf ihre rot gezeichneten Lippen.

Agnethas Herz klopfte bis in den Hals. Hastig warf sie einen Blick nach rechts zum Grab ihres Vaters. Es war noch da. Zum Glück. Sie war in 2019. Was andererseits bedeutete, dass diese Frau sie nicht nur in der Vergangenheit belästigen konnte, sondern auch im Hier und Jetzt. Agnetha atmete tief ein.

»Was willst du?« Agnethas Blick sollte entschlossen und böse sein. Sie fürchtete, dass er eher dem eines aufgescheuchten Kaninchens glich.

Die junge Frau, deren Namen sie nicht wusste und den sie nicht vorhatte, zu erfragen - nicht, dass sie das nachher noch enger aneinanderband - verdrehte die Augen.

»Der Mord«, sagte sie, »du musst den Mord aufklären. Sonst wird es kein Entrinnen geben aus dem leuchtenden Jahr 1925. Das Jahr, das endlich Zeiten der Besserung in Aussicht stellte nach den harten Nachkriegsjahren.« Sie hielt inne mit der Schwärmerei und verschränkte ihre Arme vor der Brust. »Wie erweist sich das Voranschreiten der Recherchetätigkeit?«

»Äh.«

»Hab ich's mir doch gedacht.« Sie schüttelte den Kopf. »Und wo hast du deinen Ring?«

Agnetha verdrehte die Augen.

Ihr Gegenüber atmete einmal tief durch, griff in eine altmodische große Tasche, die sie bei sich trug, und hielt ihr kurze Zeit später den Ring vor die Nase.

Agnetha nahm ihn wortlos entgegen.

»Und versuch nicht abermals, ihn loszuwerden.« Jetzt lächelte sie. »Das ist nutzlos und führt nur zu Verzögerungen.«

»Darf ich jetzt gehen?« Agnetha drängte sich an der jungen Frau vorbei.

»Ja, natürlich. Ich wünsche viel Erfolg.«

Die 39-jährige eilte zum Ausgang, ohne sich noch einmal umzuschauen. Erst als sie die Bockradener Straße passiert hatte, schaute sie zurück. Es war niemand hinter ihr. Sie atmete auf. Gewiss konnte ihr diese Person nur auf dem Friedhof erscheinen. Wahrscheinlich war sie eh reine Einbildung. Sie sollte mal überlegen, einen Psychiater aufzusuchen. Wie automatisch griff Agnetha in die Beuteltasche ihres Sweatshirts und fühlte das kalte Metall. Sofort pochte ihr Herz bis in ihre Ohren. War es wirklich Einbildung, wenn dieser blöde Ring sich so echt anfühlte? Sie zog ihn hervor.

Und als sie die Stufen, die zur Fußgängerbrücke führten, passiert hatte, warf sie ihn dort in den silbernen Mülleimer. Sie eilte die Steigung der schmalen Brücke hoch. Ihr gehetzter Blick streifte den Mauritiuskirchturm in der Ferne und sie war kurz davor, den Allmächtigen dort oben um Hilfe für ihre Psyche zu bitten.

Und darum, den Ring nicht wieder auftauchen zu lassen.

Und diese Frau. Die fast noch ein Mädchen war.

Schließlich beruhigte sich ihr Atem und ihr Herzschlag normalisierte sich. Ein letzter Blick zurück zeigte ihr: Es war nirgendwo eine junge Frau mit viel zu roten Lippen zu sehen. Agnetha setzte ihren Weg fort.

Zu Hause öffnete sie die Wohnungstür, huschte hinein und schloss die Tür schnell wieder. Einen Augenblick lehnte sie mit dem Rücken an der Tür und atmete tief ein und aus. Sie erblickte ihren Kater, der darauf zu warten schien, dass sie endlich den Schrank passierte.

»Okay, Kaktus.« Agnetha zwang sich zu einem Lächeln. »Ich bin bereit.«

Sie ging an dem Schrank vorbei, Kaktus sprang auf ihre Schulter und dann passierte alles sehr schnell. Agnetha hörte ein Fauchen, spürte die Krallen von Kaktus, die ihren Rücken hinabglitten. Kurz darauf landete der Kater auf dem Boden und verschwand blitzschnell in der Küche. Mit offenem Mund schaute Agnetha ihm hinterher.

Die Bewegung hinter ihr spürte Agnetha erst, als sie bereits herumwirbelte.

Vor ihr stand das Mädel mit den roten Lippen. Den Ring hielt sie ihr stumm entgegen.

Wie ferngesteuert nahm Agnetha das Schmuckstück an sich.

»Irgendwie scheinst du mir keinen Glauben zu schenken«, begannen die roten Lippen, »oder des Zuhörens nicht fähig zu sein.« Die Lippen verzogen sich zu einem missbilligenden schmalen Strich. »Glaube mir, meine Zufriedenheit damit, dass der Ring ausgerechnet deinen Finger ziert, ist sehr begrenzt. Aber so ist es nun mal. Das Schicksal hat uns zusammengeführt und es liegt nicht in deinem Ermessen, uns wieder zu trennen. Es sei denn, du klärst endlich mal das Mordgeschehen an Emilia Pacifico auf.«

»Wie … wie bist du hier hereingekommen?«

»Das war jetzt kein Problem«, sagte die junge Frau und deutete auf die Tür.

»Die ist abgeschlossen, also zu, also die bekommt man von außen nur mit einem Schlüssel auf.«

»Ich bin ein Geist«, behauptete die Rotlippige und Agnethas Augen gewannen noch ein wenig mehr an Größe. »Wir gehen durch Wände.« Sie deutete hinter sich. »Eine Tür stellt kein Problem dar.«

Agnetha runzelte die Stirn. Wollte sie sie verarschen? Die 39-Jährige huschte einen Schritt vor, tippte dem ›Geist‹ auf die Schulter und sprach: »Ha! Geister sind nicht materialisiert. Was man von dir nicht sagen kann.«

»Das kann ich so handhaben, wie ich das brauche. Und ich dachte mir, eine wabernde Erscheinung sei dir nicht so genehm. Schließlich wollte ich dich nicht erschrecken.«

»Na, das ist dir ja gelungen.« Agnetha grinste schief.

Ihre Haustürklingel ließ sie zusammenfahren. Automatsch fuhr sie ihre Hand aus und drückte auf die Gegensprechanlage. »Ja, hallo? Wer ist da?«

»Na, ich bin's«, klang die Stimme ihrer Mutter an ihr Ohr.

»Wie schön!« Bestimmt würde die Frau oder der Geist beim Erscheinen von Hannelore Wiesenbauer verschwinden.

»Wie schön?«, echote Agnethas Mutter. »Ist das jetzt Ironie?«

»Nein, nein, überhaupt nicht. Ich freue mich.«

»Na, dann lass mich mal rein.«

»Ja, gerne, einen Moment, Mama, ich mache sofort auf.« Sie fuchtelte mit den Händen vor ihrem ›Geist‹ herum. »Wie wäre es, wenn du mal schnell verschwindest«, forderte sie die junge Frau auf.

»Erst muss ich dir das Versprechen abringen, dass du dich endlich an die Arbeit machst.«

»Ja, mache ich. Morgen. Nach der Arbeit.«

»Das ist ziemlich spät. Aber gut. In dem Kapellenanbau liegt ein wenig Kleidung für dich. Bitte trage diese.« Sie räusperte sich. »Du siehst sonst ein wenig merkwürdig aus.«

›Aber selbst‹, lag es Agnetha auf der Zunge. Doch sie sagte nichts. Dafür plapperte ihr ›Geist‹ weiter: »Du weißt hoffentlich noch, wie du deine Zeitreise zu bewerkstelligen hast. Gehe lediglich um das Christuskreuz und achte darauf, den Ring am Finger zu tragen, aber nur während der Bewerkstelligung der Zeitreise. Alsbald du drüben bist, setze ihn bitte ab. Trage ihn bei dir, aber nie am Finger. Glaube mir, es ist besser …«

»Ja, ja«, unterbrach Agnetha die junge Frau. »Du müsstest jetzt mal verschwinden. Meine Mutter wartet nicht gerne.« Mit den Worten begann sie, die Wand in ihrem Rücken nach dem elektrischen Türöffner abzutasten. Gleichzeitig bemühte sie sich, ihren Blick fest auf dem Rote-Lippen-Mädel gerichtet zu lassen. Sie würde genau beobachten, ob diese wirklich durch die Wand entschwand.

Innerlich fluchte sie bereits, denn ihre Hände fanden den Schalter nicht. Aber er musste hier irgendwo sein. Sie tastete sich weiter voran. Erfolglos. Blitzschnell blickte sie zur Wand, korrigierte ihre Hand um ein paar Zentimeter und drückte auf den Knopf. Mit dem Ertönen des Summtons schaute Agnetha wieder nach vorne. Das Mädel war weg.

Das gab's doch nicht!

War sie wirklich ein Geist?

Oh! Mein! Gott! Sie hatte es mit einem Geist zu tun. Oder mit ›Verstehen Sie Spaß?‹?

Wenn jetzt gleich der Cantz vor ihrer Tür stand anstatt ihrer Mama, dann würde der aber was zu hören kriegen! Vielleicht würde sie auch ein bisschen lachen. Wegen der Erleichterung.

Schnell riss sie die Wohnungstür auf und machte zwei Schritte auf das Geländer zu. Als sie hinunterschaute, hatte sie die Aufzugstür unten im Flur im Blick. Weder ihre Mutter noch ein Guido Cantz standen davor. Fernsehkameras erblickte sie auch nirgendwo. Dafür öffnete sich nun die Fahrstuhltür neben ihrer Wohnung. Heraus kam Hannelore Wiesenbauer.

»Mama!«, rief Agnetha. »Wie bist du denn so schnell hier hochgekommen?«

»Mit dem Fahrstuhl.« Hannelore runzelte die Stirn und blickte sich zum Aufzug um.

»Ja«, sagte Agnetha, »aber so schnell. Ich habe doch gerade erst auf den Türöffner gedrückt.«

»Ach«, Hannelore Wiesenbauer winkte ab, »bis du öffnest, haben mich schon zehn andere Leute ins Haus gelassen. Dein Nachbar von unten ist eben wiedergekommen und hat mich mit hineingelassen.«

»Ach so.« Agnetha schaute sich um. »Und du hast nicht zufällig noch jemanden mitgebracht?« Sie beugte sich nochmals über das Geländer.

»Nein.« Hannelore runzelte die Stirn. »Dein Nachbar von unten ist in seine eigene Wohnung.« Sie schien einen Augenblick zu überlegen. »Und der junge Mann von heute war doch in Ordnung«, sagte sie dann. »Da bringe ich dir doch keinen neuen mit. Den halte dir mal ruhig warm.«

Agnetha seufzte. So hatte sie das natürlich nicht gemeint.

»Was wolltest du denn jetzt?« Agnetha schob die Wohnungstür weiter auf.

»Ach«, sagte ihre Mutter. »Ich habe vorhin ganz vergessen, dir dieses Blumenfutter mitzugeben. Du weißt schon, für die Schnittblumen, die du Papa gekauft hast.« Sie zog ein kleines Päckchen aus ihrer Jackentasche. »Ich war extra noch mal beim Blumengeschäft und die haben mir dazu geraten. Das musst du dazugeben, so in die Vase.« Sie wendete das Päckchen so, als lasse sie den Inhalt herausrieseln.«

»Ich war heute aber schon beim Friedhof«, sagte Agnetha.

»Oh.«

»Ich nehme es das nächste Mal mit, okay?« Agnetha hielt die Hand. Ihre Mutter gab ihr das Tütchen. »Möchtest du noch mit reinkommen?«, fragte Agnetha und als sie sah, dass ihre Mutter zögerte, hakte sie sich bei ihr unter und schob sie in die Wohnung. »Komm«, sagte sie, »ich mach uns beiden was Schönes zu essen.«

Ein Strahlen bemächtigte sich Hannelores Gesicht und sie rollte leichten Fußes in den Wohnungsflur.

Montag

Am Montagmorgen saß Agnetha vor ihrem Computer und versuchte verzweifelt, mit der Gestaltung eines Buchcovers voranzukommen. Gegen 15 Uhr gab sie auf und machte sich auf den Weg zum Stadtmuseum.

Warum war sie eigentlich nicht früher schon einmal hier gewesen? Sie betrat die schöne alte Villa aus rotem Backstein mit den ins Auge fallenden Sandsteinumrandungen. Ihr Blick fiel sofort auf die mit Ornamenten gestalteten Bodenfliesen in Blau- und Orangetönen.

Wie schön es hier aussah.

Herrschaftlich.

›Seit wann findest du ›herrschaftlich‹ toll?‹ Agnetha schüttelte den Kopf. Und doch blickte sie in den hohen Flur und fühlte sich wohl, dabei hatte sie eigentlich immer ein Herz für die Arbeiter und nicht für Bürgerfamilien. Und jetzt schwelgte sie schon in vergangenen Zeiten, ohne dass ein blöder Ring sie dorthin beförderte. Oder?

Schnell hob Agnetha ihre Hand an und betrachtete sie. Kein Ring schmückte ihren Finger.

»Hallo, guten Tag«, unterbrach eine freundliche Stimme ihre Gedankengänge. »Herzlich Willkommen im Ibbenbürener Stadtmuseum.« Eine Frau mittleren Alters lächelte sie an.

»Hallo«, sagte Agnetha. »Danke schön. Ich … ähm … ja, ich wollte mich hier einmal ein bisschen umschauen.« Warum sagte sie nicht einfach, dass sie Hilfe bei der Aufklärung eines Mordes brauchte?

»Gerne.« Die Frau strahlte sie an. »Kommen Sie mit.« Sie ging an Agnetha vorbei und winkte ihr. Links neben dem Eingang betrat sie einen Raum. »Schauen Sie sich alles an.« Mit einer ausladenden Armbewegung drehte sie sich herum. »Dies ist das Damenzimmer.«

Ehrfurchtsvoll betrat Agnetha den Raum und wandte sich nach links. Sie stand vor einer reichlich verzierten Holzkommode.

»Öffnen Sie ruhig die Schublade.« Mit schnellen Schritten stand die Mitarbeiterin neben Agnetha und zog bereits an der Lade. Mit einigem Ruckeln ließ sie sich hervorziehen. »Sie dürfen hier alles anfassen.« Die Frau deutete auf den Inhalt.

Agnetha lächelte und betrachtete ein Kästchen, das in der Schublade lag. Vorsichtig strich sie darüber. Sofort wurde sie ermuntert, dieses zu öffnen. Und im nächsten Augenblick durfte sie sich in einem alten Handspiegel betrachten. Agnetha lächelte in das alte verzierte Prachtstück und entdeckte, dass ihr Kajal verschmiert war. Vorsichtig legte sie das wertvolle Stück wieder zurück und kramte in ihrer Jackentasche nach einem Papiertaschentuch, mit dem sie sich verstohlen unter den Augen entlangfuhr, während sie bereits auf den herrschaftlichen Balkon aufmerksam gemacht wurde. Und dann waren da noch die schönen Bilder von Ibbenbüren an der Wand. Ein erneuter Spiegel wäre Agnetha jetzt allerdings lieber gewesen. Hoffentlich hatte sie ihre Schminke nicht verschlimmbessert.

Sie erfuhr, dass ein Herr Hövel die Villa im Jahre 1892 für seinen Vater und dessen Schwester hatte erbauen lassen. Später war sie im Besitz der Familie Többen gewesen. Die Stadt habe das Haus schließlich 1982 von der letzten Erbin Irmgard Herold, geborene Többen, gekauft. Geplant sei gewesen, es abzureißen, um die Heldermannstraße bauen zu können. Doch zum Glück sei es ja anders gekommen. Man habe den historischen Wert dieses Hauses erkannt, es unter Denkmalschutz gestellt und schließlich, seit 2007, sei das Stadtmuseum hier beheimatet.

Agnetha war beeindruckt, mit wie viel Begeisterung die Frau über das Museum und die Geschichte des Ortes sprach. Ob sie dann nicht auch etwas über den Mord wusste?

Sie erfuhr noch einiges über die Familie Többen, die nicht die Többens waren, die die bekannte Textilfabrik am Bahnhof in der Wilhelmstraße besessen hatten, nein, der Besitzer dieser Villa sei lediglich der Vetter gewesen, aber er habe die Textilien vermarktet. Agnetha war bereits am Ende ihrer Aufnahmefähigkeit für neue Informationen angelangt. Und zu ihrer Schande musste sie sich selbst eingestehen, dass sie null Ahnung von der Familie Többen hatte. Was für ein Wissen hier doch in dieser einen Mitarbeiterin steckte. Das schrie geradezu danach, dass sie sich auch mit Ibbenbürener Mordfällen auskannte.

Sie wurde bereits ermuntert, eigenständig den ersten Stock zu erkunden, als sie endlich ihre Frage loswurde. Leider. Mit Mordfällen habe sie so gar nichts am Hut, bedauerte die Mitarbeiterin. Da wisse sie nicht Bescheid.

Schade.

Im ersten Stock war alles wie in den 50er Jahren eingerichtet. An einem Computer im Flur wurden alte Fotos gezeigt, im Raum links der Treppe befand sich eine kleine Bücherei. Agnetha begann, in alten Büchern zu blättern, wusste aber nicht so recht, wo sie suchen sollte. Wo stand etwas über Morde?

Sie schaute sich um, fand noch einen Raum, in dem altes Kartenmaterial gelagert war, allerdings brachte sie das nicht weiter. Sie brauchte irgendetwas Schriftliches über die Tat, damit sie sich überhaupt erst mal ein Bild machen konnte. Vielleicht hätte sie Bubikopf nach der Zeitung fragen sollen, die sie bei ihrem ersten Treffen dabeigehabt hatte.

Agnetha ging die kastanienbraune Holztreppe mit dem aufwändig verzierten Treppengeländer wieder hinab und wandte sich erneut an die Mitarbeiterin. »Entschuldigung, aber haben Sie hier vielleicht auch alte Zeitungsberichte?«

»Alte Zeitungsberichte? Nein. Aber Sie könnten es in unserem Museumslädchen versuchen. Wir haben dort einiges an Büchern und Zeitschriften. Und alte Heimatheftchen.« Sie deutete auf die erste Tür rechts im Flur.

»Danke.« Agnetha folgte dem ihr gewiesenen Weg und trat in einen kleinen Raum. Rechts befand sich ein Tresen, die Wände links von ihr und vor ihr waren von einem Regal mit Büchern verdeckt. Agnetha wandte sich nach links und begann, eine kleine Heftsammlung zu durchwühlen.

Schließlich zog sie eine Heimatzeitung des Jahrgangs 1925 hervor.

Das musste es sein. In diesem Heftchen würde etwas über das Verbrechen stehen. Sie glaubte fest daran. Ohne weiter durchzublättern, legte sie fünf Euro auf den Tresen und kaufte die alte Ausgabe. Sie hinterließ noch eine Spende fürs Museum, eilte nach draußen und lief rechts die Breite Straße entlang bis zum Heldermannpark. Dort setzte sie sich auf eine Parkbank. Die letzten warmen Sonnenstrahlen des ausklingenden Sommers kribbelten über ihre Haut und Agnetha atmete tief ein.

Dann schlug sie das Heft auf. Ihre Augen huschten über das Inhaltsverzeichnis und blieben in einer Zeile hängen. ›Das tragische Schicksal eines 16-jährigen Mädchens – Seite 8‹. Das musste es sein!

Hastig blätterte Agnetha zur genannten Seite. Der Name. Er fiel ihr sofort ins Auge.

Emilia Pacifico.

Sie war es. Man hatte sie bei den Dörenther Klippen gefunden. Und man vermutete, dass es sich bei dieser Tragödie um ein Verbrechen handelte. Unter Verdacht standen der 21-jährige Achim Perkhan sowie vier Jugendliche in Emilias Alter. Die Brüder Robert und Engelhart Baar, Thomas Mersch und Clemens Wolf. Bisher allerdings hatte man keinem von ihnen die Tat nachweisen können. Über Emilia erfuhr Agnetha, dass sie zusammen mit ihrer Mutter, einer Wahrsagerin, noch am Tage ihres Todes auf der Ibbenbürener Kirmes tätig gewesen sei und die Mutter in ihrem Zelt bei der Prophezeiung zukünftiger Ereignisse unterstützt habe. Gelebt habe sie zusammen mit ihrer Mutter am Rande der Stadt am Riesenbecker Postweg in einer kleinen Hütte, die beinahe etwas versteckt am Waldrand lag. Emilia und ihre Mutter hatten eher ein Außenseiterleben geführt, so der Bericht.

›Armes Mädel‹, dachte Agnetha. Sicherlich hatte sie im Leben nicht viel Glück gehabt. Agnetha konnte sich vorstellen, dass es nicht einfach war, wenn man ein nicht gerade normales, bürgerliches Leben führte. Bestimmt war sie oft gemobbt worden. Und schließlich umgebracht. Agnetha atmete tief ein und blätterte eine Seite weiter.

Ihr stockte der Atem. Vor Schreck klappte sie das Heft zu, nur um es in der nächsten Sekunde wieder aufzuschlagen und mit zittrigen Fingern die Seite wiederzusuchen, auf der sie soeben ein Bild von Emilia entdeckt hatte.

Sie war es. Genau sie!

Die Rotlippige.

Der Bubikopf.

Ihr Geist.

Er war Emilia!

Agnetha sprang auf. Das dünne Heft fiel zu Boden. Die 39-Jährige trat einen Schritt weg und blickte auf die Heimatzeitung, als erwartete sie, dort jeden Augenblick Emilias Erscheinung herauswabern zu sehen.

Was nach den Erfahrungen der letzten Tage gar nicht so abstrus war.

In diesem Moment klingelte ihr Handy.

Agnetha fuhr zusammen und tastete hektisch in ihrer Jackentasche nach dem Apparat. Schnell wischte sie über den grünen Hörer und meldete sich.

»Hi, hier ist Nico.« Sie hörte seine Stimme und ihre Knie wurden weich. So weich, dass sie vergaß, auf das Gesprochene zu reagieren.

»Ist irgendetwas?« Besorgnis klang aus dem Telefon heraus an ihr Ohr.

»Nein, nein. Hallo Nico.« Agnetha bemühte sich, unbeschwert zu klingen.

»Du hörst dich irgendwie komisch an.«

»Nee, nee, alles in Ordnung.«

Irgendwie wusste Agnetha nicht, wie sie die nun entstandene Pause unterbrechen sollte.

»Wollen wir uns heute noch treffen?« Nicos Stimme hörte sich ein wenig unsicher an.

Agnetha zögerte einen Moment. »Ja, ja gerne«, sagte sie schließlich. »Es ist nur … ich habe viel zu tun, weißt du.«

»Zwanzig Uhr?«, fragte Nico.

»Zwanzig Uhr.« Agnetha nickte.

»Gut, ich komme zu dir, okay?«

»Ja, gerne.« Agnetha spürte die Sonne, die Wärme und ihr Herz, das einen Hüpfer machte. »Ich freue mich«, fügte sie hinzu.

»Ich mich auch«, hörte sie Nico und ihr Grinsen wurde noch breiter. »Bis heute Abend«, sagte er.

»Bis heute Abend.«

Ihr Blick schweifte vom Handy in ihrer Hand zu dem Heimatheftchen neben der Bank. Einen Augenblick zögerte sie, dann steckte sie das Smartphone weg, schnappte sich die kleine Broschüre und marschierte Richtung Friedhof. Sie musste das jetzt durchziehen. Je eher sie damit fertig war, umso schneller würde sie wieder ihr normales Leben genießen können. Ein Leben, bei dem Nico sie vielleicht eine Zeit lang begleiten würde – die Worte ›für immer‹ mochte sie nicht denken, das klang so mächtig, dass es beängstigend wirkte.

Sie eilte an dem Grab ihres Vaters vorüber.

»'tschuldigung, Papa, nächstes Mal«, murmelte sie im Vorbeirauschen. Sie erreichte den Hauptweg und bog rechts ab. Groß und breit schaute ihr das Kreuz auf dem Sockel aus Sandstein entgegen. Schwungvoll nahm sie die vier Stufen, die kurz vor dem Kreuz angelegt waren und wurde langsamer. Sie atmete tief ein, blieb stehen und kramte den Ring hervor. Vorsichtig schob sie ihn auf ihren Ringfinger. Ein letztes Mal schaute sie sich um. Rechts von ihr in circa fünfzehn Metern Entfernung war eine Frau mit dem Säubern eines Grabes beschäftigt, eine Wegkreuzung vor ihr sah sie den Arbeitswagen des Gärtners den Hauptweg passieren und nach rechts weiterfahren. Sie drehte sich um und konzentrierte sich einen Augenblick lang auf einen Mann, der gerade in einiger Entfernung den Haupteingang herunterkam. Er bog rechts ab und verschwand hinter einer Hecke. Einmal noch atmete Agnetha tief durch, anschließend nahm sie die letzten vier Stufen und umrundete den steinernen Jesus.

*

Sie erkannte es dieses Mal sofort und sie fragte sich, warum sie beim letzten Mal die Veränderungen nicht wahrgenommen hatte. Agnetha blickte sich um und nahm das Bild in sich auf. Den Anblick von 1925. Die Bäume und Sträucher waren anders gewachsen, die Gräber anders gestaltet. Selbst die Luft fühlte sich anders an und roch anders. Dass sie das alles beim letzten Mal nicht bemerkt hatte, musste daran gelegen haben, dass das, was ihr geschehen war, schlichtweg nicht möglich war.

Agnetha erblickte die weiße Kapelle und eilte zu der Bank, auf der das junge Mädel letztes Mal gesessen hatte. Irgendwie hatte sie erwartet, sie dort wiederzutreffen. Daher zogen sich ihre Mundwinkel ein wenig nach unten, als sie dort niemanden antraf.

›Okay, Emilia‹, dachte Agnetha, ›dann eben ohne dich‹.

Als Erstes huschte die 39-Jährige in den Anbau der Kapelle. Sie schaute sich um und entdeckte die versprochene Kleidung auf einem Stuhl neben ein paar Brettern und einigen Eimern und Gießkannen. Agnetha bahnte sich ihren Weg dorthin. Zunächst räumte sie die Bretter zur Seite und stellte sie an die Wand. Danach stolperte sie über mehrere Blumentöpfe, die, wenn sie ineinander gestapelt wären, viel weniger Platz in Anspruch nähmen.

Nachdem sie zwei ordentliche Türme errichtet hatte, zwang sie sich, jetzt wirklich bis zu dem Stuhl mit der für sie bereitgelegten Kleidung vorzudringen. Sie konzentrierte ihren Blick darauf.

›Nicht zur Seite schauen! Du siehst die Gartenwerkzeuge auf dem Boden gar nicht. Nächstes Mal hängen sie bestimmt ordentlich an der Wand.‹ Sie schaffte es. Ohne auch nur ein Werkzeug weggehängt zu haben, stand sie schließlich vor dem Stuhl. Selbst das Kehrblech und den Besen hatte sie ignoriert. Was man doch alles schaffte, wenn einem die Zeit im Nacken saß.

Mit einem zufriedenen Blick griff sie nach der Kleidung – und mit dem Vorsatz, dass, wenn von den drei Stunden Zeit, die sie hier verbringen sollte, noch etwas übrigbliebe, sie diese den Gartenwerkzeugen und dem Besen widmen würde.

Die Kleidung war mit einem Band zu einem Bündel zusammengeschnürt. Als Agnetha dieses nun öffnete, fiel ein Paar Schuhe auf den Boden. Na, darauf hatte sie ja gar keinen Bock. Sie liebte ihre Sneaker. Was anderes trug sie so gut wie nie. Agnetha bückte sich, hob die Schuhe hoch. Sie waren blau und glänzten und erinnerten sie von der Form und wegen der Schnalle an ihre Kommunionsschuhe. Na, wenigstens schienen sie nicht total unbequem zu sein. Auch der grade geschnittene knielange Rock und der baumwollene Pullover waren dunkelblau. Außerdem rollte sich vor ihr eine helle Strumpfhose auf dem Boden aus. Als sie sie anhob, merkte sie, dass es keine Hose, sondern zwei lange blickdichte Strümpfe waren. Ach Herrje. Wie zog man die denn an? Bräuchte sie da nicht Strumpfhalter?

Agnetha zog die Sachen an. Mit den Strümpfen hatte sie so ihre Schwierigkeiten. Ohne Strumpfhalter rutschten sie und legten ihre Waden in unschöne Falten. Schließlich zog sie sie hoch und rollte sie von oben bis oberhalb des Knies auf. So hatte sie zwar einen Wulst über dem Knie, aber wenigstens waren ihre Waden wieder glatt. Zum Schluss friemelte sie noch ein Zopfgummi aus ihrer Hosentasche und bändigte ihre hellbraunen Locken in einem Dutt.

Sie wollte gerade ihre Sachen im Rucksack verstauen, als sie an ihr Handy dachte. Vielleicht wäre es von Vorteil, das Gerät mitzunehmen. Sie glaubte zwar nicht, dass sie in 1925 damit telefonieren konnte, aber vielleicht könnte sie ein paar Fotos schießen. Doch so sehr sie ihren Rucksack durchsuchte, ihr Handy kam nicht zum Vorschein. Ebenso war das Heftchen, das sie eben erst im Museum gekauft hatte, verschwunden.

Schließlich versteckte sie den Rucksack hinter den Brettern in dieser Rumpelkammer, die später einmal ihre gern genutzte Friedhofstoilette werden würde.

Wenn sie jetzt die Tür öffnete, ob Emilia dann Zeitung lesend auf der Bank gegenüber säße? Zögernd öffnete Agnetha die Tür. Da saß keine junge Frau mit roten Lippen auf der Bank. Es lag noch nicht einmal eine Zeitung herum.

Agnetha trat hinaus in die helle Sonne und lief den Hauptweg entlang, bis sie die Fahrbahn erreichte. Die Fahrbahn, die so anders aussah als heutzutage. Sie kam sich ein wenig merkwürdig vor in diesen Klamotten, doch so passte sie wenigstens ins Bild, denn die Leute, die ihr entgegenkamen, trugen ähnliche Kleidung. Und sie hatte nicht das Gefühl, dass sie angestarrt wurde.

Als sie in die Rocktasche griff, bemerkte sie hartes Metall zwischen ihren Fingern. Sie zog es hervor. In ihrer Hand befanden sich zwei Fünf-Reichsmark-Münzen. Das war bestimmt eine Menge Geld. Sie sollte gut damit umgehen. Sie meinte, mal gehört zu haben, dass der Monatslohn Mitte der Zwanziger etwas über hundert Reichsmark betrug. Oder waren es hundertfünfzig? Egal, sie würde sparsam damit umgehen. War schließlich nicht ihr Geld.

An der Großen Straße traf sie auf den ersten Zeitungsjungen ihres Lebens. Der kleine Knirps, der vielleicht zwölf Jahre alt war, wedelte mit einer Ausgabe der neuesten Nachrichten. »Extrablatt«, rief er. »Mord an Sterndeuterin! Polizei sucht Zeugen.«

Agnetha griff in ihre Rocktasche, ließ die Münzen durch ihre Finger gleiten, spürte dem metallischen Klingen nach und zog schließlich eins der Geldstücke hervor. Sie streckte sie dem Jungen entgegen und hielt keine Sekunde später eine Zeitung zwischen den Fingern. Und kurze Zeit später klimperte noch eine Menge Kleingeld auf ihre Hand. Ein Zehnpfennigstück gab sie dem Jungen zurück und erfreute sich an dem Strahlen in seinen Augen.

Das Datum der Zeitung war der siebte September 1925. Es war genau dieselbe Ausgabe der Zeitung, die Emilia gestern, als Agnetha das erste Mal dieser denkwürdigen jungen Frau begegnet war, in Händen gehalten hatte. Obwohl also in ihrer realen Welt bereits Montag war, schien sie hier wieder an einem … – Agnetha suchte die obere kleine Zeile der Ausgabe ab – okay, es war auch hier Montag. Aber sie schien an dem gleichen Tag hier gelandet zu sein wie gestern.

Am Montag, den 07. September 1925.

Agnetha schlug die Zeitung auf und entnahm dem Artikel über den Mord, dass die junge Frau heute Morgen gegen neun Uhr von Wanderern entdeckt worden war. Agnethas Blick huschte zu ihrer Armbanduhr. Für den Bruchteil einer Sekunde nahm sie an, dass diese bestimmt ebenfalls verschollen war. Doch sie saß an ihrem Handgelenk. Jetzt war es 17.30 Uhr. Allerdings fragte sie sich, ob es die Zeit für dieses Jahrhundert war oder für ihres. Agnetha hatte keine Ahnung. Ihre Augen glitten wieder in die Zeilen des Zeitungsartikels. Die junge Frau habe unterhalb einer Felsformation gelegen, die zu den Ausläufern des sogenannten ›Hockenden Weibes‹ gehöre, so hieß es dort. Die Polizei gehe bisher davon aus, dass sie dort von dem Felsen gefallen sei. Ob mit oder ohne Fremdeinwirkung, könne noch nicht gesagt werden. Die Untersuchungen dauerten noch an.

Na, da hatte das Heimatheft ja mehr gewusst. Dort hatte eindeutig etwas von einem Verbrechen gestanden. Allerdings war das, was Agnetha hier in Händen hielt, ja auch der allererste Artikel über den Mordfall. Die Tat war gerade mal ein paar Stunden her.

Agnetha beschloss, zunächst einmal zum Tatort zu gelangen. Da dieser etwas außerhalb lag, wäre sie zu Fuß ziemlich lange unterwegs. Sie lief den Weg zurück Richtung Mauritiuskirche.

Auf dem Grundstück gegenüber der Mauritiuskirche, auf dem heute der Parkplatz des Elisabeth-Klinikums angelegt war, stand nun, im Jahr 1925, ein Fachwerkhaus. Ein Schild über der Eingangstür beschrieb das Haus als ›Schankwirtschaft Hermann Pötter‹. Die Gäste dieser Kneipe schienen größtenteils mit dem Fahrrad vorgefahren zu sein. Zumindest lehnten dort mehrere Räder an der weißen, von dunklem Holz durchzogenen Wand.

Agnetha schlenderte über den Bürgersteig an den geöffneten Fensterläden und den hübsch umstickten kurzen Gardinen vor den Flügelfenstern vorbei. Ein kurzer Blick zur Kirchturmuhr zeigte ihr, dass ihre Uhr die Zeit hier vor Ort maß. Schon konzentrierte sie sich wieder auf die Gegebenheiten vor sich. Auf die vier Räder, die hinter der Eingangstür zu Hermann Pötters Schenke an der Wand lehnten. Gleich bei dem ersten Rad konnte sie kein Schloss entdecken, ebenso nicht beim zweiten, einem Damenrad, welches sie wie beiläufig von der Wand weg zu sich hinzog. Niemand merkte ihr an, wie sehr ihr Herz pochte, wie stark ihre Hände zitterten. Doch es musste sein. Mitten am späten Nachmittag schnappte sie sich ein fremdes Fahrrad und schob es ein paar Meter neben sich her. Es waren Leute unterwegs. Recht viele sogar. Von irgendwoher klang Gesang an Agnethas Ohr. War denn heute noch Kirmes? Emilia war an Kirmessonntag umgekommen. War damals auch schon die Kirmes von freitags bis montags gewesen? Irgendwie konnte Agnetha sich das nicht vorstellen. Vielleicht waren das einfach die Reste der feierlaunigen Meute der gestrigen Geselligkeit.

Agnetha machte, dass sie davonkam. Bevor noch derjenige auftauchte, den es interessierte, was hier mit seinem Gefährt passierte.

Mit etwas wackeligen Beinen hob sie ihren rechten Fuß über den Durchstieg und trat auf die Pedale. Zur gleichen Zeit schwang sie sich in den Sattel, schaute sich kurz um und schon holperte sie über das Kopfsteinpflaster der Großen Straße. Das Rad war recht schwergängig – wahrscheinlich waren das alle Räder, verglichen mit den heutigen – doch immerhin, sie fuhr. Und sie bestaunte die hohen, herrschaftlichen Häuser zu ihrer linken Seite. Alles sah so anders aus. Rechts bog ein kleiner Weg ab. Hä? Sollte das die Nordstraße sein? Wo war dann die ihr gegenüberliegende

Weststraße? Fuhr sie jetzt völlig falsch? Sollte sie umdrehen und es über die Heldermannstraße versuchen? Quatsch. Die gab es noch nicht lange. Breite Straße? … Ach, da vorne ging es links ab. Vielleicht war das die Weststraße. Agnetha bog in die Straße ein und sah schon von weitem ihre alte Grundschule. Hach, wie witzig. Ihre Schule. Da stand sie. Groß, langgezogen, vertraut und doch auch wieder so anders. So neu. Sie konnte erst ein paar Jahre alt sein. Agnetha war so mit Gucken beschäftigt, dass sie erst im letzten Moment in die Bremsen trat. Sie rutschte vom Fahrradsattel und stand bereits mit dem Vorderrad in einem Erdhaufen. Vor ihr breitete sich ein Feld aus.

Äh. Agnetha blickte sich um. Die Weststraße endete hier. Na, so was. Sie drehte um und bog rechter Hand in die Schulstraße. Zu ihrer Rechten erkannte sie das alte Gebäude des Bodelschwingh-Krankenhauses und – wie schön – die Kanalstraße gab es auch. Links radelte sie jetzt an der Christuskirche vorbei. Ja, sie war im Stadtkern und hier führten die Wege nicht ins Nichts oder auf ein Feld. Als sie den Unteren Markt passierte, war sie ganz in der Nähe ihrer Wohnung, doch sie unterdrückte ihre Neugierde, dorthin zu fahren, und steuerte stattdessen durch die Alte Münsterstraße. Hach, nein. Sie entdeckte ein Schild und erkannte, dass hier das ›Alte‹ noch fehlte. Puh. Ganz schön verwirrend. Es sah alles so anders aus, so mit Kopfsteinpflaster und Bürgersteigen und Bäumen auf den Fußwegen. Und obwohl sie ihre heutige Fußgängerzone von Ibbenbüren liebte, war sie doch auch von diesem Anblick angetan. Sie folgte der Münsterstraße und erkannte irgendwann das Fachwerkhaus an der ›Blauen Ecke‹. Gut. Sie war noch richtig. Wenn sie sich jetzt rechts hielt und der Münsterstraße weiter folgte, dann müsste sie irgendwann beim Hermannsweg ankommen. Auf geht's.

Sie sog den Anblick auf, den die Münsterstraße ihr spendete. Ein Spalier aus wunderschönen Linden säumte die Straße. Wow. So hatte sie diese heutzutage stark frequentierte Straße noch nie erlebt. Sie genoss den Anblick und die

Stille um sich herum. Das Hufgetrappel, das von verschiedenen Seiten zu ihr durchdrang, klang wie Musik in ihren Ohren. Die tuckernden Motorengeräusche der Autos und Lieferwagen hallten irgendwie lustig in ihrem Körper wider.

Dann begann die Steigung hin zur Sommerrodelbahn und der Blick für die schöne Natur ging Agnetha verloren. Sie keuchte und vermisste ihre Gangschaltung. Als die Räder sich kaum noch drehen wollten, stieg sie ab und schob die letzten Meter. Ihr Blick streifte suchend durch die Landschaft zu ihrer Linken. Hier müsste die Sommerrodelbahn sein. War sie aber nicht. Hatte es sie 1925 noch nicht gegeben? Schade. Als Kind war sie dort gerne mit den Holzschlitten die in den Berg gebauten Schienen hinuntergerast. Die Kinder von 1925 mussten anscheinend noch ein paar Jahre darauf warten.

Endlich konnte sie sich auf der anderen Seite des Dörenther Berges wieder hinabrollen lassen, bis sie nach kurzer Zeit links in den Hermannsweg einbog. Als der Wanderweg kurz darauf ein Fahren nicht mehr möglich machte, lehnte sie das Fahrrad gegen einen Baum und lief schnellen Schrittes zu Fuß weiter. Über vierzig Minuten waren seit dem ›Ausleihen‹ des Fahrrades vergangen, als sie endlich den Tatort erblickte.

Agnetha war anscheinend nicht die einzige Neugierige. Es gab ein paar Wanderer oder auch Nicht-Wanderer, deren Weg mehr oder weniger ›zufällig‹ hierhergeführt hatte, und die nun interessiert herumstanden. Vom Tatort zurückgehalten wurden sie von zwei Polizisten in Uniform. Hinter den Uniformierten suchten andere in Mäntel gekleidete und mit Hut bestückte Männer den Boden ab. Sie schoben Sträucher und Laub mit Hilfe von Spazierstöcken zur Seite. Irgendwo blitzte es. Agnetha zuckte zusammen. Hinter einer Rauchwolke erkannte sie einen Mann mit einem altertümlichen Fotoapparat und Blitzlicht.

In Erwartung, eine grausam hingerichtete Leiche zu entdecken, scannten Agnethas Augen die Umgebung. Doch

Emilia musste wohl bereits fortgeschafft worden sein. Sie entdeckte sie nirgends.

Agnetha atmete auf. Und nun? Was sollte sie jetzt hier erfahren? Was konnte sie herausfinden, was die Polizei noch nicht ermittelt hatte? Wie sollte sie es nun schaffen, den Mord aufzuklären?

Dank ihres fehlenden Handys konnte sie noch nicht einmal Fotos vom Tatort machen. Ob sie es wagen sollte, die Männer mit den herumwedelnden Spazierstöcken anzusprechen?

Ihr Herz pochte laut, als sie den jungen Mann, der ihr am nächsten stand, ansprach.

»Entschuldigen Sie! Haben Sie einen klitzekleinen Augenblick Zeit für mich?« Ihr Daumen und der Zeigefinger deuteten einen minimalen Abstand an.

Der junge Mann, in einen grauen Anzug gekleidet und irgendwie nicht Agnethas Vorstellung von Spurensicherung entsprechend, blickte sich zu ihr um. In der rechten Hand hielt er einen Stift, in der linken ein Klemmbrett. Graue Augen musterten sie einen Augenblick aus dem hageren Gesicht heraus. Agnetha versuchte, offen und freundlich auszuschauen. Sie war bereit für ein Lächeln.

Der Polizist wohl eher nicht.

»Nein.« Ohne mit der Wimper zu zucken drehte sein Gesicht sich erneut seinen Notizen zu.

»Ich könnte zur Aufklärung beitragen«, schlug Agnetha vor und nun zuckte der rechte Mundwinkel des Polizisten ein wenig. Kurze Zeit später stand er neben ihr. Er umfasste ihren Ellbogen und schob sie vor sich her. Sie entfernten sich ein wenig, ließen die anderen Schaulustigen hinter sich. Während Agnetha nach Fragen suchte, die sie stellen könnte, und ihren Hals nach links renkte, um auf dem Klemmbrett etwas entziffern zu können, warf der Mann ihr einen kurzen Blick zu, presste seine Unterlagen an seine Brust und stellte seinerseits Fragen.

»Sie wissen etwas? Sind Sie eine Zeugin?«

»Eine Zeugin? Nein.« Agnetha begann zu schwitzen. »Ich … äh … weiß, dass … dass … es gibt da einen 21-Jährigen … und … und vier Jungs in Emilias Alter«, erinnerte sich Agnetha an den Artikel aus dem Heimatblatt. »Vielleicht sind die die Täter.«

»Wie kommen Sie zu der Annahme? Sind Sie mit der Toten bekannt?«

»Äh. Sozusagen: ja.« Agnetha nickte. Er musste ja nicht erfahren, dass sie sie erst post mortem kennengelernt hatte.

»Sie müssten daselbst einmal mit Kommissar Peters aus Münster sprechen. Ich lasse sie zur Polizeiwache bringen. Dort weilt Peters derzeit.« Schon wandte er sich um. »He, Althaus«, sagte er, »können Sie diese Dame bitte einmal zur Dienststelle geleiten?«

»Aber ich …«, begann Agnetha, doch dann dachte sie: Warum nicht. Vielleicht erfuhr sie dort noch etwas mehr.

Gemeinsam mit dem Kollegen, ein ebenfalls junger Kerl mit einem Babyface, machte sie sich auf den Weg. Bernd, – den Vornamen hatte sie seinem Polizeiausweis entnommen, den er ihr sogleich unter die Nase gehalten hatte - Bernd wirkte etwas steif und sehr korrekt. Er sprach kein Wort mit ihr, achtete aber aus dem Augenwinkel auf jeden ihrer Schritte. Als sie an dem Fahrrad vorbeikamen, das Agnetha sich geliehen hatte, zuckte sie ein wenig zusammen.

Ob sie wohl dazu kommen würde, es wieder zurückzubringen? Sie bezweifelte es. Schließlich hatte sie nur drei Stunden Zeit.

Und wie funktionierte die Rückreise überhaupt noch mal? Dazu musste sie zum Friedhof, oder? Und was, wenn sie es nicht pünktlich schaffte, würde sie automatisch zurückgebeamt werden und eventuell einen perplexen Kommissar zurücklassen? Agnetha wünschte, sie hätte etwas besser zugehört, als Emilia ihr das alles erklärt hatte.

Aus dem Augenwinkel sah Agnetha ihre Zeitung. Sie hatte sie vorhin auf den Gepäckträger geklemmt. Schnell huschte sie zum Fahrrad und nahm sie an sich. Bernd

Althaus war erschrocken stehengeblieben und machte ein ernstes Gesicht, als Agnetha jetzt wieder zu ihm zurückkam.

»Ist meine.« Agnetha schwenkte mit der Zeitung in ihrer Hand.

Kommentarlos ging Althaus weiter. Agnetha eilte ihm hinterher. Er ging geradewegs auf ein Motorrad zu, an dessen Seite ein Beiwagen klebte.

»Äh, soll ich da rein?« Agnetha deutete auf den Sitz.

»Ja, wenn die Dame nichts dagegen einzuwenden hat.« Er versuchte bereits, den Motor in Gang zu setzen.

Der erste Versuch, den Wagen zu erklimmen, ging in die Hose. Dabei wäre er mit Sicherheit nicht in dieselbe gegangen, hätte sie nur eine angehabt. Aber so hob sie schwungvoll ihren Fuß und spürte im selben Augenblick, wie der Rock unterhalb ihres Knies in ihr Bein schnitt. Der Fuß fand nicht seinen Weg ins Innere des Wagens, sondern donnerte gegen das Metall des Gefährtes.

Agnetha grinste verlegen und Bernd bekam den Motor zum Laufen. Kurz entschlossen stützte sich die Zeitreisende auf die Umkleidung des Sozius' und schwang sich mit beiden Beinen gleichzeitig in den Sitz. Kaum saß sie, da holperten sie auch bereits über den Waldweg.

»Na, immerhin, Sie sitzen.« Polizist Althaus gönnte ihr einen kurzen Blick.

»Ja, danke, sehr bequem«, erwiderte Agnetha und schenkte ihm eine Grimasse. Aber erst, als er wieder geradeaus schaute. Sie kam sich wie auf einem Kinderstuhl im Kindergarten vor. Mit solch angewinkelten Knien hatte sie dagesessen, als sie damals vor ungefähr zwanzig Jahren in Berlin einmal ihre Nichte in den Kindergarten begleitet hatte und gleich einen Vormittag hatte dableiben dürfen, weil Nadja bei jedem Schritt, den sie Richtung Ausgang machte, an ihrem Bein klebte und sich nur abzupfen ließ, nachdem Agnetha versprochen hatte, zu bleiben.

Sie ratterten durch Ibbenbürens Innenstadt und Agnetha konnte ihren Kopf gar nicht schnell genug hin- und herwenden. Wie bereits bei ihrer Fahrradtour durch die Stadt, staunte sie über die Straßen, die Bäume, die Häuser, das Kopfsteinpflaster, das durch ihren Körper vibrierte und sie fast zum Lachen brachte.

Schließlich fuhren sie, vom oberen Markt herkommend, durch die Große Straße, die Agnetha an dieser Stelle völlig fremd vorkam, war dieser Teil der Fahrbahn doch heutzutage Fußgängerzone, während jetzt, 1925, der Verkehr ganz selbstverständlich hier durchrollte. Vor einem großen, eleganten Haus hielten sie an. Agnetha stieg aus und schaute sich um. Sie musste diesen Anblick einfach einsaugen. Es war einmalig. Faszinierend. Total verrückt. Ihre Stadt und doch so anders. Am Straßenrand Bäume. Cool. Wie schön. Etwas orientierungslos blickte Agnetha auf das Haus vor sich. War das die Polizeiwache? Stand hier nicht heutzutage H&M? Und wo war Bubi Althaus? War er schon vorgeeilt und hinter der Eingangstür verschwunden?

Sie war gerade im Begriff, die schmalen, zwischen der Front und einem Treppenmauerwerk seitlich gelegenen Treppenstufen des majestätischen Gebäudes hinaufzusteigen, als Babyface sie mit einem Pfiff aus seiner um den Hals baumelnden Trillerpfeife zum Halten brachte.

»Sie waren wohl noch nie bei der Wache?« Er stand an der Hausecke und winkte sie zu sich. Agnetha drehte sich zu ihm um und er verschwand hinter der Hauswand in einem kleinen Gässchen. Agnetha beeilte sich, ihm zu folgen. Zielsicher steuerte er auf einen kleinen Steinbau zu. Das war die Polizei? Sah ja ein bisschen mickrig aus.

Er hatte es ihrem Blick anscheinend angesehen. »Ist nicht ganz so groß wie die Stadtsparkasse.« Er nickte zu dem Bau, den Agnetha eben hatte betreten wollen und dessen Rückseite sie nun betrachteten.

»Das ist die Stadtsparkasse?«

Althaus nickte. »Aber wir haben noch einen weiteren Bau.« Mit erhobener Brust wies er nach links zu einem ebenfalls nicht sehr großen Haus mit zwei Eingangstüren und einem Obergeschoss. »Darf ich vorstellen? Unser Hotel Matzner«, sagte er.

»Ein Hotel?«, staunte Agnetha.

»Ja.« Er grinste. »Aber da wollen Sie bestimmt nicht übernachten.«

»Warum nicht? Ist der Service so schlecht?«

»Wie man's nimmt: Zum Mittag gibt's meist Nudelsuppe ohne Einlage und abends Brot mit ein wenig Butter.«

Er sah Agnethas erstaunte Augen und lachte erneut. »Es wird auch Kittken Bumm genannt.«

»Kittken Bumm?« Agnetha zog die Augenbrauen zusammen. Dann grinste sie ebenfalls. »Ah. Jetzt verstehe ich. Ein Gefängnis.«

Bubi nickte. Und er sah gar nicht mehr so mürrisch aus wie während der Fahrt.

»Und warum ›Hotel Matzner‹?«, fragte sie, während der Polizist die Holztür zur kleinen Wache öffnete.

»Weil oben im ersten Stock unser Polizei-Obermeister Matzner mit seiner Familie seine Wohnstätte hat und sich um die Versorgung der Gäste kümmert.«

»Aha.« Agnetha betrat die Wache und schaute sich um. Gar so klein schien sie entgegen des äußeren ersten Eindrucks nicht zu sein. Es sah so aus, als gäbe es mehrere Büros oder Zimmer und ein Obergeschoss gab es hier auch.

Agnetha musste zunächst ihre Adresse angeben. Einen Augenblick zögerte sie, doch da sie in der Innenstadt wohnte, war sie zuversichtlich, dass es ihre Adresse damals bereits gegeben hatte. Babyface notierte denn auch die Klosterstraße ohne mit der Wimper zu zucken.

Agnetha wurde in einen Raum geführt, der ziemlich karg eingerichtet war. Kurze Zeit später kam ein Mann herein, der in etwa in ihrem Alter sein mochte. Schwarze, mit grauen Fäden durchzogene Haare, Seitenscheitel und freundliche, honigbraune Augen. Attraktiv sah er aus und er roch gut, fand Agnetha. Sie reichte ihm die Hand und er stellte sich als Kommissar Peters vor. Er setzte sich ihr gegenüber an seinen Schreibtisch.

»Nun erzählen Sie mal, Frau Wiesenbauer«, sagte er. »Womit können Sie uns dienen?«

»Ja, also, ich weiß von insgesamt fünf jungen Männern, die die Tat begangen haben könnten.«

»Aha. Und wie kommen Sie zu Ihrer Annahme?«

»Ja, also, ich … ich kenne Emilia … kannte. Allerdings nicht so gut. Mehr so vom Sehen. Und ich habe sie häufiger in Gegenwart dieser fünf Burschen gesehen.« Die Zeitreisende lief rot an und hoffte, dass Kommissar Peters nicht zu gut im Deuten von Zeichen war.

Der Kommissar fand ihre Aussage wohl etwas vage.

»Nun, wir haben es hier zwar mit einer eher zurückgezogenen jungen Frau zu tun, sodass wir ihre Kontakte natürlich überprüfen werden und teilweise bereits haben, aber vielleicht könnten Sie noch einmal näher erläutern, was genau diese jungen Burschen verdächtig macht.« Er zog eine Augenbraue hoch und hielt seine honigfarbenen Augen fest auf Agnetha gerichtet.

Agnetha knetete ihre Hände.

»Können Sie mir denn die Namen der jungen Männer nennen?«, versuchte der Kommissar ihr etwas auf die Sprünge zu helfen.

Agnetha kramte in ihren Erinnerungen. Hatten da in dem Text des Heimatblattes nicht irgendwelche Namen gestanden?

Während sie sich den Kopf zerbrach, ließ der Kommissar sachte seine Fingerkuppen auf die Tischplatte trommeln: »Eine Beschreibung?«

Agnetha wich seinem Blick aus und schaute zum Fenster hinaus. Sie konnte einen kleinen Teil der Großen Straße ausmachen. Dort lief gerade ein junger Mann entlang. Er trug ein kariertes Hemd und Hosenträger. Irgendwie erinnerte er sie an einen Cowboy. Vielleicht lag es an dem großen Hut, der an seinem Rücken baumelte.

»Ähm«, sagte sie, »der eine trägt oft so großkarierte Hemden.«

»Achim Perkhan?«

»Ja, genau, das war einer der Namen«, rief sie, »also, ich meine, genau so hieß er.« Sie lächelte so lange, bis sie sah, dass der junge Kerl, an dem sie sich orientiert hatte, die Fahrbahn passierte und auf den schmalen Pfad neben der Sparkasse einbog.

Auweia! Sie hatte jetzt nicht damit gerechnet, dass der Karierte-Hemden-Typ direkt bei ihnen auftauchen würde. War das etwa Achim Perkhan?

Im nächsten Moment ging die Zimmertür auf und Milchbubi Bernd schaute herein. »Er ist da«, sagte er.

Peters nickte, entschuldigte sich bei Agnetha und bat sie, zu warten.

Kurz darauf war sie allein im Raum. Sie raufte sich die Haare. Wie blöd stellte sie sich eigentlich an? Das lief hier ja voll stümperhaft ab. Stümperhaft ihrerseits. Sie verfluchte Emilia, sie verfluchte den bescheuerten Ring, sie verfluchte sich selbst dafür, dass sie ihn sich an den Finger gesteckt hatte.

So wie sie sich hier anstellte, würde sie sich nicht wundern, wenn anstelle des Mörders nachher sie im Kittken Bumm saß. Na, Prost Mahlzeit.

Agnetha stand auf und schlich zur Tür. Sie öffnete sie vorsichtig und horchte in den Flur. Von links erklangen Stimmen. Das wäre nun die Gelegenheit. Ihr Herz klopfte laut gegen ihre Brust, als sie sich auf Zehenspitzen linker Hand durch den Flur schob. Vor dem ersten Büro blieb sie stehen. Die Tür stand einen Spalt breit offen. Agnetha linste hindurch, konnte jedoch niemanden entdecken. Das Einzige, das sie erblickte, war der Rand eines Tisches und ein Fenster, dessen Flügeltüren leicht geöffnet waren. Sie vernahm die Stimme des Kommissars. Diese begehrte zu erfahren, wo die andere Person im Raum den gestrigen Abend verbracht hatte.

Er sei mit seiner Freundin Margot Sandstein und deren kleinen Schwester Hiltrud bis um 23.30 Uhr auf der Kirmes gewesen, verriet der Befragte.

›Margot Sandstein und Hiltrud‹, versuchte Agnetha sich zu merken.

»Margot Sandstein«, brummte nun auch der Kommissar. »Adresse?«

»An der Aa 7.«

Agnetha lauschte angespannt. Dass sich auf der anderen Seite der Tür Schritte näherten, bemerkte sie erst, als sie direkt vor ihr waren. Zwischen ihnen und ihr waberte lediglich das dünne Holz der Tür. Agnetha hielt die Luft an. Sie stand da und hoffte, dass die Person jenseits der Tür einfach weiterging, den Türbereich passierte und nicht vorhatte, das Zimmer zu verlassen.

Es dauerte eine Sekunde, dann knallte die Tür vor ihrer Nase zu. Agnetha atmete aus. Mit zitternden Knien lehnte sie sich gegen die Wand neben der Tür. Allerdings dauerte es nicht lange und sie richtete sich wieder auf. Sie musste so viel wie möglich in Erfahrung bringen. Erneut stand sie vor der Tür und dieses Mal presste sie ihr Ohr dagegen. Sie vernahm die Stimmen, doch so sehr sie sich auch bemühte, es drangen höchstens Wortfetzen bis zu ihr durch.

Plötzlich sprang am Ende des Flures eine Tür auf. Agnetha wich erschrocken zurück und schaute den Mann, der aus seinem Büro trat, mit einem verlegenen Lächeln an. Als nächstes fiel ihr nichts Besseres ein, als sich Richtung Ausgang zu bewegen und das Polizeigebäude zu verlassen. Wie eine Getriebene zog sie die Holztür auf und sprang die zwei Stufen hinab.

Und nun?

Immerhin. Sie hatte einen Namen. Und eine Adresse. Bevor sie sich allerdings aufmachen würde, um der jungen Frau einen Besuch abzustatten, wollte sie zum Fenster schleichen. Es hatte offen gestanden. Vielleicht würde sie dort noch weiteres erfahren.

Mit klopfendem Herzen lehnte sie kurze Zeit später an der Außenmauer neben dem geöffneten Fenster. Dennoch schlich sich ein leichtes Grinsen in ihr Gesicht, als sie nun erfuhr, dass Achim Perkhan tatsächlich Emilia auf der Kirmes getroffen hatte.

"Und ist das Mädel dir freiwillig gefolgt. Oder hast du sie verfolgt?"

"Wie meinen Sie denn das?"

›Ja, wie meinte er denn das?‹, fragte sich auch Agnetha.

»Was machen Sie denn da?«

Agnethas Kopf schoss herum. Keine zwei Meter von ihr entfernt stand ein Mann im Anzug. Sein Blick verhieß nichts Gutes. Schon machte er einen Schritt auf Agnetha zu.

Es war mehr ein Reflex, doch Agnetha stieß sich von der Wand ab und rannte um die Polizeiwache herum bis zur Großen Straße. Hinter ihr wurden Rufe laut. Schnell huschte sie nach rechts, bog ein in den nächsten Hof und raste weiter, überquerte mehrere Grundstücke, kletterte über Mauern, was mit dem dämlichen Rock nicht so einfach war, und landete schließlich hinter der Mauritiuskirche. Hier lehnte sie sich an die Mauer aus Sandstein und versuchte, ihre Atmung unter Kontrolle zu bekommen. Vorsichtig blickte sie um die Ecke. Es sah so aus, als sei ihr niemand gefolgt. Ihr Herz beruhigte sich nur langsam. Irgendwann warf sie einen Blick auf die Uhr. Es war bereits 19.15 Uhr. Ihr blieb noch eine Dreiviertelstunde.

Sie hatte einen Namen. Und eine Adresse. Agnetha setzte sich in Bewegung.

Sie fand Margot hinten im Garten. Sie pumpte gerade Wasser in einen Eimer. Eine junge Frau, etwas pummelig und mit um den Kopf gebundenen geflochtenen Zöpfen. Zumindest nahm Agnetha an, dass das Margot war.

»Entschuldigung«, rief Agnetha über einen kleinen Holzzaun zu ihr herüber.

Es schepperte ein wenig, als die junge Frau den emaillierten Eimer auf den Boden stellte. Langsam drehte sie sich zu Agnetha um.

»Ja?« Klare blaue Augen blickten sie mit zusammengezogenen Augenbrauen misstrauisch an.

Agnetha streckte ihren Rücken durch und lächelte freundlich. »Sind Sie Margot Sandstein, die Freundin von Achim Perkhan?«

»Wer will das wissen?« Ihr Blick blieb skeptisch.

»Mein Name ist Agnetha Wiesenbauer. Ich …, ich weiß nicht, ob Sie das schon wissen, dass die junge Frau Emilia Pacifico tot aufgefunden wurde.« Agnetha suchte in Margots Gesicht nach Spuren der Überraschung, doch anscheinend wusste Achims Freundin bereits Bescheid.

»Ist hier 'ne Kleinstadt«, sprach sie. »So etwas spricht sich rum. Und die Zeitungen berichten heutzutage schnell. Da ist noch nix passiert, dann weiß man es schon.«

»Ja.« Agnetha lächelte. »Ich bin die Anwältin von Achim Perkhan«, erklärte sie weiter. »Ich hätte da mal ein paar Fragen an Sie.«

Wenn das jetzt irgendwelche Emotionen in Margot auslöste, verstand sie es auf jeden Fall gut, diese zu verbergen. Sie stand weiter reglos neben der Wasserpumpe und blickte Agnetha an. »Darf ich reinkommen?« Agnetha fasste bereits an den Griff der Pforte.

»Wenn Sie meinen.« Die junge Frau atmete einmal kurz durch, nahm den Eimer und ließ noch etwas Wasser hineinfließen.

»Entschuldigen Sie bitte, dass ich hier so hereinplatze, aber wissen Sie, dass Ihr Freund gerade zum Verhör bei der Polizei ist?«

»Achim?« Margot Sandstein stellte den Eimer wieder ab und drehte sich zu Agnetha. »Der Achim ist ein guter Mensch. Der tut so etwas nicht.«

»Was tut er nicht?«

»Na, jemanden umbringen.« Ihr Blick durchdrang Agnetha. »Oder weswegen ist er bei der Polizei? Doch wohl wegen dieser Emilia.« Sie kniff die Augen noch enger zusammen. »Und seinem Streit gestern Abend mit ihr«, fügte sie hinzu.

»Sie hatten einen Streit?«

»Ja, weswegen sollte die Polizei sonst auf Achim kommen?«, fragte Margot. »Ich hatte mir schon gedacht, dass sie ihn befragen werden. Den Streit haben ja genug Leute mitbekommen.«

»Weswegen haben sie denn gestritten?« Agnetha streckte ihre Finger aus und bewegte sie. Ein Kribbeln zog ihren Arm herauf bis zum Ellbogen.

»Das Übliche«, sagte Margot.

»Was ist das Üblich…« Agnetha brach ab und folgte Margots Blick, die wie gebannt auf Agnethas rechte Hand starrte.

»Wo haben Sie den her?« Margot langte nach vorne und griff nach Agnethas Hand.

»Was? Wen?« Agnetha huschte einen Schritt zurück. Der Ring! ›Trage den Ring nie am Finger!‹ Die Erinnerung kam jetzt etwas spät. Das Kribbeln in Agnethas Arm verstärkte sich.

Mit entschlossener Miene trat Margot einen Schritt vor. »Der gehört Achim«, rief sie, als Agnetha sich bereits umdrehte, den Zaun mit den Händen umklammerte und sich mit einem Sprung auf die andere Seite rettete.

»Geben Sie den sofort wieder her!« Die junge Frau und eilte auf die Pforte zu.

Agnetha begann zu laufen. Aus dem Augenwinkel sah die Zeitreisende, dass zwei jugendliche Mädchen über den Rasen nach vorne rannten.

»Tine! Hiltrud! Haltet sie auf!«, erklang Margots Stimme hinter Agnetha.

Die ältere der beiden schnitt Agnetha den Weg ab und sprang vor ihr auf die Straße. Agnetha wich aus, rannte zu den Bäumen, die zwischen der Fahrbahn und dem kleinen Bach ›Aa‹ standen. Hiltrud - oder war es Tine? - kreuzte den Baum von der anderen Seite und stand bereits wieder vor ihr. Von hinten näherte sich Margot und von links das zweite Mädel. Agnetha blieb nichts anderes übrig, als die Flucht über den Bach. Sie setzte zwei Schritte auf das Mädchen vor ihr zu, drehte dann plötzlich ab und setzte zu einem gewagten Sprung an. Sie landete am Ufer der anderen Seite, rutschte ab und stand bis zu den Knien im Wasser. Hätte sie ihre Hose angehabt, wäre das nicht passiert. Aber Emilia musste sie ja mit so einem Rock quälen. Schnell zog sie sich die Böschung hinauf und schaute sich in dem Moment um, in dem es hinter ihr laut platschte. Margot war hinterhergesprungen. Agnetha grinste. Sie war mitten im Wasser gelandet und ihre beiden Schwestern begannen nun damit, sie wieder herauszuziehen.

Agnetha blieb keine Zeit. Sie rannte weiter. Schnellstens musste sie den Friedhof erreichen. Das Kribbeln zog bereits den kompletten rechten Arm hoch. Das war kein gutes Zeichen. Das hieß bestimmt, dass sie in ihre Zeit zurückmusste. Nach kurzer Zeit spürte sie ihre Finger nicht mehr. Ihr rechter Arm hing schaff herab und ließ sich nicht mehr bewegen. Oh mein Gott! Hoffentlich war das Kribbeln und vor allem das Taubheitsgefühl verschwunden, wenn sie wieder in 2019 war. Und hoffentlich schaffte sie es überhaupt, am Friedhof anzukommen, bevor alles taub und unbeweglich an ihr war.

Sie blickte auf ihre Uhr. Wenn sie wirklich um 17 Uhr hier angekommen war und die Drei-Stunden-Regel von Emilia galt, dann hatte sie genau noch fünf Minuten Zeit.

Als sie bei der Mauritiuskirche anlangte, schlug diese bereits acht Uhr. Ihr rechter Arm baumelte schlaff an ihr herum und das Kribbeln in der linken Hand nahm zu. Was war, wenn sie es bis zum Friedhof schaffte, aber nicht mehr in der Lage war, den Ring zu drehen?

Zwei Minuten später raste sie die letzten Meter der Nordstraße entlang und nahm kurz darauf die Treppenstufen am östlichen Ende des Friedhofs. Als sie den linken Fuß auf die unterste Treppenstufe setzte, knickte sie weg und fiel hin.

›Scheiße‹, dachte sie. Dann wurde ihr schwarz vor Augen.

»Hallo Sie.« Ein junger Mann beugte sich über sie. Verschwommen nahm sie seine Gestalt wahr. »Können Sie aufstehen?«

Agnetha schaute ihn an. Sie versuchte, sich aufzustützen. Ihr linker Arm versagte ihr den Dienst. Sie spürte ihn nicht mehr. Er hing genauso kraftlos und unnütz wie der rechte Arm an ihr herab. Ihr Herz begann zu rasen.

»Soll ich einen Krankenwagen rufen?«, hörte sie die Stimme neben sich.

Agnetha schüttelte den Kopf. »Bitte«, sagte sie. »Bitte tragen Sie mich zum Grab meines Vaters«, brachte sie hervor.

»Ja, aber Sie benötigen doch Hilfe.« Der Mann, der neben ihr hockte, stellte sich hin und schaute sich suchend um.

»Bitte«, rief Agnetha ihm zu. »Bitte tragen Sie mich. Dann wird es besser. Ganz bestimmt.«

»Wenn Sie meinen.« Der Mann bückte sich nun wieder und mit einiger Anstrengung hievte er sie hoch. »Könnten Sie vielleicht ihre Arme um meinen Hals schlingen? Ich glaube, das wäre …«

»Nein«, rief Agnetha, »ich kann meine Arme nicht bewegen.«

»Oh, ja.« Der Mann schwankte mit ihr auf dem Arm ein wenig hin und hier. Schließlich fand er sein Gleichgewicht. »Wo möchten Sie denn hin?«

»Geradeaus«, sagte Agnetha. »Und bitte, beeilen Sie sich.«

»Ja.« Im Laufschritt trug der Mann sie über den Friedhof.

Als sie am Grab von Anton Wegmeister ankamen, rief Agnetha: »Halt! Hier ist es.«

»Hier?«

»Ja, sie können mich wieder herunterlassen.«

»Aber …«, keuchte der Mann und deutete mit einem Kopfnicken auf das Grab. »Das ist ihr Vater?«, fragte er.

Agnetha nickte, bis ihr Blick sich an den Daten festhing. Geburts- und Sterbedatum lagen gerade mal zehn Jahre auseinander. »Mein Bruder«, korrigierte Agnetha schnell. »Ist früh verstorben. Leider.« Sie schenkte ihrem Retter einen flehentlichen Blick und wiederholte: »Bitte, lassen Sie mich herunter.«

Zögernd ließ der Mann sie heruntergleiten.

Agnethas Beine knickte ein und er fing sie auf.

»Mädchen«, rief er.

Das war jetzt etwas sehr geschmeichelt. Agnetha grinste ihn an und versuchte, ihren Atem unter Kontrolle zu bringen und ihre Beine gleichmäßig zu belasten. Das rechte Bein verweigerte ihr den Dienst. Der linke Fuß kribbelte, dennoch fand sie nach ein paar bangen Sekunden einen halbwegs sicheren Stand.

So. Nun kam der schwierige Part. Sie musste den jungen Mann dazu bringen, an ihrem Ring zu drehen.

Sie lobte ihn.

»Ich würde jetzt aber gerne einen Krankenwagen herbeirufen.« Wieder hielt er Ausschau und winkte einem anderen Mann zu, der etwa vier Reihen weiter über ein Grab gebeugt Blumen einpflanzte. Er rief ihm zu, doch bitte schnell zur Feuerwehr zu laufen und einen Krankenwagen zu ordern. Der Mann setzte seine Pflanze auf den Boden und eilte los.

»Bitte«, sagte Agnetha. »Während wir hier warten, könnten Sie da nicht an meinem Ring an der rechten Hand drehen?«

Sein Blick glitt ebenso wie ihrer zu ihrer Hand herunter.

»Ich bitte Sie von Herzen. Drehen Sie zwei Runden an dem Ring. Dann wird es mir besser gehen.«

Der Mann zögerte.

»Bitte.«

»Sie sind etwas durcheinander.« Er hob ihren Arm an. »Der Sturz.«

»Nun drehen Sie schon!« Agnetha keuchte. »Sie haben nichts zu verlieren.« Tränen traten in ihre Augen.

Im nächsten Moment dachte Agnetha, sie hätte ihn mit ihrer Schreierei verstimmt. Doch schließlich legte er seinen Zeigefinger und seinen Daumen um den Ring und begann zu drehen.

Das Strahlen in Agnethas Gesicht bekam er wahrscheinlich nicht mit, ebenso wenig wie ihr freudiger Aufschrei, als aus dem Grab von Anton Wegmeister plötzlich das von Gottfried Wiesenbauer wurde. Agnetha stolperte ein paar Schritte nach rechts und setzte sich auf die Bank, die dort vor einer schmalen Thujahecke stand. Sie prüfte sämtliche

Gliedmaßen. Die Finger und Hände, Füße und Beine: Alle ließen sich bewegen und das Kribbeln war weg.

Die 39-Jährige brauchte ein paar Atemzüge, bevor sie in der Lage war, sich von der Bank zu erheben. Sie rieb sich die Stirn. Das war knapp gewesen. Falls sie noch einmal dorthin reisen musste, – und tief im Inneren wusste sie, dass sie das musste – dann würde sie aber besser auf die Zeit achten. Das schwor sie sich.

Was der arme Mann wohl gedacht hatte, als sie plötzlich zwischen seinen Fingern entschwunden war? Bestimmt war er gerade im anderen Jetzt auf der Suche nach ihr. Ob er sich dann schnell davonmachte? Oder wartete er, bis der Krankenwagen kam und die nicht vorhandene Kranke abholte? Hoffentlich bekam er keine Schwierigkeiten. Sowohl nicht mit den Sanitätern oder der Polizei als auch nicht mit seiner Psyche.

*

Sie eilte zum Ausgang und überquerte die Straße. Ihre Schuhe klapperten auf dem Asphalt. Agnetha hielt inne, schaute an sich herunter und schlug sich mit der Hand vor die Stirn. Die Kleidung. So was Blödes. Nass war sie immer noch von ihrem nicht ganz geglückten Sprung über die Aa. Und unpassend sowieso. Sie war doch nicht mehr in 1925. Wie wäre es mit Umziehen, Agnetha?

Schnell drehte sie um und huschte zurück zum Kapellenanbau.

Hoffentlich war ihr Rucksack noch da. Sie hatte ihn in der Rumpelkammer hinter den Brettern versteckt. Ob er jetzt auf der Toilette lag? Oder … Verdammt! Agnetha blieb stehen. Ihr Herz klopfte laut. Bestimmt hätte sie sich in 1925 umziehen müssen! Na klar! Warum war sie da nicht früher darauf gekommen?

Die letzten Meter bis zur dunklen Holztür rannte sie. Sie umfasste die Klinke und verharrte. Bitte! Bitte, sei da drin. Es klackte, als sie die Klinke drückte und den Raum betrat. Trotz des Dämmerlichts erkannte sie sofort, dass der Raum lediglich eine Toilette und ein Waschbecken beinhaltete. Kein Rucksack war in Sicht. Sie schaltete den Lichtschalter ein. Nichts.

Ihr Herz sackte in die Hose. So'n Mist! Ihr Handy. Ihre Klamotten. Alles weg. Na toll! Frustriert zog sie die Tür wieder zu, drehte sich um und stand einem Mann mit Glatze und krummem Grinsen gegenüber.

»Suchen Sie den?« Seine Augen wanderten nach rechts. Agnethas folgten.

An dem Zeigefinger seiner seitlich erhobenen Hand baumelte ihr Rucksack.

»Ja!« Agnethas Hand fuhr vor.

»Das nächste Mal besser aufpassen«, sagte er und übergab ihr das Fundstück.

»War er im Toilettenraum?«, fragte Agnetha.

»Ja.« Der Mann übergab ihr das Fundstück und wandte sich zum Gehen.

»Vielen Dank«, rief Agnetha ihm hinterher und fragte sich, ob sie jetzt jedes Mal ihren Rucksack auf dem Männerklo würde wiedersuchen müssen. Oder war der Mann auf dem Frauenklo gewesen? Agnetha schüttelte den Kopf.

Schließlich warf sie einen Blick in die Tasche. Ihre Hose und ihre Schuhe entdeckte sie. Dann fühlte sie die Blätter des Heimatblattes, das sie im Museum erworben hatte. Hastig kramte sie weiter, bis sie entdeckte, was sie suchte. Ihr Handy. Es war da.

Erleichtert huschte Agnetha ins Damenklo und zog sich um. Die 1925er Klamotten stopfte sie in ihren Rucksack, bei den nassen Strümpfen verzog sie ihr Gesicht. Schnell schnallte sie die Tasche auf den Rücken und begann schnellen Schrittes, zum Ausgang zu gehen. Ihre Armbanduhr sagte ihr, dass es bereits Viertel vor neun war.

Nico hatte sich mit ihr um acht Uhr treffen wollen. Oje.

Wartete er noch auf sie?

War er sauer?

Als sie in die Klosterstraße einbog, sah sie ihn vor ihrer Haustür stehen.

»Nico!« Sie winkte und begann zu rennen.

Nico schaute in ihre Richtung und ein Lachen umspielte seine Augen.

»Hi.« Sie grinste, als sie schließlich vor ihm stand.

»Hi.« Ein wenig lupfte er die Augenbraue.

»Tut mir leid, dass ich so spät bin«, sagte sie. »Ich hoffe, du bist nicht sauer.« Sie schielte ihn von der Seite an.

»Kann man dir denn sauer sein?« Er verzog seinen Mund.

»Nein«, lachte Agnetha und wurde rot. ›Er ist sauer‹, dachte sie. ›Er will es sich nur nicht anmerken lassen.‹ Sie kramte ihren Schlüssel aus dem Rucksack und bückte sich zur Eingangstür.

»Guckst du eigentlich nie auf dein Handy?«, fragte Nico.

»Doch.« Agnetha öffnete die Haustür. »Andauernd.«

Nico ging hinter ihr durch die Tür. Sie spürte seinen intensiven Blick.

»Sehr oft«, korrigierte Agnetha und während sie die Treppenstufen zu ihrer Wohnung hochgingen, besserte sie noch einmal nach und sagte: »Des Öfteren.« Dann knuffte sie ihm in die Seite und fragte: »Wieso? Hast du mir etwa geschrieben?«

»Jap. Zweimal. Mindestens.« Er grinste und Agnetha holte ihr Handy hervor.

»Mindestens.« Sie hielt ihm das Handy mit den 19 neuen Nachrichten vors Gesicht.

»Eine ist nicht von mir.« Er deutete auf den Account unter seinem.

Agnetha zog das Handy zu sich. »Oh. Stimmt. Ist von ‘ner Freundin.« Sie schaute sich die Nachricht kurz an, anschließend klickte sie auf Nicos Chat. »Wo bleibst du?«, »Alles in Ordnung?«, »Was machst du?«, »Bin schon da«, »Wo bist du?« …«

Nico nahm ihr das Handy weg und hielt es über seinen Kopf. »Ich hatte Langeweile«, entschuldigte er sein Nachrichtendumping. »Und was hast du zu deiner Verteidigung zu sagen? Wo hast du die Zeit vertrödelt und mich vergessen?«

»Das wird nicht verraten.« Sie lächelte ihn an, doch sie meinte es ernst. Sie konnte ihm schließlich nicht verraten, dass sie mal kurz einen Abstecher ins Jahr 1925 gemacht hatte. Einen Augenblick lang meinte sie, dass die Stimmung nun kippen würde. Sie spürte seine Enttäuschung und wusste nicht, wie sie das auffangen sollte.

Nico zuckte mit der Schulter und gab ihr das Handy zurück.

»Magst du was essen?«, fragte Agnetha, als sie die Küche betrat. Sie holte eine Tiefkühlpizza aus dem Gefrierfach des Kühlschranks.

»Pizza Tonno? Meine Lieblingspizza. Klar.« Er grinste wieder und das stand ihm so gut, dass Agnethas Herz fast überschwappte. »Lass sie uns artgerecht erlegen und zubereiten«, meinte er, während Agnetha noch dastand mit der Pizza in der Hand und ihn betrachtete. Er nahm ihr das Gefriergut aus der Hand und riss die Verpackung auf. »Gibt's noch eine?«, fragte er. »Sonst hast du ja gar keine.«

Agnetha schnappte sofort nach dem Teigstück. Er zog es weg und lachte: »Na, wenn du artig bist, gebe ich dir was ab.«

»Nicht nötig.« Agnetha zog eine weitere Pizza aus dem Gefrierfach.

Sie deckten gemeinsam den Tisch und nachdem Agnetha erfahren hatte, dass Nico heute mit dem Zug angereist war, köpfte sie eine Flasche Wein.

Nico saß an der Querseite des Tisches, sie längs. Agnetha hatte ihren Teller möglichst nah an seinem platziert. Ihr Herz pochte, als sie sich jetzt zuprosteten. Ob sie sich heute Abend noch einmal so nahe kamen wie auf dem Friedhof? Würde er sie küssen?

Zunächst einmal fragte er nach der Toilette.

»In den Flur und dann die erste Tür links.«

Nico stand auf und sie nahm noch einen Schluck Wein.

Noch bevor sie sein »Oh« hörte, wurde ihr ihr Fehler bewusst.

»Rechts«, rief sie, »ich meinte rechts.«

Sie sprang auf, doch sie wusste, es war bereits zu spät. Er hatte ihr Schlafzimmer betreten. Als sie sich neben ihn stellte und ihn aus dem Zimmer zog, deutete sein Finger immer noch schräg auf den Boden.

»Cannabis?« Er flüsterte es fast. Seine Augen leuchteten belustigt.

»Äh. Ja. Ist nicht für mich.« Agnetha schloss die Tür.

»Klar.« Er zwinkerte ihr zu. »Hätte ich auch gar nicht von dir vermutet.«

»Dann ist ja gut.« Agnetha öffnete die Badezimmertür. »Ist von meiner Mutter.«

»Echt?« Er kicherte noch, als sie ihn bereits ins Badezimmer schob.

»Ja«, sagte sie. »Und ich bin nicht stolz drauf.«

»Du weißt schon, dass man sie irgendwann riechen wird«, rief er durch die bereits verschlossene Tür zu.

»Ja. Und du kennst dich ja erstaunlich gut aus.«

»Nur in der Theorie.«

»Na, hoffen wir's«, murmelte Agnetha, während sie sich zurück in die Küche begab.

Als er nun wieder am Tisch platznahm, wusste Agnetha weder, in welche Richtung sie schauen sollte, noch in welche sie ein neues Gespräch leiten könnte.

Nico schien noch etwas am alten Thema festzuhängen. »Deine Mutter? Echt?«

»Ja, nur für den Eigenbedarf. Sie sagt, sie hat dann weniger Schmerzen in der Hüfte und sonst wo.«

»Raucht sie?«

»Nee.«

»Was dann?«

»Kuchen, Kekse, Backwaren. Sie backt halt gerne.« Agnetha nahm noch einen großen Schluck Wein und jetzt hatte sie das Gefühl, dass ihr langsam leichter zumute wurde. Scheiß auf Mutters Hobby, Scheiß auf Mutters Eigentherapie. Sie würde sich davon nicht den Abend verderben lassen.

Sie grinste ihn an und er erwiderte ihr Lachen. Ein wohliger Schauer durchflutete sie, als seine Finger ihren Handrücken berührten. Sie blickte zu ihm, wollte seinen Blick spüren, in seine Augen sehen, das Leuchten in ihnen entdecken, allerdings ließen seine Augen sich nicht auf ein Spiel mit ihren ein. Sie blickten herab. Herab auf ihre Hand. Er strich über ihren Finger, an dem immer noch der Ring klebte.

Verdammt! Sie hatte schon wieder vergessen, ihn abzunehmen.

»Was ist das für ein Ring?«, schwirrte schon seine Frage durch den Raum.

»Och das …« Sie zog ihre Hand zurück. »Den habe ich mal gefunden.«

»Er kommt mir bekannt vor.« Nico runzelte die Stirn.

»Vielleicht habe ich ihn schon mal eher getragen?«

Nico schüttelte den Kopf. »Nein«, sagte er, »es gibt ein Foto.« Wieder strich sein Finger über den Ring. »Ich muss nochmal …«

Weiter kam er nicht. Agnetha hatte sich vorgebeugt und drückte ihm einen Kuss auf die Lippen. Als sie sich voneinander lösten, schob sie ihre Hand weiter vor, ließ ihren Finger über seinen Handrücken wandern und über die Innenseite seines linken Unterarms. Seine rechte Hand glitt über ihre Hand und ihren Arm entlang und brachte tausend Schmetterlinge in ihr zum Tanzen.

Als sein Stuhl über den Boden schabte, weil er ihn ein wenig zurückruckte, blickte sie ihn kurz irritiert an. Nicht jetzt schon aufhören, flehte sie innerlich. Nicht aufstehen. Nicht weggehen.

Er stand nicht auf.

»Komm her«, flüsterte er und klopfte mit der einen Hand auf seine Oberschenkel, mit der anderen hielt er ihre Hand.

Agnetha stand auf und schwang sich auf seinen Schoß. Sofort spürte sie seine Hände auf ihrem Rücken, wie sie sanft neben der Wirbelsäule hinabglitten. Ihr Atem verstärkte sich, ihre Augen sahen noch seine Augen, seine grün-gelben Katzenaugen mit dem warmen honigbraunen

Schimmer. Sie tanzten vor ihr, unter ihr. Sein Mund war so nah, so spielerisch schön nah. Sie setzte ihre Lippen auf seine und kostete seine Wärme, seine Zunge, seine Nähe. Ihr Körper bewegte sich im Einklang mit seinem. Sie presste ihn an sich und wollte ihn nie wieder hergeben. Wollte nie wieder aufhören, ihn zu küssen, seinen Hinterkopf in ihrer Hand, seine Hand an ihrem Po. Er löste seine Lippen von ihren und wanderte ihre Wangen, ihren Hals entlang, benetzte ihn mit zarten Küssen.

Ein Brummton unterbrach ihre Intimität.

»Mist.« Nico schielte auf das Display seines Handys.

»Was ist passiert?« Agnetha fuhr sich durch die Haare.

»Ich muss leider los.«

»Was?« Ungläubig starrte Agnetha ihn an. Ihr Mund verformte sich zu einem Schmollmund. Die Arme vor der Brust verschränkt blieb sie auf seinem Schoß sitzen. Er gab ihr einen Kuss und sagte: »Der letzte Zug fährt gleich.« Bedauern sprach aus seinen Augen, als er aufstand und sie mit anhob. Sanft ließ er sie auf ihre Füße gleiten.

»Wenn du magst, kannst du hier übernachten und morgen früh nach Rheine fahren.« Sie schickte ihm einen sehnsüchtigen Blick zu. »Sagtest du nicht sowieso, dass du Urlaub hast?«

»Ja, das schon.« Er steckte das Handy in die Hosentasche. »Aber …«

»Aber …« Agnethas Augenbrauen zogen sich zusammen. »Wartet da jemand auf dich?« Sie wusste nicht, warum sie gerade diese Frage gestellt hatte, doch ihr Herz pochte schmerzhaft, als sie nun auf eine Antwort wartete.

Als er mit »Ich will ehrlich sein«, begann, verlor ihr Gesicht die Farbe.

»Ich denke, du bist getrennt lebend«, sagte sie und sie spürte selbst, wie sie das Entsetzen in ihrer Stimme nicht verbannen konnte.

Er kam einen Schritt auf sie zu und sie wich zurück.

»Agnetha.« Er griff nach ihrem Arm. Sie versuchte sich zu befreien, er zog sie mit einem vorsichtigen Grinsen zu sich heran. »Hey. Es ist nicht so, wie du denkst«, sagte er. »Carlos wartet zu Hause auf mich.«

»Schwul?« Das konnte doch nicht sein! Ihr Traumprinz? War ja klar.

»Ob Carlos schwul ist, weiß ich nicht«, lachte Nico jetzt. »Ich bin es nicht. Oder denkst du das?«

»Äh, näh.«

»Okay. Im Gegensatz zu dir, möchte ich offen zu dir sein und verrate dir, wer Carlos ist. Er ist mein Hund.«

»Dein Hund?« Agnetha konnte nicht verhindern, dass sich ein breites Lächeln ihrer Lippen bemächtigte.

»Mein Hund.« Nico nickte.

»Ja, aber warum hast du denn nicht schon früher von ihm erzählt? Warum bringst du ihn nicht mit?«

Nico blickte zum kleinen Sessel, der in einer Ecke der Küche stand und auf dem Kaktus selig schlief. »Ich bin mir nicht so sicher, ob die beiden sich vertragen.«

»Oh.«

Er strich mit dem Finger über ihre Hand. »Ich muss jetzt echt los, sonst rastet Carlos aus. Ist leider der letzte Zug heute und ich möchte ihn nicht verpassen.«

Langsam drehte er sich weg und ging in den Flur und auf die Wohnungstür zu. Agnetha folgte ihm. Als er in den Hausflur trat, drehte er sich noch einmal zu ihr um. Agnetha fühlte seine kräftigen Arme, die sie drückten.

»Was hast du eigentlich eben gemeint, als du sagtest, ›im Gegensatz zu mir willst du offen zu mir sein‹«?

»Egal, war nicht böse gemeint. Denk nicht drüber nach. Ist mir so rausgerutscht.«

»Ich denk aber drüber nach.«

»Also gut. Es war nur, weil du mir nicht verraten hast, wo du heute so lange gesteckt hast.« Er drückte ihr einen letzten Kuss auf den Mund, dann wandte er sich ab.

»Nico.« Er schaute sich um. »Vielleicht verrate ich es dir ja irgendwann.« Agnetha versuchte ein vorsichtiges Lächeln.

Er lächelte zurück und machte den Daumen hoch. Dann ging er.

Agnetha schaute ihm noch nach, bis die Tür hinter ihm zuschlug. Schließlich eilte sie zum Flurfenster und versuchte, seine Silhouette noch einmal zu erhaschen. Sie sah ihn die Straße entlanggehen und spürte Sehnsucht in sich aufsteigen. Eine Sehnsucht, ihm alles zu erzählen. Eine Sehnsucht, die sich befreien wollte von den Dingen, die sie gerade erlebte. Die alles mit ihm teilen wollte. Die tote Emilia, die Wahrheit über den Ring, ihre Zeitreise. Doch wenn sie ihm davon erzählte, würde er sie für völlig meschugge halten. Ihr sehnsuchtsvoller Blick folgte ihm, bis er aus ihrem Sichtfeld entschwunden war. Erst jetzt eilte sie in die Wohnung zurück.

Sie wollte noch ein wenig nach den Namen googeln, von denen sie in 1925 erfahren hatte. Sie hatte gerade angefangen, als ihr Blick auf ihren Rucksack fiel. Mist! Die nassen Klamotten! Schnell packte sie ihre 1925er Kleidung aus und drapierte sie ordentlich im Badezimmer. Als sie wieder am Computer saß, huschten ihre Augen über ihren Kalender. Oh nein! Morgen war bereits der Abgabetermin für das Cover. Menno. So unorganisiert war sie aber schon lange nicht mehr gewesen. Sie fluchte noch ein wenig und arbeitete bis drei Uhr morgens an ihrem Zeichenprogramm. Danach fiel sie erschöpft ins Bett.

Dienstag

Am nächsten Morgen wurde Agnetha von einem Klingeln geweckt. Sie tastete nach ihrem Wecker, bis ihr auffiel, dass das kein Weckerklingeln war. Erschrocken fuhr sie hoch. Die Morgensonne schien durchs Dachfenster. Die Hanfpflanzen lachten ihr entgegen. Ein Blick auf die Uhr zeigte ihr, dass sie verschlafen hatte. Mist! Es war bereits neun Uhr. Sie sprang aus dem Bett und eilte in die Küche. Das Klingeln hatte mittlerweile aufgehört. Sie griff nach dem Handy auf der Arbeitsfläche.

Nico. Er hatte angerufen und sie hatte schon wieder nicht reagiert. Schnell tippte sie auf den grünen Hörer.

»Hach«, klang es vom anderen Ende her in ihr Ohr. »Wie schön, deine Stimme zu hören.«

»Ich hab noch gar nichts gesagt.«

»Ja, stimmt.« Er machte eine kurze Pause. »Wie schön, dich am Telefon zu haben. Gut geschlafen?«

»Ja«, sagte Agnetha, »zu gut. Dein Klingeln hat mich geweckt.«

»Echt? War doch gar nicht so spät gestern Abend. Oder hast du noch etwas unternommen?«

»Ja. Ich hab noch ‘ne Nachtschicht eingelegt. Ich hab heute Abgabetermin für ein Cover. Das war mir irgendwie völlig entgangen.«

»Oh. Ja, dann, gut, dass ich dich geweckt hab. Sonst alles okay bei dir?«

»Ja, klar.« Einen Augenblick schwieg sie, dann fügte sie hinzu. »Mir geht es sehr gut.« Zumindest, wenn sie in seiner Nähe war.

»Prima«, sagte er und jetzt blieb auch er einen Augenblick lang stumm, bevor er fragte: »Wollen wir uns heute Abend wieder treffen oder ist dir das zu viel für den Anfang?«

Ein wohliges Gefühl durchfuhr Agnetha und sie flüsterte beinahe: »Das ist mir überhaupt nicht zu viel. Sehr gerne.«

»Das freut mich.« Wieder herrschte kurze Zeit diese Stille. Dann die Frage: »Hast du Lust, heute Abend einmal zu mir zu kommen?«

»Klar«, sagte sie. »Klar, warum nicht?«

Er gab ihr die Adresse und legte auf und Agnetha stand noch eine Zeit lang in der Küche und grinste ihr Handy an. Schließlich besann sie sich darauf, dass sie spät dran war und packte ihre Sachen, um zum Verlag nach Münster zu fahren und ihr Werk zu präsentieren.

Den Rest des Vormittags verbrachte sie in Münster. Es war kein erfreulicher Termin. Man bat sie, noch einmal nachzubessern. Als sie gegen 14 Uhr zurückkam, nahm sie sich für den Rest des Tages frei, um ihre Reise in die Vergangenheit anzutreten. Sie tat es nicht gern, doch irgendwie glaubte sie ›ihrem‹ Geist Emilia mittlerweile, dass sie vorher keine Ruhe vor ihr haben würde. Dieses Mal musste sie aber unbedingt darauf achten, nach drei Stunden wieder am Friedhof zu sein. Gewiss würde sie nicht jedes Mal auf einen hilfsbereiten Friedhofsbesucher stoßen, der bereit war, sie zum Grab zu tragen und ins 21. Jahrhundert zu befördern.

Als sie am Friedhof ankam, steckte sie den Ring an ihren Finger und lief um das Kreuz.

*

Augenblicklich fand sie sich auf dem alten Friedhof wieder. Etwas allerdings war anders als beim letzten Mal. Sie konnte nicht genau sagen, was. Es war mehr ein Gefühl, es war die Luft.

Agnetha hinterfragte es nicht großartig, sondern eilte zum Anbau und öffnete die Tür. Sie atmete noch einmal tief durch, dann bahnte sie sich ihren Pfad zum Stuhl. Ein paar Gießkannen räumte sie auf ihrem Weg dorthin zusammen. Besen und Rechen stellte sie zur Seite und sie malte sich aus, dass, sollte sie noch ein paar Mal diesen Ort aufsuchen, er irgendwann sogar ganz ordentlich aussehen würde.

Schließlich stellte sie ihren Rucksack auf den Stuhl und zog die Kleidung hervor. Zum Schluss nahm sie noch den Ring ab und steckte ihn in die Rocktasche.

Jetzt war sie so weit, ihren Weg zu den Dörenther Klippen zu starten. Sie hatte Glück und fand abermals ein Fahrrad bei der Gastwirtschaft Pötter. Das nächste Mal sollte sie sich vielleicht woanders ein Rad ›borgen‹, sonst kam der arme Herr Pötter noch in einen schlechten Ruf. Andererseits war es für Pötter und Co. vielleicht ja auch das erste Mal, dass sie das Fahrrad entwendete. Irgendwie steckte sie schließlich in einer Art Wiederholungsschleife, oder? So ähnlich wie bei ›Und ewig grüßt das Murmeltier‹. Nur eben mit Zeitreisefaktor.

Schnell radelte sie los und nach etwas über einer halben Stunde näherte sie sich zu Fuß – das Fahrrad hatte sie wieder auf dem ersten Stück des Hermannsweges abgestellt – den Felsgesteinen. Von Weitem näherten sich ein paar junge Wanderer. Sie waren mit Wanderstock und Filzhut ausgestattet. Agnetha grinste. Heutzutage würden sie Walkingstöcke tragen und vielleicht 'ne Basecap.

Mitten in ihre Überlegungen hinein, durchfuhr sie die Erkenntnis, dass hier heute etwas anders lief als gestern. Denn am Tag zuvor war ihr diese Gruppe aus vier Personen gar nicht entgegengekommen. Warum waren sie heute da? Agnetha verlangsamte ihren Schritt. War sie falsch gereist? In einer falschen Zeit? Aber der Anbau, die Straßen, das Fahrrad und auch die Ausstattung der Wandergruppe, alles passte ins Jahr 1925.

Als einer der Wanderer sich nach rechts wandte und »Ach du liebe Güte!« rief, da fiel es ihr wie Schuppen von den Augen. Na klar! Die Luft! Sie war ihr gleich so anders vorgekommen. Und zwar genau aus dem Grunde, weil es noch frühmorgens war. Agnetha blickte auf ihre Armbanduhr. Sie zeigte Viertel nach drei. Doch das konnte nicht stimmen. Das war die Uhrzeit in ihrem Jahrhundert, nicht in diesem. Nicht in dem Jetzt, in dem sie sich gerade befand. Hatte Emilia ihr nicht gesagt, dass sie mit jedem

Schritt, den sie dem Mörder näherkam, in der Zeit weiter zurückreisen würde? Bis sie vielleicht direkt auf ihn träfe? Genau in dem Moment, wenn er die Tat beging? Agnetha erschauderte bei dieser Vorstellung. Aber anscheinend war sie wirklich ein paar Stunden früher hier gelandet als letztes Mal. Hatte nicht in der Zeitung gestanden, dass Wanderer die Leiche morgens gegen neun Uhr entdeckt hatten? Und dieser Ausruf gerade eben, das deutete darauf hin: Die fröhliche Wandergruppe hatte soeben die tote Emilia Pacifico entdeckt.

Agnetha beschleunigte ihren Schritt und erreichte kurz darauf die vier jungen Leute. Es war nicht nur die Wandergruppe, die sie erblickte.

Nicht weit von ihr entfernt lag Emilia.

Der 39-Jährigen schnürte es das Herz zu. Das arme Mädel. Dabei hatte sie gestern noch mit ihr gesprochen. Oder war es vorgestern? Aber es war ja auch nicht wirklich Emilia, es war ja ›nur‹ ihr Geist gewesen.

Agnetha sah, dass Emilias Kopf merkwürdig verdreht war. Ihre Augen starrten ins Leere und unterhalb des Kopfes meinte Agnetha eine Blutlache auszumachen. Wie versteinert stand sie davor. Die Wanderer diskutierten gerade aufgeregt, wer sich nun auf den Weg machen sollte, um die Polizei zu verständigen.

»Ich kann das machen«, hörte Agnetha sich sagen. »Ich habe weiter vorne ein Fahrrad stehen. Ich radle schnell zum nächsten Haus.«

»Zur Münsterstraße«, meinte der junge Mann, der die Leiche als Erster entdeckt hatte, »vielleicht kommt ein Auto vorbei.«

»Ich dachte eher an ein Telefon«, sagte Agnetha.

»Ein Telefon?«

»Ja.« Agnetha biss sich auf die Unterlippe. »Es gibt doch Telefone?« In ihrem Hirn rauschte es. Telefone waren vor 1925 erfunden worden, oder?

»Ja, natürlich gibt es welche. Aber keineswegs in jedem Haushalt.«

»Ach so.« Agnetha lachte ein bisschen nervös. »Ja, dann radle ich mal zurück zur Sommerrodelbahn. Die haben bestimmt eins.«

»Sommerrodelbahn?« Vier fragende Gesichter blickten ihr entgegen.

»Ach nee.« Sie haute sich mit der flachen Hand vor die Stirn. So 'n Mist. Die gab's ja noch nicht. Manno. »'tschuldigung. Ich meinte …«

»Gasthof Ottmann«, half ihr eine der jungen Frauen aus der Patsche. »Die könnten eins haben.«

»Ottmann«, wiederholte Agnetha.

»Ja, folgen Sie dem Berg weiter runter Richtung Dörenthe und alsbald auf der linken Seite, da werden Sie fündig.«

»Gut. Danke.«

Agnetha eilte los. Etwas außer Atem erreichte sie die Gaststätte. Im Gasthof war man gerade damit beschäftigt, das morgendliche Frühstück zu servieren. Es duftete nach Kaffee. Zum Glück gab es ein Telefon. Man ließ Agnetha sofort vor und irgendwie war es für sie fast wie ein Eintauchen in ihre Kindheit, als sie ihren Zeigefinger in das Loch der Wählscheibe steckte und die Scheibe bis zu dem kleinen Pin nach rechts drehte. Zweimal die Eins und einmal die Null. Genau so ein altes Teil hatten sie früher gehabt, nur war das Telefon nicht so erhaben, schwarz und schlank gewesen. Dafür wäre sie aber bestimmt zur Polizeistation durchgedrungen im Gegensatz zu jetzt. Hilflos schaute Agnetha sich um, als keine Polizeistimme an ihr Ohr drang. Der Wirt, der sie genau zu beobachten schien, schüttelte den Kopf. Schließlich kramte er unter einem Block einen Zettel hervor und hielt ihn Agnetha unter die Nase.

»Hab mir schon gedacht, dass Sie die Nummer nicht wissen«, meinte er. »Ist ja auch ein Durcheinander. Man müsste eine einheitliche Nummer für die Polizei haben. Am besten ein kurze, einprägsame.«

»Ja, genau«, stimmte Agnetha zu. »So etwas wie 110.«

»Ja«, pflichtete der Mann ihr bei. »Die ist gut. Einprägsam«, meinte er, während er sich wieder abwandte und

Agnetha erneut ihren Zeigefinger in die verschiedenen Löcher der Wählscheibe steckte und drehte. Endlich meldete sich die Polizeiwache Ibbenbüren.

Der Polizist am Telefon versprach, sich sofort auf den Weg zu machen.

Das hatte er dann wohl auch gemacht, denn Agnetha war noch nicht lange wieder bei der Wandertruppe, als sich bereits ein Polizeiauto den Hermannsweg entlangquälte. Kurze Zeit später vernahm Agnetha das Geräusch eines Motorrads und Babyface tauchte auf. Auch die Kripo Münster war bereits informiert.

Die Wanderer wurden ebenso befragt wie Agnetha.

»Ihr Name ist Emilia«, verriet Agnetha sofort, um die Ermittlungen voranzutreiben.

»Sie kennen die junge Frau?« Kommissar Peters, der mittlerweile am Tatort eingetroffen war und der Agnetha nun ein wenig abseits führte, zog sein Notizbuch hervor und fragte erst einmal Agnethas Namen und Adresse ab. »So«, sagte Peters, nachdem das Formale erledigt war. »Sie kennen die Frau also. In welchem Verhältnis standen Sie zu ihr?« Seine honigfarbenen Augen durchdrangen sie auf der Suche nach der Wahrheit und wirkten nun gar nicht mehr mild.

»Ich kenne sie nicht. Also, nicht direkt«, begann Agnetha etwas holprig. Warum starrte er sie so an? Wusste er, dass sie das Gespräch hier schon einmal geführt hatten? Nein, das konnte er nicht wissen? Oder?

»Ja?«, unterbrach Peters Agnethas Gedankengänge.

»Ich hatte gestern zufällig kurz Kontakt zu ihr«, beeilte Agnetha sich zu sagen. ›Und vorgestern … und vorvorgestern …‹, fügte sie in Gedanken hinzu.

»Mhm«, machte Peters, »gestern noch. Interessant.« Er kritzelte wieder etwas in sein kleines Büchlein. »Können Sie mir die Adresse der jungen Frau nennen?«, fragte er plötzlich, ohne weiter auf den gestrigen Kontakt einzugehen.

»Ja, es ist der Riesenbecker Postweg«, sagte Agnetha und beglückwünschte sich zu ihrer gelungenen Assistententätigkeit hier.

Peters jedoch runzelte die Stirn und schaute sie mit einer hochgezogenen Augenbraue an. »Was war das für ein kurzer Kontakt, bei dem Sie sofort ihren Namen und die Adresse erfahren haben?«

Agnethas Gesicht gewann an Farbe. Was sollte sie sagen? Woher kannte sie sie? Sie konnte wohl schlecht behaupten, dass sie eigentlich nur ihren Geist kannte und sie hier sei, um Peters bei den Ermittlungen zu helfen. Agnetha befürchtete, dass sie dann vielleicht schneller in einer Psychiatrie landen würde, als sie bis drei zählen konnte. Oder vielleicht würde man bei so kruden Aussagen sogar versuchen, ihr den Mord anzuhängen. Wer wusste das schon?

»Ich …«, begann sie, »ich kenne sie von der Kirmes«, fiel ihr ein. »Viele kennen sie. Sie ist dort zusammen mit ihrer Mutter als Hellseherin tätig.«

Peters sagte nichts, schrieb aber mit seinem kleinen Stummelbleistift alles genau mit. »Und Sie waren gestern also bei ihr und haben sich ihre Zukunft vorhersagen lassen?«

Agnetha nickte.

»Nun gut«, sagte der Kommissar. »Wissen Sie, ich war noch nie bei einer Wahrsagerin. Aber, … ist es üblich, dass man dort Namen und Adressen austauscht?«

Die Skepsis in seiner Stimme trieb noch ein wenig mehr Blut in Agnethas Gesicht.

»Ich … ich …« Agnetha versuchte, ihre Gedanken zu sortieren, »also, da gab es einen Flyer, auf dem stand die Adresse. Und der Name.«

»Einen Flyer?« Peters Augenbrauen sahen jetzt aus wie ein zusammengezogener Strich.

»Äh.« Ach Herrje. Was redete sie da denn wieder? »Ein Zettel«, erklärte sie, »auf dem sie ihre Dienste aufgelistet hatten. Und da stand außerdem ihre Adresse drauf.«

Peters nickte und hob erneut Buch und Stift an. Agnetha atmete auf. Anscheinend war das glaubhaft, was sie soeben formuliert hatte. Auch wenn sie fast bezweifelte, dass Emilia und ihre Mutter dort wirklich Reklameblättchen mit ihren Diensten herumliegen hatten. Aber bis der Kommissar das herausgefunden hatte, war sie hoffentlich längst wieder in ihrem Jahrhundert gelandet.

»Wenn es Ihnen nichts ausmacht, dürfen Sie uns gleich kurz zur Ibbenbürener Polizeiwache begleiten«, sagte Peters.

»Ja, klar.« Agnetha lächelte. »Ich kann Ihnen aber auch hier und jetzt schnell sagen, dass sie auf jeden Fall einen Achim Perkhan und die vier Freunde Robert und Engelhart Baar, Thomas Mersch und …« Ach Mensch, wie hieß denn der letzte noch mal?

»Wie kommen Sie darauf?«

»Achim Perkhan hatte auf der Kirmes einen ziemlichen Streit mit Emilia. Das können noch mehr Leute bezeugen.« Agnetha nickte. Sie musste die Ermittlungsarbeiten hier beschleunigen. Der Kommissar brauchte einen Vorsprung, vielleicht verhalf ihm das dazu, dem Täter auf die Spur zu kommen. Agnethas Zuversicht wuchs. Sie würde es schaffen.

In diesem Moment tauchte einer der Polizisten auf, die den Tatort untersuchten. Er hielt etwas zwischen Zeigefinger und Daumen. »Das haben wir bei der Leiche gefunden«, sagte er.

Der Kommissar blickte auf den kleinen Gegenstand. »Einen Ring?«

Der Polizist nickte und ließ das Fundstück in ein kleines Tütchen fallen. »Scheint nicht ihr zu gehören.«

Agnethas Kopf rauschte. Ein kurzer Blick hatte gereicht. Sie hatte die Ornamente erkannt. Ihre Hand schoss in die Rocktasche, durchwühlte diese. Keine harte Kante stieß an ihre Finger, kein hartes Metall drückte sich gegen ihr Fleisch. Der Ring war weg. Verschwunden.

Das Herz klopfte laut in ihren Hals hinein. Ihr Gesicht gewann an roter Farbe. Wie, zum Teufel, kam ihr Ring zu Emilia? Sie war dem Leichnam nicht so nahe gekommen, als dass der Ring hätte auf sie fallen können. Sie konnte ihn unmöglich dort verloren haben. Anscheinend aber doch. Vielleicht war er unbemerkt auf ihren Schuh gefallen und sie hatte ihn versehentlich dorthin geschossen? Klang ziemlich schräg, doch auf die Schnelle fiel ihr keine andere Lösung ein.

Allerdings war da noch eine weitere Frage und die wog schwerer: Wie bekam sie den Ring zurück?

Ihr wurde abwechselnd heiß und kalt. Ohne Ring konnte sie nicht zurückreisen. Und was das bedeutete, wusste sie ja mittlerweile. Sie musste den Ring zurückhaben. Unbedingt!

Aber sie konnte nicht sagen, dass es ihrer war. Dann würde sie mit Sicherheit nicht in den nächsten – sie schaute auf ihre Uhr, es war 16.30 Uhr – 60 Minuten zum Friedhof zurückkommen. Man würde sie vielleicht als Tatverdächtige festsetzen.

»Geht mit zur Wache«, sagte Peters und übergab dem Spezialisten das Tütchen wieder.

»Ich fahre mit«, rief Agnetha.

»Warum?« Auf Peters Gesicht zeichneten sich Furchen ab. Nach kurzer Zeit glätteten sie sich wieder. »Geht in Ordnung«, sagte er. »Ich würde Ihnen gleich gerne noch ein paar Fragen stellen. Es dauert noch einen Augenblick, sodann komme ich nach.« Schon wandte er sich ab und bahnte sich einen Weg durchs Unterholz zu einem der Männer der Wandergruppe.

Agnetha begleitete Bubi. Nach kurzem Marsch steuerte sie auf das Motorrad zu und Agnetha setzte sich in den Beiwagen.

Polizist Bernd Althaus blieb stehen. Sein Blick sprach Bände. »Woher nehmen Sie das Wissen, dass das mein Gefährt ist?«

»Oh«, sagte Agnetha. »Sitze ich im falschen?« Sie schaute sich um und war im Begriff, wieder aufzustehen.

»Nein. Aber Sie konnten nicht wissen, dass wir mit dem Motorrad fahren und nicht mit dem Polizeiauto.«

»Reine Intuition.« Agnetha grinste ihn an und klopfte auf den Motorradsitz, damit Babyface sich mal in Bewegung setzte. Innerlich allerdings schalt sie sich eine Idiotin. Sie musste lernen, besser nachzudenken. Bubi Bernd schaute weiterhin skeptisch, doch setzte er sich. »War ’n Scherz«, lachte Agnetha etwas gekünstelt. »Kommissar Peters hat erwähnt, dass Sie derjenige mit dem Motorrad sind.«

Die Antwort schien ihn zufriedenzustellen und er machte sich daran, sein Motorrad in Bewegung zu setzen. Während der Fahrt dachte Agnetha über Emilia nach. Die Zeitreisende wunderte sich über sich selbst. Sie hätte gedacht, dass das Entdecken von Emilias Leiche sie mehr mitnehmen würde. Vielleicht lag es daran, dass sie noch vor kurzem mit ihrem Geist gesprochen hatte und sie für Agnetha also irgendwie lebendig war. Oder lag es daran, dass das Jahr 1925, in dem sie sich gerade befand, eigentlich bereits seit fast einhundert Jahren vorbei war?

Agnetha zuckte kurz mit der Schulter und konzentrierte sich jetzt lieber auf die Tasche, die Milchbubi sich umgehängt hatte.

»Sie können die Tasche gerne mir geben«, rief sie ihm zu, als er zum wiederholten Male die Tasche nach vorne auf seinen Oberschenkel zog, weil sie ihn weiter hinten zu stören schien. Oder aber er dachte, dass sie hinter ihm nicht genug gesichert war. Misstraute er Agnetha etwa?

Auf Agnethas Angebot ging er gar nicht ein.

»Ich habe im Fußraum noch reichlich Platz«, versuchte sie es erneut.

»Von wegen.« Wieder ließ er den Lenker mit der rechten Hand los und umklammerte die Tasche.

Mist! Für den Rest der Fahrt schwiegen sie. In Agnethas Kopf arbeitete es. Sie musste ins Innere der Tasche gelangen. Egal wie. Bei der nächsten Kurve, als er wieder beide Hände an den Lenker setzte, versuchte sie ihr Glück. Sie näherten sich gerade der Innenstadt und zum Glück war hier einiges los, sodass Bubi Bernd sich auf den Verkehr konzentrieren musste. Agnetha hob ihre linke Hand, schob sie zur Tasche und öffnete den Druckknopf. Sie wagte kaum zu atmen und starrte die ganze Zeit auf die das Lenkrad umklammernden Hände von Babyface. Zugleich verschwand ihre eigene Hand im Inneren der Tasche. Doch sie fühlte kein Tütchen. Ihre Hand wanderte weiter nach hinten, sie versuchte, tiefer zu gelangen. Da! Ihre Finger berührten etwas. Es fühlte sich ein wenig wie Papier an. Sie hangelte sich noch ein Stück tiefer. War es das Tütchen? Das Tütchen mit ihrem Ring?

Mit einem Mal fuhr die Hand des Polizisten nach hinten. Erschrocken zog Agnetha ihre Hand wieder heraus und legte sie schnell in ihren Schoß. Bernds Hand umklammerte das Leder und zog es wieder weiter nach vorne. Agnetha schielte zu ihren Händen. Irgendetwas hatte sie herausgezogen. Zwischen ihren Händen verborgen lag es. Vorsichtig hob sie eine Hand an. Sie spähte auf das, was auf ihrer Handfläche ruhte. Mist! All ihre Hoffnung zerschmolz zu diesem kleinen Zettel dort. Sie hob ihn an und starrte auf das Geschriebene. ›Rudolf Peters‹ stand da und eine Nummer.

Na toll. Jetzt kannte sie also den Vornamen vom Kommissar. Das half ihr ja enorm weiter.

Was sollte sie nur machen? Sie brauchte den Ring, sonst kam sie nicht zurück. Und was würde dann mit ihr geschehen?

Agnetha bekam eine Gänsehaut, wenn sie an das Kribbeln und die Taubheit in ihren Gliedmaßen bei ihrer letzten Reise dachte. Wenn sie den Ring nicht wiederbekam, würde sie hier etwa gelähmt zugrunde gehen? Sie schauderte.

Babyface Althaus fuhr sie bis zur Großen Straße. Bei der Polizeiwache kramte der Polizist das Tütchen mit dem Ring aus der Tasche hervor.

»Meyer«, rief er über den Flur. »Wo steckst du denn schon wieder? Komm sofort her.«

Gemeinsam mit Babyface starrte Agnetha den Flur entlang. In der hintersten Ecke sprang eine Tür auf und mit kurzen steifen, aber sehr schnellen Schritten rauschte ein Mitarbeiter heran. Seitenscheitel, angeklatschte Haare, Nickelbrille. Enges Hemd, graue Weste, schlackernde Bundfaltenhose. Bürohengst. Und was für einer. Die Muskeln unter seinem engen Hemd spannten sich.

Und trotzdem stand er vor Bernd Babyface als erwartete er eine Tracht Prügel, dabei überragte er den auch nicht gerade kleinen Bernd Althaus um einige Zentimeter. Zumindest wenn er mal den Rücken durchdrücken und die Schultern nicht so hängen lassen würde.

»Was soll das denn schon wieder, Meyer?«

Agnetha schaute neben sich zu Bernd Althaus, der mittlerweile nicht nur ihren eingetüteten Ring in der Hand hielt, sondern ebenso einen Block vom Tresen genommen hatte. Seine Wurstfinger hämmerten auf die oberste Seite. »Was hast du hier denn schon wieder angerichtet?«

Agnetha schob sich etwas weiter nach links und versuchte zu erkennen, was dort geschrieben stand, doch Althaus übergab bereits Meyer den Block, sodass sie nur noch die oben eingravierte Mauritiuskirche erkannte. Das Geschriebene konnte sie so schnell nicht entziffern.

»Das …«, sagte Meyer, »das sollte ich doch ausfüllen.«

»Nicht deine Wurstbrotbestellung, die der Kollegen. Mann.« Althaus haute sich mit der Hand vor die Stirn.

Agnetha folgte der Hand, die immer noch das Tütchen hielt, und hoffte, dass der Ring irgendwie – am besten von Althaus unbemerkt – dort hervorschnellen möge, was er natürlich nicht tat. Sie hätte jetzt gern ein bisschen geflucht. Ach ja, und ein paar Takte zu kollegialem Umgang mit Mitarbeitern hätte sie Babyface auch gerne gesagt.

Meyer indessen schlich bereits mit dem Block davon. Seine eigentlich große Gestalt schien geschrumpft zu sein.

»Halt, jetzt hau doch nicht sofort wieder ab. Meinst du, wenn ich dich rufe, geht es nur um Würstchen?« Althaus' rechter Arm holte Schwung. »Das hier sollst du in deinem Büro in Verwahrung nehmen.«

Mit großen Augen sah Agnetha ihren Ring durch den Flur fliegen. Ihr war sofort klar, dass Meyer den nicht fangen würde. Sie preschte vor und Meyer schaute sich mit fragendem Blick zu ihnen um. Der Ring landete einen halben Meter vor Meyer und rutschte auf ihn zu. Kurz vor einem Schrank rechts neben Meyer kam das Tütchen zum Liegen.

»Hey«, rief Babyface in dem Moment, in dem Agnetha mit den Knien am Boden aufschlug und den Ring zu packen bekam. Zur gleichen Zeit bückte auch Meyer sich. Agnetha kniete vor ihm, das Tütchen in der Hand und er hielt seine Hand auf.

Von hinten griff Bernd Althaus bereits nach ihr und zerrte sie hoch. »Was fällt Ihnen denn ein?«

»'tschuldigung. War 'n Reflex.« Agnetha grinste und übergab den Ring in die Hand von Meyer. Er steckte das Tütchen in seine Westentasche und Agnetha hätte heulen mögen.

Mist! Sie hatte ihre Chance vertan. Wie sollte sie jetzt noch an das für sie wichtigste Schmuckstück aller Zeiten gelangen?

Während Bernd Althaus sie zu einem Büro auf der rechten Seite führte, wandte Meyer sich ab und lief vor den Schrank. Babyface blickte sich um und schüttelte den Kopf. Dann teilte er Agnetha mit, dass sie in dem Raum warten solle. Agnetha nickte und schlich, kurz nachdem er das Büro verlassen hatte, auf den Flur. Sie wusste nicht, was sie Hans Meyer gleich sagen sollte, doch sie wusste, dass die Zeit drängte und dass sie ihn sofort aufsuchen musste. Jetzt musste sie beweisen, welch spontane Kreativität in ihr steckte.

Das Klacken einer Türklinke ließ Agnetha hinter dem alten Holzschrank, den Meyer eben touchiert hatte, verschwinden. Links neben ihr befand sich eine Grünpflanze, deren Blätter bis zu ihrer Schulter reichten. Sie zog die Stängel näher zu sich heran. Ihren Rücken presste sie an die Wand. Ihr Atem hatte aufgehört zu fließen. Die Türen, die sie im Blick hatte, waren geschlossen. Kein Mensch in Sicht. Dafür aber Stimmen. Der Name »Meyer« fiel, dann Gelächter. Schließlich fiel eine Tür ins Schloss. Schritte näherten sich. Agnetha wurde kleiner, die Blätter vor ihrem Körper zahlreicher. Doch sie blieb stümperhaft bedeckt, unzureichend geschützt. Wenn die Person gleich nicht in ein Büro abbiegen würde, würde sie sie sicherlich entdecken. Es sei denn, sie war blind an den Außenrändern ihres Sichtfeldes.

Der linke Schuh tauchte auf. Agnetha stellte das Atmen ein. Jetzt der rechte Schuh. Wieder trat der linke vor. Der Mann war an ihr vorbei, ohne sich erstaunt nach ihr umgeschaut zu haben. Agnethas Atem steckte weiterhin in der Lunge fest. Erst als der Mann in Meyers Büro trat und die Tür hinter sich schloss, atmete sie aus.

Wenn er gleich wieder herauskäme, wäre sie genau in seinem Blickfeld.

Blitzschnell sprang Agnetha hinter der Pflanze hervor, umrundete den Schrank und drückte die nächste Bürotür auf. Auf ihren Lippen die flehentliche Bitte, dass dieses Büro leer sein möge.

Sie drehte sich um und blickte auf ein paar dunkle Schuhsohlen. Und in erstaunte Augen. Schnell zog der Mann seine Füße vom Tisch und sprang auf.

Shit. Unbehaglich drückte Agnetha ihren Rücken gegen das Türblatt. Mittlerweile las die Zeitreisende eine deutliche Missbilligung ihrer plötzlichen Anwesenheit in den Augen unter der Scheitelfrisur mit den angeklatschten Haaren. Hatten Meyer und er hier denselben Friseur?

»Was machen Sie hier?«, schoss es donnernd aus dem Mund des Ertappten. Nicht weniger milde fügte er hinzu. »Ich kann mich weder erinnern, Sie zum Eintreten aufgefordert zu haben, noch vernahm ich ein Klopfen.«

Ja, er war definitiv erbost. Mit seinem Fuß schob er seinen Stuhl zurück.

»Entschuldigen Sie vielmals.« Agnethas Hände hinter ihrem Rücken suchten die Klinke. »Ich bin genauso bestürzt wie Sie«, sprach sie und suchte fieberhaft nach einer Geschichte, die sie ihm auftischen könnte.

Der Mann umrundete seinen Schreibtisch und kam mit verhärtetem Gesichtsausdruck auf sie zu.

»Ich … ich dachte, hier sei die Toilette.«

»Die Toilette?«

Agnetha nickte stumm.

Sein Gesicht nahm weichere Züge an und Agnethas Hände entspannten sich ein wenig.

»Na, da sind Sie hier falsch.«

Agnetha trat einen Schritt von der Tür weg. Der Mann, gekleidet in einen tadellosen grauen Anzug, wie Agnetha jetzt bemerkte, öffnete die Bürotür und trat in den Flur. »Sie müssen durch die Glastür auf der rechten Seite in den Treppenaufgang gehen«, erklärte er, während er bereits selbst den Weg einschlug. »Da ist die Toilette.« Er winkte ihr, damit sie ihm folgte.

»Darf man wissen, was Ihr Anliegen hier bei der Polizei ist?«, fragte er, als sie sich in Bewegung setzte.

»Oh, gewiss«, sagte Agnetha. »Kommissar Peters möchte gleich noch einmal mit mir sprechen. Wegen des Mordfalls bei den Dörenther Klippen.« Diesmal sagte sie lieber nicht noch einmal den Namen der Toten.

»Ja, schlimme Sache.« Der Polizist nickte.

In dem Moment öffnete sich direkt vor ihnen die Bürotür von Meyer. Schlagartig hämmerte Agnethas Herz bis in ihre Ohren hinein. Doch kurze Zeit später wusste sie, dass nun ihre Chance gekommen war, denn Meyer verließ zusammen mit seinem Kollegen den Raum und hinterließ sein Büro unverschlossen.

Da sie an der Seite des Polizisten ging, schienen die beiden Männer, die jetzt an ihnen vorbeischritten, kein Interesse an ihr zu haben. Meyers Kollege nickte kurz und Meyer selbst blickte verstohlen an ihnen vorbei. War wohl echt eher der Einzelgänger, der Menschen lieber aus dem Weg ging. Umso besser, falls er sie gleich in seinem Büro ertappte, würde sie einfach forsch auf ihn zugehen und ihm irgendein Gespräch aufdrängen. Dann würde er sie bestimmt gerne gehenlassen. Agnethas Herz beruhigte sich und Meyer stolperte.

»Nix passiert.« Meyers Stimme klang durch den Flur, doch wahrscheinlich hatte sowieso niemand Notiz davon genommen. Agnethas Begleiter jedenfalls hatte noch nicht einmal mit der Wimper gezuckt.

Der Polizist zeigte ihr die Toilettentür. Agnetha bedankte sich, trat ein und schloss die Tür. Für kurze Zeit lehnte sie sich mit dem Rücken dagegen. Schließlich machte sie die Tür einen Spalt breit auf. Ihr Begleitpolizist war nicht mehr zu sehen. Sie öffnete die Tür ganz und huschte zu Meyers Büro. Mit einem gehetzten Blick durch den Flur öffnete sie dessen Tür und verschwand im Inneren.

Sie scannte den Raum. Ein vollgepackter, aber ordentlicher Schreibtisch, mehrere Aktenschränke, Regale. Agnetha schnellte zum Schreibtisch vor. Ihr Ring. War er hier irgendwo? Sie riss die Schubladen auf. Nichts. Die Schreibtischtür. Alles ließ sich mühelos öffnen. Meyer schien wohl ein ziemliches Vertrauen darin zu haben, dass ihm niemand etwas stehlen wollte. Sie fand zusammengeheftete Papiere, Briefe, Stempel und einen Block, auf dem sie als Gravur die Mauritiuskirche wiedererkannte. Doch das war nicht das, was sie suchte. Das, was sie finden musste, blieb verschollen. Kein Tütchen, kein Ring. Weder im noch auf dem Schreibtisch.

Dafür Schritte auf dem Flur.

Meyer!

Er kam zurück.

Hektisch schaute Agnetha sich um. Links neben der Tür stand ein halbhoher Schrank. Sie stürzte darauf zu und versuchte, ihn zu schieben. Er bewegte sich nicht. Agnethas Herz klopfte so laut, dass sie die Stimmen auf dem Flur fast überhört hätte. Erst als sie dachte, dass Meyer längst hätte die Tür öffnen müssen, bekam sie mit, dass der Polizeibeamte sich auf dem Flur mit jemanden unterhielt

Derweil zog sie den schweren Schrank Zentimeter um Zentimeter vor. Sie musste ein wenig ruckeln und sie biss sich jedes Mal auf die Lippe, wenn das alte Möbelstück ächzende Laute von sich gab. Sie schaffte es bis zur Hälfte der Tür, bevor Meyer etwas bemerkte.

»Hey!« Sein Ruf klang laut und nah an ihr Ohr. Jetzt klackerten Schuhe über den Boden des Flures. Sie kamen schnell näher. Könnte er nicht jetzt noch einmal stolpern? Irgendwie hörte er sich gar nicht mehr so unsicher und menschenscheu an.

Agnetha rannte zurück zum Schreibtisch. Der Ring! Wo war er? Sie konnte unmöglich ohne ihn verschwinden. Ein Geräusch an der Tür ließ Agnethas Blick auffahren. Die Türklinke wurde heruntergedrückt. Ein paar Zentimeter sprang die Tür auf, dann knallte sie gegen den Schrank.

Agnetha riss das Fenster auf und warf einen Blick aufs Blumenbeet. Bis dahin würde sie es mit einem Sprung schaffen. Ein Blick an sich herab, ließen jedoch Zweifel aufkommen. Normalerweise würde sie es schaffen. Aber so? Kurzentschlossen zog sie den Rock bis zur Taille hoch.

Vor der Tür schimpfte Meyer und alarmierte weitere Polizisten. Den Geräuschen nach zu urteilen, versammelten sie sich gerade vor der Tür. Es würde nicht mehr lange dauern, bis sie hier drin wären.

Wo war die verdammte Tüte? Wo war ihr Ring?

Ihr Blick hetzte durchs Zimmer. Von kontrolliertem, geordnetem Suchen war sie weit entfernt. Plötzlich blieben ihre Augen an dem Garderobenständer rechts neben der Tür haften. Meyers Weste hing dort. Ihre letzte Chance.

Mit einem Sprung erreichte sie den Garderobenständer. Finger von zwei Händen bogen sich direkt neben ihr um das Türblatt. Kurz entschlossen schmiss Agnetha sich dagegen. Sie hörte das Jaulen vor der Tür und verzog das Gesicht. Es tat ihr in der Seele weh, aber für weiteres Mitleid hatte sie keine Zeit. Sie sprang zum Garderobenständer und fasste in die Westentasche.

In dem Moment, in dem der erste Polizist sich durch den Türspalt quetschte, fühlten Agnethas Hände die Tüte. Sie zog sie hervor und hechtete zum Fenster.

»Halt! Stehenbleiben«, rief die Stimme hinter ihr.

Mit einem Sprung aufs Fensterbrett und in die Blumen war sie verschwunden. Schon wieder raste sie über Höfe und durch Gärten und hielt erst inne, als sie die Mauritiuskirche erreicht hatte. Nun öffnete sie das Tütchen, zog den Ring hervor und setzte ihn auf den Ringfinger ihrer rechten Hand. Ihre Hände zitterten so stark, dass sie es erst im zweiten Anlauf schaffte. Anschließend machte sie sich auf den Weg zum Friedhof. Ein Blick auf ihre Armbanduhr verriet ihr, dass sie noch zwanzig Minuten Zeit hatte. Wenn sie sich jetzt nicht noch von einem Polizisten einfangen ließ, sollte sie es schaffen. Ihr Herz beruhigte sich, das Zittern wurde weniger. Dieses Mal zog sie sich in der kleinen Rumpelkammer wieder um und legte ihre Sachen ordentlich gestapelt auf den Stuhl. Schließlich nahm sie ihren Rucksack und verließ den Anbau.

Sie fand das Grab von Anton Wegmeister, drehte den Ring und blickte anschließend mit einem erleichterten, dankbaren Lächeln auf den Grabstein. Es war der ihres Vaters.

*

Ein paar Stunden später stand Agnetha vor der Haustür des Mehrfamilienhauses in der Felsenstraße in Rheine. Sie war erschöpft, dennoch brachte ihr Bauch gerade dieses Kribbeldings zum Tanzen und auf ihren Lippen parkte ein freudiges Grinsen. Sie drückte auf den Klingelknopf.

Als hätte er neben dem Türöffner gestanden, ertönte sofort der Summton und Agnetha lehnte sich gegen die Tür, die mit einem leichten ›Klong‹ aufsprang. Schnell nahm sie die Stufen bis in den ersten Stock.

»Hi«, lachte ihr die bereits vertraute warme Stimme entgegen. »Schön, dass du da bist.« Er senkte sein Gesicht und gab ihr einen sanften Kuss auf den Kopf. Schließlich zog er sie zu sich heran und umschloss sie mit seinen starken Armen, gab ihr Halt in dieser so aufregenden Zeit. Fast, als wüsste er, was sie heute alles erlebt hatte.

Als er sie jetzt intensiv musterte und sie fragte: »Alles in Ordnung?«, kämpfte sie gegen ihre Tränen an.

Sie nickte und zwang sich zu einem Lächeln. Schnell trat an ihm vorbei in die Wohnung ein. »Wo ist er denn?«, fragte sie.

»Äh, wer?« Nico schloss die Tür hinter ihr. »Ach, Carlos meinst du.«

»Ja.« Sie drehte sich zu ihm um, setzte ihren Rucksack ab und zog ihre Jacke aus.

»Der ist zurzeit nicht da.« Nico nahm ihr die Jacke ab und hängte sie an einen Haken.

»Aha. Führt der sich gerade selbst spazieren?«

»Nein.« Nico schmunzelte. Dann wurde er ernst. »Hm. Es ist so. Carlos gehört mir nicht allein.«

»Nicht?« Warum schnürte sich gerade ihre Kehle zu?

»Nein, also …« Er ging nach rechts in einen Raum. »Komm«, sagte er. »Setz dich erst mal.«

Agnetha betrat das Wohnzimmer und schaute sich um. Ein schöner großer Raum mit einer breiten Fensterfront. Sie trat an eines der Fenster und blickte hinaus. »Oh! Du hast ja Schafe als Nachbarn.« Sie deutete auf die gegenüberliegende Straßenseite, auf der es tatsächlich recht ländlich aussah und wo auf einer Wiese ein paar Wolllieferanten grasten.

»Ja.« Nico stellte bereits zwei Weingläser auf einen kleinen Tisch, der vor einer grauen Sitzgarnitur stand. »Magst du?« Er hielt ihr eine Weinflasche hin.

»Ja, gerne.« Agnetha wischte verstohlen ein wenig Schmutz von der Fensterbank in ihre Handfläche und fragte, wo sie sich die Hände waschen könne.

Nico zeigte ihr das Bad und Agnetha fragte sich, während das kalte Wasser über ihre Hände lief, ob sie ihren Putzfimmel jemals unter Kontrolle bringen würde. Noch viel mehr beschäftigte sie allerdings die Frage nach Nicos Hund. Mit wem teilte er sich den Hund? Mit seiner Ex? Mit einem Nachbarn? Oder: viel schlimmer: mit einer Freundin?

Bilder tauchten plötzlich vor Agnethas geistigem Auge auf. Bilder aus Teenagerzeiten. Bilder, auf denen Nico stets jemand Neues im Arm hielt. Hatte er jemals etwas daran geändert? Sie atmete tief durch und betrachtete ihr Spiegelbild. Wahrscheinlich war sie nicht die Einzige, für die er sich derzeit interessierte. Dieser Gedanke ließ einen Kloß in ihrem Hals wachsen. Lauerte hinter einer Hundeleine bereits die Konkurrenz?

Sie wandte sich vom Spiegel ab, nahm das Handtuch und verscheuchte den Gedanken. Heute war sie hier. Nur sie. Doch mit dem Schwinden der Ängste um Konkurrenz in Sachen Liebe tauchten andere auf: Die Strapazen des heutigen Tages als Zeitreisende ließen sie nicht wirklich los. Immer wieder kam es ihr wie ein Traum vor und doch war es Realität. Unglaubliche Wirklichkeit. Ob sie Nico nicht doch davon erzählen sollte? Bevor es sie erdrückte?

Agnetha betrachtete sich noch einmal im Spiegel und schüttelte den Kopf. Sie konnte ihm nicht davon erzählen. Kein vernünftiger Mensch würde ihr die Geschichte abnehmen. Und wenn sie eines nicht wollte, dann war das, Nico zu verlieren, weil er sie für bekloppt hielt.

Mit belasteter Seele rang sie ihrem Spiegelbild ein Lächeln ab, korrigierte ihr halb verwischtes Kajal und machte sich zurück auf den Weg ins Wohnzimmer.

Im Flur fiel ihr auf, wie viele Fotos dort hingen, teilweise ganz alte Fotos, Familienfotos, aber auch Fotos von einem Hund. Das war bestimmt Carlos. Agnethas Augen suchten Bilder von Frauen und sie stellte mit Erleichterung fest, dass es keine Fotos gab, wo nur eine Frau abgebildet war.

»Du hast viele Fotos«, sagte sie, als sie das Wohnzimmer wieder betrat.

»Ja.« Nico saß auf dem Sofa und zeigte auf mehrere Fotoalben, die neben ihm auf einem kleinen Glastisch lagen. »Ist ein Hobby von mir. Ich fotografiere gerne. Und ich sammle alte Fotos. Insbesondere solche, die etwas mit meiner Familie zu tun haben.« Er klopfte neben sich auf den freien Platz und Agnetha setzte sich.

Ihre Arme berührten sich, als sie sich nach vorne lehnten, um ihre Weingläser zu ergreifen. Sofort spürte Agnetha ein wohliges Kribbeln auf der Haut. Sie fing es ein, bettete es fest in ihre Seele und bewahrte es tief in ihrem Innern auf, damit sie diesen Moment hervorholen konnte, wenn sie seine Nähe am meisten vermisste.

Sie prosteten sich zu und tranken einen Schluck.

»Warum gehört dir Carlos nicht allein?«

»Weil meine Ex-Frau oder Noch-Frau ihn auch haben möchte.« Er stellte das Weinglas wieder auf den Tisch. »Und zurzeit ist er wieder bei ihr.«

»Oh.« Erleichterung machte sich in Agnetha breit. ›Ex‹ hörte sich irgendwie gut an. ›Noch‹ ging auch. »Bist du schon lange getrennt?«

»Fast ein Jahr.«

»Willst du darüber reden?«

»Eigentlich nicht.«

»Okay.« Agnetha wusste nicht so genau, ob sie nun erleichtert war oder nicht.

»Da gibt's nicht viel zu erzählen. Wir haben uns halt auseinandergelebt.« Er seufzte. »Das einzige Gemeinsame ist Carlos. Und den wollen wir beide.«

»Und wie werdet ihr euch einigen?«

Er zuckte mit der Schulter. »Vielleicht wird das Gericht das entscheiden.« Er lächelte sie an, doch seine Augen sandten eine tiefe Traurigkeit zu ihr herüber, die sie erschauern ließ.

»Aber du hast bestimmt gute Chancen, oder?«

»Sie ist auf jeden Fall spielsüchtig. Ob sie das zusätzlich hundehalteruntauglich macht, weiß ich nicht.«

»Wie spielsüchtig?«

»Sie spielt halt. Um Geld. Egal was. Vom Preisausschreiben bis zu Roulette im Internet. Alles, wo sie Geld einsetzen kann, das macht sie.« Sein Lächeln sah jetzt eher bitter aus. »Mit ein Grund für unsere ständigen Streitereien und unsere Trennung.«

»Aber dann sollte Carlos auf jeden Fall dir zugesprochen werden.« Sie klopfte ihm sacht auf den Rücken. »Du bist bestimmt makellos.«

Es sollte ein Scherz sein, denn wer war schon ganz ohne Tadel. Doch mit seiner Reaktion hatte sie nicht gerechnet.

»So?«, fragte er. »Bin ich das? Agnetha, was weißt du schon? Ich bin nicht mehr der ewige Sonnyboy, der ich früher vielleicht einmal war. Ich habe …« Er winkte ab.

»Ja?« Agnetha beugte sich vor, denn auch er hatte sich vorgebeugt, die Ellbogen auf den Knien, die Hände ineinander gewrungen. Was hatte er für ein Geheimnis, das er ihr nicht anvertrauen wollte?

»Ach nichts«, sagte er. Dann schaute er sie wieder an und sein Blick wurde milder. »Ich habe meinen Hund entführt«, flüsterte er in ihr Ohr.

»Du hast Carlos entführt?« Agnethas Augen wurden groß.

»Ja. Vor ein paar Wochen. Kam aber nicht gut. Ich hatte am nächsten Morgen gleich die Polizei vor der Wohnungstür und musste ihn wieder abgeben. Zurzeit haben wir uns darauf geeinigt, dass ich ihn erst mal an jedem zweiten Wochenende haben kann.«

Agnetha nickte. Das war ja wie bei kleinen Kindern. Agnetha kannte das von ihrer Schwester, die, kaum dass sie verheiratet war, auch schon wieder vorm Scheidungsrichter gestanden hatte. Übriggeblieben von ihrer Ehe war das Besuchsrecht ihrer Tochter Nadja. Jedes zweite Wochenende war sie zu ihrem Papa umgesiedelt.

»Hast du Lust, ein paar Fotos zu schauen und in alten Erinnerungen zu schwelgen?« Nico klopfte auf das Fotoalbum neben sich auf dem Tisch.

»Klar«, sagte Agnetha und fragte sich zugleich, ob ihre Erinnerungen wirklich zum Schwelgen einluden. Eher nicht, fand sie. Denn auf dem Gymnasium war sie doch mehr oder weniger eine Außenseiterin gewesen, eine Mitläuferin, die zwar dabei war, die man aber nie wirklich wahrnahm. Sie hing halt einfach dran, an der Clique, ohne Nutzen. Wie ein Blinddarm. Solange sie nicht schmerzte, schleppte man sie mit.

Ganz andere Erinnerungen schien Nico an seine Vergangenheit zu haben. Mit Begeisterung zeigte er ihr alte Familienfotos von seinem Zuhause in Laggenbeck. Von dem kleinen Haus, das etwas abseits lag, mit der Oma vorne auf der Bank. Da habe sie immer gesessen und den Kindern beim Spiel zugeschaut.

Ein anderes Bild zeigte seine jüngere Schwester in der Schaukel, auf den nächsten Fotos waren seine zwei nur etwas älteren Brüder und er beim Fußballspielen im Garten zu sehen. Obwohl er selbst nicht der großartige Fußballfan gewesen sei, wie Nico behauptete. Er habe ja viel lieber herumgebastelt.

»An deinem Mofa.« Agnetha deutete auf ein Foto, das einen Teenie neben dem besagten Gefährt zeigte.

»Genau.« Nicos Finger strich über das Bild.

Er blätterte weiter. Agnetha sah Fotos von damaligen Schulkameraden. Von den meisten wusste sie nicht mal mehr die Namen. Auch die Theateraufführungen der Theater-AG waren bildlich festgehalten. In vielen hatte Nico eine Hauptrolle übernommen, während Agnetha als anhimmelnder, unsichtbarer Fan im Zuschauerraum gesessen hatte.

Sie lachten gemeinsam über ein Bild, das ihn bei einem Stück zeigte, in dem er einen Polizisten mit großen Füßen spielen musste. Man hatte ihn in Schuhgröße 48 hineingesteckt und er war während der Premiere im Orchestergraben gelandet, weil er über seine eigenen Füße gestolpert war. Agnetha konnte sich noch gut erinnern, wie sie von ihrem Platz aufgesprungen war und erst dann erleichtert aufgeatmet hatte, als Nico unten zwischen Cellohälsen und Geigenbögen des Schulorchesters gewinkt hatte. Das Publikum hatte gelacht, gejohlt und geklatscht und Nico war herausgeklettert aus dem Graben, hatte sich auf die Bühne gestellt und weitergespielt, als wäre nichts geschehen.

»Das war echt krass«, kicherte Agnetha.

»Ja.« Nico blätterte weiter, aber bevor Agnetha die nächste Seite richtig erkennen konnte, schlug er plötzlich das Buch zu. »Ich hab noch ältere Fotos«, sagte er und griff nach einem anderen Album. »Die würde ich dir gerne zeigen.«

Agnetha nickte, in ihrem Kopf allerdings begann es zu rauschen. Sie versuchte, das gerade geschaute Album noch einmal zu greifen, doch es lag bereits auf dem kleinen Tisch. Sie zog ihre Hand wieder zurück, denn sie brauchte keinen zweiten Blick auf das Foto werfen. Auf das Foto, das Nico mit einem Mädchen im Arm zeigte.

»Du hast sie gekannt«, sagte Agnetha.

»Ich möchte nicht darüber sprechen.« Nicos Stimme klang bestimmt. »Ist lange her«, fügte er hinzu.

»Warum hast du so getan, als hättest du sie kaum gekannt?« Agnetha schaute ihn an. Seine Augen sahen nicht auf, betrachteten intensiv das nächste Album, das auf seinem Schoß lag.

Es ärgerte sie. Warum hatte er so getan, als würde er Therese nicht kennen? Und warum sagte er jetzt nichts? »Ich finde, du solltest offen mir gegenüber sein. Du solltest mir erzählen, was dich bedrückt, sonst können wir keine Freundschaft aufbauen.« Sie war mit einem Mal überzeugt davon, dass Thereses Tod ihn sehr mitgenommen haben musste. Vielleicht waren sie ja sogar zu der Zeit ein Paar gewesen. War doch möglich, bei seinem damaligen Frauenverschleiß. Sie wusste es nicht. Agnetha hatte nach der Schule einfach versucht, ihn zu vergessen, keine Kontakte zur Vergangenheit zu pflegen, sich auf den Neuanfang in Münster konzentriert.

»Okay.« Nicos Blick ruhte auf ihr. »Dann erzählst du mir aber auch, was es mit dem Ring auf sich hat, den du kürzlich getragen hast.«

»W… Wieso? Was soll damit sein?« Agnetha spürte, wie sämtliches Blut in ihren Kopf schoss.

»Ich kenne den Ring.«

»Glaubst du nicht, dass es mehrere gleiche Ringe geben kann?«

Er schüttelte den Kopf. »Wo hast du ihn her?«

»Ich habe ihn gefunden. Auf dem Friedhof. Und das ist die Wahrheit.« Sie schaute ihm in die Augen. »Und jetzt du«, sagte sie und er schluckte.

»Wir waren zusammen«, begann er. »Sie war meine erste große Liebe, von der ich behaupten würde, wir hätten eine gemeinsame Zukunft gehabt. Sie war …« Er stockte. Jetzt drehte er sich zu Agnetha. »Sie saß hinten auf meinem

Motorrad. Wir fuhren auf der linken Spur, als ein Autofahrer vor uns plötzlich ausscherte, um einen anderen Wagen zu überholen. Er hatte uns übersehen. Ich lag wochenlang im Koma. Als ich aufwachte, sagte man mir, dass sie sofort tot gewesen sei. Seitdem habe ich kein Motorrad mehr angefasst.«

»Oh.« Einen Augenblick lang blieb es still zwischen ihnen. Agnetha fragte sich, warum sie davon damals nichts mitbekommen hatte. Aber der Unfall war auch lediglich in dem einen Telefonat mit ihrer Mutter Thema gewesen. Danach hatten sie nicht mehr darüber gesprochen. Sie war ja auch nicht mit Therese befreundet gewesen. Hatte sie ja kaum gekannt. Es war nur eine Randnotiz gewesen, die man zwar geschockt zur Kenntnis nahm, aber relativ schnell wieder ablegte, weil andere Dinge um einen herum geschahen. Weil das Leben weiterging.

»Das tut mir leid«, fügte Agnetha hinzu. Sie strich mit ihrer Hand über seinen Oberarm. Doch er griff nach ihrer Hand und entfernte sie.

»Jetzt du«, sagte er.

»Jetzt?«

»Ich habe erzählt, nun bist du dran.«

»Aber, aber das belastet dich. Du musst das rauslassen.«

»Hab ich gerade.« Er grinste. Es sah schief aus.

»Es zerfrisst dich.«

Er zuckte zusammen. Schnell lenkte er seinen Blick auf das Album auf seinen Knien und begann, darin herumzublättern. »Hier.« Er deutete auf ein Foto. »Das ist er.« Das Foto zeigte einen Ring.

Agnethas Kopf wurde heiß.

»Warum hast du ihn?«

»Warum? Warum? Das frage ich mich auch.« Sie schrie ihm die Worte ins Gesicht. »Weil ich putzwütig bin.«

Das schien ihn ein wenig zu verwirren.

»Weil ich an einem fremden Grab etwas gesäubert habe und mir dabei der Ring quasi in die Hände gefallen ist."

»Aha.«

»Ja, und dann habe ich ihn aufprobiert.«

Er nickte und blätterte weiter. »Hier.« Er deutete auf ein weiteres Bild. Mehrere Menschen standen dort auf einer Treppe. Es war eine alte, etwas verwackelte Aufnahme. Ein Familienbild. »Das ist mein Opa. Er hat den Ring verloren. Mein Uropa …« Nicos Finger klopfte auf die Person in der Mitte der Fotografie, »… soll deswegen einen Mordsterror veranstaltet haben.«

»Wegen eines Ringes?«, fragte Agnetha. »War er so wertvoll?«

»Es ist ein besonderer Ring, wird gesagt. Hast du ihn dabei?«

Agnetha schüttelte den Kopf. Dabei trug sie ihn in der Hosentasche, doch irgendwie hatte sie mit einem Mal Angst, dass Nico ihn ihr wegnehmen könnte. Was wäre dann? Würde sie dann auf ewig von Emilias Geist verfolgt werden?

»Er hat eine Inschrift. ›Der Ring der Wahrheit.‹ Hast du sie gesehen?«

Wieder schüttelte Agnetha den Kopf. Warum war sie eigentlich nie auf die Idee gekommen, nach einer Inschrift zu schauen? Sie würde den Ring nachher mal etwas genauer untersuchen.

Nico blätterte unterdessen weiter.

»Halt!«, rief Agnetha und fuhr mit ihrer Hand zwischen die Seiten. Ihr Kopf begann erneut zu rauschen. »Wer ist das?« Ihr Finger deutete auf einen jungen Mann mit Cowboyhut und Karohemd. »Das ist Opa Achim. Auf dem Bild eben war er auch schon, etwas verwackelt halt. Und ohne seine Markenzeichen: Cowboyhut und Karohemd. Er war ein Amerika-Fan. Wollte sogar auswan…«

»Achim Perkhan?«

»Woher kennst du seinen Namen?« Erstaunt blickte Nico Agnetha an.

»Warum hat er einen anderen Nachnamen als du?«

»Ist mein Opa mütterlicherseits.« Nicos Augen hielten sie fest. »Woher kennst du seinen Namen?«

»Er hat den Ring verloren?«

»Ja«, sagte er.

»Was soll an dem Ring so besonders sein?«, fragte Agnetha.

»Es heißt, er kann helfen, vergangenes Unrecht auszugleichen oder so.«

»Ein Ring? Und das glaubst du?« Agnetha setzte den skeptischsten Blick auf, den sie zustande bringen konnte. Doch im Inneren bat sie inständig darum, dass er »Ja« sagte. Denn sollte Nico wirklich an so etwas glauben, könnte sie ihm dann nicht doch von ihrer Reise erzählen? Von der Reise in die Vergangenheit? Könnte es sein, dass er sie anschließend gar nicht für verrückt halten würde?

Er zwinkerte ihr zu und grinste. »Quatsch.«

Dieses »Quatsch« zerstörte Agnethas Hoffnung. Ihre Hoffnung, ihre Last mit ihm teilen zu können.

Er piekte ihr mit dem Finger in die Taille. »Hab dich ein bisschen verarscht. Obwohl es wirklich ein paar Gerüchte um diesen Ring gibt, aber die glaubt keiner. Dennoch ist meine Familie seit drei Generationen auf der Suche nach dem Ring.«

Er schmunzelte und Agnetha brach in Tränen aus. Die kurze Hoffnung, dass Nico ein halbwegs Eingeweihter sein könnte, hatte sie so sehr durchströmt, sie überrannt, dass sie jetzt in sich zusammenbrach.

»Hey.« Erschrocken griff Nico nach einer Packung Papiertaschentücher vor ihm auf dem Tisch. »Hey, was ist denn los?« Er warf die Packung wieder beiseite und nahm sie in den Arm.

»Mach so etwas nie wieder!«, heulte sie.

»Was denn?«

»Mich verarschen.«

»Aber … was war daran so schlimm?« Er fasste ihre Oberarme und drehte ihren Körper so, dass sie ihn ansah. »Schau mir in die Augen«, sagte er. »Agnetha. Was ist los? Komm. Sag schon. Ich habe auch die Wahrheit gesagt. Nun bist du dran.«

Sie schwieg.

»Ich möchte es wirklich wissen.« Sein Blick war so vertrauensvoll. Sie zögerte. »Geteiltes Leid ist halbes Leid. Ich kann dir bestimmt helfen.« Er schickte ihr ein aufmunterndes Lächeln.

»Meinst du?«, schniefte sie und kam sich vor wie ein Kleinkind.

Nico griff erneut nach den Taschentüchern und gab ihr eins.

Sie schnäuzte sich. »Mit dem Ring kann ich reisen«, sagte sie und schielte zu ihm hoch.

»Mh«, machte er und nickte.

Agnetha atmete tief durch. »Ich reise damit ins Jahr 1925. Ich … ich muss einen Mordfall aus dem Jahr 1925 aufklären.«

»Ähm«, sagte er.

Ihr war sofort klar, sie hätte es nicht sagen dürfen. Wie konnte sie nur? Er hielt sie für bekloppt.

»Das ist jetzt strange«, sagte er. »Du hast jetzt nicht dein Marihuana geraucht?« Er grinste etwas schief.

Agnetha presste die Lippen aufeinander und stand auf.

»Idiot!«, rief sie und wollte weg. Er erwischte ihr Handgelenk.

»Nicht, Agnetha. Lauf nicht weg.« Er stand ebenfalls auf.

Sie versuchte, sich zu befreien, doch er hielt sie fest, zog sie zu sich. Sie boxte mit den Fäusten gegen seine Brust, bis sie erschöpft gegen ihn lehnte und ihren Tränen freien Lauf ließ.

»Hey.« Er strich ihr über den Kopf, über den Rücken.

»Du glaubst mir nicht«, heulte sie.

»Es ist schwer, so etwas zu glauben«, sagte er. Seine Finger fuhren unter ihr Kinn und hoben ihren Kopf an. Seine Augen waren den ihren so nah. »Gib mir eine Chance«, flüsterte er.

»Wie spät ist es?«, fragte Agnetha.

»Viertel vor neun. Warum?«

»Lass uns zum Friedhof fahren.«

»Nach Ibbenbüren? Jetzt?«

Sie nickte. »Vielleicht kannst du miterleben, wie ich reise.«

»Dazu müssen wir zum Friedhof?«

Agnetha nickte.

Nico guckte etwas skeptisch. »Es ist schon fast dunkel«, meinte er.

»Das macht den Toten nichts.«

»Okay«, sagte er. »Lass uns fahren.«

Sie nahmen Nicos Auto und eine halbe Stunde später standen sie in der Dunkelheit auf dem Friedhof. Es war ein schönes und unheimliches Gefühl zugleich, dort zu stehen und überall die kleinen Lämpchen leuchten zu sehen. Es hatte etwas Feierliches, Getragenes.

Agnetha drückte sich eng an Nico heran und genoss seine Wärme. Eng umschlungen näherten sie sich dem Kreuz auf dem Hauptweg.

»Moment«, sagte Agnetha und kramte in ihrer Hosentasche herum. Sie zog den Ring hervor.

»Na, na, na, na, na.« Tadelnd sah Nico sie an. »Hat da vorhin jemand gelogen?«

»Ja, ich glaube schon. Entschuldigung.«

»Hat er die Inschrift?« Er flüsterte es fast und schaute über ihre Schulter auf den Ring. Er schaltete die Taschenlampe seines Handys ein und Agnetha hielt den Ring in das Licht. ›Der Ring der Wahrheit‹ stand auf der Innenseite, ganz klein und verschnörkelt.

»Mein Uropa hieß Anton«, sagte Nico. »Soweit ich weiß, fingen alle meine Vorfahren, die diesen Ring getragen haben, mit A an.«

»Demnach darf ich ihn auch tragen«, grinste Agnetha. »ich fange auch mit A an.«

»Ja, aber dein Nachname fällt irgendwie aus der Reihe.«

»Egal«, sagte sie. »Ich trage ihn trotzdem.« Sie schob den Ring auf ihren Finger und fühlte sich merkwürdig leicht. Ein wunderbares Gefühl ummantelte sie. Sie war nicht mehr allein.

Kurz vor dem Kreuz löste sie sich von ihm. »Ich geh dann jetzt mal. Warte hier.« Sie stellte sich auf Zehenspitzen und gab ihm einen Kuss auf die Wange. Schließlich ging sie los.

Sie umrundete das Kreuz. Alles sah so gleich aus in der Dunkelheit. Links von ihr war eine Hecke, wenn sie die entlangginge, würde der Weg sie zum Kapellenanbau führen.

Plötzlich löste sich vor ihr ein Schatten aus der Dunkelheit. Agnetha erstarrte.

»Und nun?«, fragte der Schatten.

»Nico?« Das gab's doch nicht.

»Ja?«

War er auch gereist? Oder war sie gar nicht gereist?

»Bist du mitgereist?«

Er kam auf sie zu und nahm sie in den Arm. »Nicht, dass ich wüsste«, sagte er.

Agnetha blickte sich konzentriert um. Die Stufen, die Hecke, das Wasserbassin. Alles war ihr sehr vertraut. Agnetha ließ die Schultern hängen. Sie war nicht gereist.

»Es funktioniert nicht, wenn du dabei bist«, sagte sie.

»Vielleicht muss ich etwas weiter weg sein«, meinte er. »Komm, versuch's noch mal.«

Sie atmete tief durch. »Okay, auf ein Neues.« Ein zaghaftes Lächeln umspannte ihren Mund.

Nico drückte ihre Hand, dann ließ er sie los und ging die Stufen hinab. Schließlich blieb er stehen und drehte sich zu ihr um.

»Geh.« Ein lauer Wind trug ihr das Wort zu.

Nico drehte sich ein wenig zur Seite und Agnetha umrundete erneut das Kreuz.

*

Als sie die Jesusfigur auf der zweiten Seite passiert hatte, wusste sie es sicher: Dieses Mal hatte es funktioniert. Sie war wieder im Jahr 1925.

»Nico?« Fragend schaute sie sich um. Vielleicht war er ja mitgereist. Hätte sie eigentlich ziemlich gut gefunden. Doch schien dem nicht so zu sein.

So. Wenn sie jetzt einfach bis zu dem Grab von Anton Wegmeister ginge, den Ring drehte, dann wäre sie wieder in 2019 und Nico würde ihr hoffentlich glauben, dass sie eine Zeitreise hinter sich hatte. Ob er sie in diesem Augenblick bereits suchte? In 2019?

Agnetha machte sich auf den Weg. Vorsichtig ging sie die Stufen hinab und eilte den Hauptweg entlang. Soweit man sich in der Dunkelheit überhaupt schnell bewegen konnte.

»Wohin des Weges?« Von links kam die Stimme. Agnetha fuhr zusammen. Aus dem Dunkel eines Baumes löste sich eine Figur. Es war nicht Nico. Das war ihr sofort klar.

»Emilia?« Agnetha linste geradeaus. Das Grab von Anton Wegmeister war nicht mehr fern.

»Ja. Wen sonst hast du erwartet?« Emilia trat auf sie zu, versperrte ihr den Weg.

»Na ja, … niemanden.« Nico wäre auf jeden Fall tausend Mal besser gewesen. Sie sollte sich mal nicht einbilden, dass sie sie vom Zurückreisen abhalten konnte. Diese Emilia. Dieser Geist.

»Und was begehrst du gerade zu tun?«, fragte Emilia. »Du weißt schon, dass die hier …«

»Zurück in die Zukunft reisen.«

»Oh, oh.« Emilia schüttelte den Kopf. »Doch wohl nicht, ohne hier tätig geworden zu sein. Mittlerweile solltest du wirklich wissen, dass jede Reise lediglich einem Zweck dient, und wenn du erfolglos …«

»Das ist jetzt die absolute Ausnahme. Kommt nicht wieder vor.« Agnetha quetschte sich seitlich an Emilia vorbei.

Emilia holte sie ein. »Wenn du das machst, wirst du dir gleich wünschen, dass dein Begehr ein frommer Wunsch geblieben wär'.«

»Hä? Was meinst du damit. Schwafel nicht so rum.« Agnetha war stehengeblieben. Sie sah, dass ihre Worte Emilia getroffen hatten und es tat ihr leid. Doch sie wollte weg. Sie hätte gar nicht hierherreisen sollen. Es war nur, um Nico zu beweisen, dass …

»Ich habe dir alles bereits zur Genüge erklärt.« Emilia verdrehte die Augen. Anscheinend konnte auch sie ungehalten werden. »Herrgott! Womit hast du mir das angetan? Warum hast du mir nicht jemand anderen geschickt?«

»Na, hör mal.« Agnetha stemmte ihre Hände in die Hüfte. »Jetzt werd mal nicht unverschämt.« Sie richtete ihr Gesicht ebenfalls zum Himmel und rief: »Herrgott! Warum hast du mir gerade diesen quasseligen, nervigen Geist geschickt? Gab's da keine Alternativen? George Michael wäre okay gewesen. Oder Michael Jackson, dem hätte ich gerne wieder zu einem normalen Gesicht verholfen.«

Emilia starrte sie mit großen Augen an und Agnetha drängte sich erneut an ihr vorbei und eilte auf das Grab zu.

»Agnetha.« Die Stimme klang nur noch aus dem Hintergrund an ihr Ohr. »Wenn du jetzt reist, wirst du das nächste Mal an hiesigem Ort erscheinen, wenn ich beerdigt werde. Ich glaube nicht, dass das dein Wille ist.«

Agnetha spürte den Ring zwischen ihren Fingern und drehte ihn eine Runde.

»Wenn du jetzt reist, wirst du das Geheimnis nie lüften, wer mich getötet hat. Alle Spuren werden verwischt sein, weil es viel zu spät wäre. Ich werde dein Geist sein. Auf ewig … Agnetha, bleib hier!«

Es war nicht die Drohung, die Agnetha innehalten ließ. Es war der Klang ihrer Stimme bei den letzten drei Worten, der Klang, der all ihre Verzweiflung zum Ausdruck brachte.

Langsam drehte Agnetha sich zu ihr um.

»Bitte«, flehte sie, »bitte mach dich auf den Weg. Ich verspreche dir, du wirst gleich Weiteres zu meinem Tode erfahren. Gehe nicht so davon. Verspiel diese Gunst des Schicksals nicht.«

Sie sah die Bewegungen Emilias im Licht des Vollmondes. Langsam kam die junge Frau auf sie zu. Agnetha stand unbeweglich. »Was soll ich denn hier Mitten in der Nacht ausrichten?«, fragte sie mit Bitterkeit in der Stimme.

»Mach da weiter, wo du bisher Erkenntnisse erworben hast. Ich muss nun fort.« Sie ging zwei Schritte rückwärts, eine Wolke schob sich vor den Mond und die Dunkelheit saugte sie auf.

»Emilia?« Agnetha ging einen Schritt vor, doch Emilia blieb verschwunden. Die 39-Jährige wusste, dass ihr Geist sich jetzt nicht mehr blicken lassen würde. Sie seufzte und machte sich auf den Weg.

Aus der Stadt drangen Geräusche von singenden Menschen und Rufe zu ihr herüber. Es wurde gefeiert. Demnach war es hier wohl Sonntagnacht.

Emilias Todesnacht.

Agnetha erschauderte bei dem Gedanken daran, dass Emilia vielleicht in diesem Augenblick ermordet wurde. Als sie an der Mauritiuskirche vorbeikam, warf sie einen Blick zur Kirchturmuhr. Wenn sie es in der Dunkelheit richtig erkannte, war es jetzt 21.40 Uhr. Genau dieselbe Zeit zeigte ihre Armbanduhr. Gut. Stimmte dieses Mal also wenigstens die Uhrzeit überein. Wie ein Verbrecher schlich Agnetha die Hauswände entlang und als sie ein Fahrrad entdeckte und es an sich nahm, fühlte sie sich nicht nur als ein solcher.

Schon schwang sie ihr Bein über den Sattel des Rades und fuhr los. Dieses Mal musste sie sich immerhin nicht umziehen. Es würde sie hoffentlich niemand erblicken.

Der Hermannsweg kam ihr trotz der Dunkelheit merkwürdig vertraut vor. Das ›Hockende Weib‹ war nicht mehr weit entfernt, als sie das Knacken von Ästen zusammenfahren ließ. Vorsichtig und jeden Fuß mit Bedacht setzend pirschte sie sich voran. Sie entdeckte die Gestalt, kurz bevor sie beim Fundort der Leiche ankam. Es beugte sich jemand über die Tote. Agnethas Herz begann zu rasen. Bewegungslos verharrte sie an einen Baum gepresst und versuchte durch die Finsternis hindurch etwas zu erkennen. Dank der jetzt wieder fast sternenklaren Nacht sah sie die Umrisse, um allerdings noch mehr zu erkennen, müsste sie etwas näher heranrücken. Wie in Zeitlupe bewegte sie sich vorwärts und versuchte, rechter Hand auf die Höhe der Person zu gelangen, die sich gerade aufrichtete und umschaute.

Das war der Zeitpunkt, an dem Agnetha zu einem Standbild gefror und hoffte, dass der Kerl da vorne sie bitte für einen Baum halten möge. Zugleich jagte die letzte kleine Wolke, die sich just am Mond vorbeigeschoben hatte und nun seine Helligkeit preisgab, eine Schockwelle durch ihren Körper. Sie erkannte es nicht nur an dem Hut, sie erkannte es auch an seinen strohblonden Haaren und seiner durchtrainierten Figur: Das da vorne war Achim Perkhan, der Opa von Nico.

Agnetha biss sich auf die Lippe, damit kein Laut aus ihrem Mund drang. Irgendwo im Unterholz knackte ein Zweig. Achim sprang zur Seite und huschte zwischen den Bäumen durch. Nach kurzer Zeit hatte ihn die Dunkelheit geschluckt. Agnetha stand immer noch wie festgewurzelt. Schließlich bewegte sie sich ein kleines Stück vorwärts. In ihr sträubte sich alles, die tote Emilia anzuschauen. Doch etwas auf ihrem Körper blinkte metallisch und zog Agnethas Aufmerksamkeit auf sich. Als sie sich herunterbeugte und den Schmuck, der zwischen Emilias Brustbein lag, an sich nahm, wusste sie es. Es war ihr Ring. Sofort warf sie einen Blick auf ihre rechte Hand. Dort fehlte der Ring. Auch ein Durchforsten ihrer Hosentaschen brachte ihn nicht zum Vorschein. Und eigentlich wusste sie genau, dass sie ihn am Finger getragen hatte. Und nun hatte er hier gelegen – auf Emilias Körper.

Es schien so, als gehöre der Ring ihnen beiden: Achim Perkhan und ihr. Und es konnte ihn wohl nur einmal geben. Daher war er jetzt von ihrem Finger verschwunden. Wie auch immer das geschehen konnte. Das war crazy. Andererseits jedoch …, verrückter, als durch die Zeit zu reisen war es nicht.

Agnetha umschloss den Ring mit ihrer Hand. Ihr Herz hämmerte in dem Rhythmus, in dem die Worte ›Achim hat sie umgebracht‹ durch ihren Kopf jagten. Was sollte sie tun? Nico rauschte durch ihre Gedanken. Ob er noch auf dem Friedhof war und nach ihr suchte? Es war jetzt 22.30 Uhr. Vielleicht sollte sie zuerst zurückreisen und später noch einmal hierhin kommen. Wenn Emilia recht hatte, würde sie bei ihrer nächsten Reise noch etwas eher hier landen. Sie sollte sich also am besten etwas einfallen lassen, wie sie Peters hierhin bringen konnte. Dann könnte er Achim bei seiner Tat erwischen und gleich festnehmen. Auch wenn ihr das etwas leid tat um Nico. Das waren bestimmt keine schönen Nachrichten für ihn.

Aber sie konnte es nicht ändern. Und das Gute war: Sie hatte den Fall gelöst. Mit diesem Plan im Kopf schob sie den Ring auf ihren Finger und eilte zurück zum Friedhof. Und dieses Mal konnte sie sogar das geliehene Fahrrad zurück an die Hauswand stellen.

Schnell eilte sie den Pfad zum Grab von Anton Wegmeister entlang. Ihre Finger suchten automatsch das Metall des Ringes und begannen, es zu drehen.

*

In Bruchteilen von Sekunden war sie zurück. »Hallo Papa«, flüsterte sie, als sie die Umrisse des Grabsteins erkannte. Vorsichtig schaute sie sich um. War Nico noch hier? Sie konnte keine schemenhafte Gestalt ausmachen.

»Nico?« Ihre Stimme klang gedämpft. Es gab keine Reaktion.

Schade.

Etwas enttäuscht machte sie sich auf den Weg zu ihrer Wohnung. Nach ein paar Schritten hielt sie inne. Ob sie noch einmal zum Kreuz laufen sollte? Vielleicht war er dort und wartete auf sie.

Die 39-Jährige blieb stehen, drehte nach kurzem Zögern um und eilte zurück. Als sie den Hauptweg betrat, sah sie einen Schatten vor dem Kreuz. Freude durchströmte ihren Körper, machte sich breit in ihrem Gesicht und brachte ihre Beine dazu, loszurennen.

»Nico.« Sie winkte und lachte, sie stürmte vor und ließ sich in die ausgebreiteten Arme fallen.

»Mensch, Agnetha.«

Seine Erleichterung sprudelte ihr entgegen. Er drückte sie an sich und benetzte ihr Gesicht mit kleinen Küssen. Dann schob er seine Hände unter ihre Haare und schaute ihr in die Augen. »Wo warst du? Bist du wirklich weg gewesen? In 1925? Keine Verarsche? Kein Prank?«

Sie schüttelte den Kopf. »Keine Verarsche. Ich war dort. Und leider konnte ich nicht sofort wieder zurück. Tut mir leid.«

»Ich bin ja froh, dass du wieder da bist.« Er drückte sie nochmals. »Was hast du dort gemacht?«

»Mein Geist Emilia hat mir aufgelauert.« Ihr Lächeln drückte Bedauern aus.

»Dein Geist?« Nico runzelte die Stirn.

»Ja.« Agnetha verzog den Mund. »Eine junge Frau. Sie ist sozusagen meine Auftraggeberin und sie ist manchmal etwas nervig.« Agnetha hob die Schultern, grinste und zog Nico mit sich. »Ich musste noch ein wenig arbeiten«, fuhr sie fort. »Ohne Ermittlungen wollte sie mich nicht gehen lassen.«

»Und was hat die junge Frau, also der Geist, mit dem Mord zu tun?«

»Sie ist das Mordopfer.« Agnetha schielte zu Nico rüber.

»Emilia Pacifico?«

»Du kennst sie?« Agnethas Augen wurden groß. »Also, ich meine …«

»Nee.« Nico grinste. »Ist ein bisschen zu lange her.«

»Ich weiß, ich meinte, du weißt von dem Mord?«

Er nickte.

»Wow. Du kennst dich gut mit Ibbenbürens Vergangenheit aus, was?« Einen Moment schwiegen sie. »Also, ich wusste da nichts von«, fügte Agnetha hinzu.

»Und? Warst du erfolgreich?«, fragte er, anstatt auf Agnethas Anmerkung einzugehen.

Agnetha nickte. Einen kleinen Augenblick zögerte sie. Dann wagte sie es: »Dein Großvater war's«, sagte sie.

»Was war mein Großvater?«

»Er hat Emilia getötet.«

Nico blieb stehen. »Das kann nicht.« Seine Stimme war ein Knurren. Agnetha bekam eine Gänsehaut. »Mein Opa war einer der nettesten und sanftmütigsten Menschen überhaupt. Niemals.« Er schüttelte den Kopf.

Agnetha begann zu ahnen, dass Nico über den Mord und eine mögliche Verstrickung mehr wusste, als er hier andeutete.

»Er hat sich aber gerade über die Leiche gebeugt, als ich dort ankam«, brachte sie hervor und schielte zu ihm.

»Das heißt ja nicht, dass er sie auch umgebracht hat.« Nicos Schritt wurde schneller. Sein Händedruck wirkte mittlerweile ein wenig frostig.

»Nico, es tut mir ja leid«, sagte Agnetha. »Aber glaubst du wirklich, dass nachts in der Einsamkeit der Dörenther Klippen erst ein Mörder herumschleicht und dann ein weiterer Mann vorbeischaut, um die Leiche zu betrachten?« So sehr sie auch versuchte, Nicos Augen auf sich zu lenken, er schaute stur geradeaus, schenkte ihr keinen Blick. Nur ihre Hände blieben miteinander verbunden. Doch es fühlte sich mittlerweile wie eine Kette an, eine Handschelle, eine Einheit, die nicht passte. Agnetha war kurz davor, ihre Hand zurückzuziehen. Doch sie wollte ihn nicht verlieren.

»Es kann doch sein«, sprach Nico nach einer Weile, »dass er ihr - aus welchem Grund auch immer – vielleicht ja sogar, weil er sie in Gefahr wähnte – gefolgt ist. Er kam aber zu spät. Sah nur noch ihre Leiche.«

»Und ist dann geflüchtet, anstatt der Polizei Bescheid zu geben.«

»Vielleicht ist er ja zur Polizei. Damals gab es kein Handy.«

»Das ist mir klar. Aber er ist nicht zur Polizei. Die hat erst am nächsten Morgen von einer Wandergruppe die Nachricht erhalten, dass dort eine Leiche liegt.« ›Oder von mir‹, fügte sie in Gedanken hinzu.

Nico schüttelte den Kopf. »Er war es nicht.« Es war mehr ein Flüstern, diese vier Worte. Als müsste er sie wie ein

Mantra vor sich hinmurmeln, damit sie sich bewahrheiteten. »Er war es nicht. Er hat es immer betont. Ich glaube ihm.«

»Du wusstest, dass er vielleicht der Mörder war?«

»Ich habe dir doch erzählt, dass mein Urgroßvater einen Mordsterror veranstaltet hat, nachdem Achim den Ring verloren hatte.«

Agnetha nickte.

»Nun, er war nicht wirklich lange verloren. Er ist gefunden worden. Beim Mordopfer.«

»Ich weiß.« Agnetha blieb stehen. »Und darum hatte die Polizei deinen Opa von Anfang an in Verdacht, nicht wahr?« Ihr fiel ihr erster Besuch auf der Polizeiwache ein. Achim war an dem Tag bereits wohl mit Emilia in Verbindung gebracht worden. Sie hatte ihn zur Wache gehen sehen. »Aber anscheinend hat man ihn ja nicht überführt. Sonst hätte Emilia mich nicht engagiert.« Sie grinste etwas sarkastisch.

»Soweit ich weiß, gab es den Ring und Fingerabdrücke auf der Leiche, die ihn verdächtig machten. Doch er hatte sie vorher auf der Kirmes gesprochen und es gab Zeugen, die sagten, dass Emilia ihm den Ring dort entwendet hatte.«

»Was für Zeugen.«

Nico zuckte mit den Schultern. »Meine Oma, glaube ich. Also, damals war sie noch seine Freundin.«

»Margot Sandstein?«

»Ja.«

Einen Augenblick gingen sie schweigend weiter. Ihre Hand ruhte immer noch in Nicos. Und es fühlte sich trotz der Anspannung wieder gut an.

»Nico«, sagte Agnetha schließlich, als sie vor ihrer Haustür standen. »Du weißt, ich muss da wieder hin und ich hoffe, die Polizei zum Tatort führen zu können, bevor das Verbrechen stattfindet oder wenigstens, bevor der Mörder sich vom Tatort entfernt. Vielleicht ist es dein Opa.« Sie machte eine kurze Pause. »Vielleicht aber ist es ja auch jemand anderes.«

»Ist schon gut.« Nicos Finger fuhren ihr zart über die Wange. Er gab ihr einen Kuss und sagte. »Ich wünsche dir

Erfolg und hoffe auf das Beste.« Er trat einen Schritt zurück, warf ihr eine Kusshand zu und drehte sich weg.

»Nico«, rief sie ihm hinterher. Der Abschied war so plötzlich, so kurz, er kam ihr so endgültig vor. Sie atmete auf, als er sich noch einmal umdrehte. »Wann sehen wir uns wieder?« Ihre Stimme hatte ein leichtes Beben, das sie gern verhindert hätte.

Er zog die Schultern hoch. »Ich melde mich«, sagte er. Danach drehte er sich um und ging.

Schließlich wendete auch Agnetha sich ab und schloss die Haustür auf. In ihrer Wohnung scheuchte sie ihren Kater von ihrer Schulter und setzte sich an den Küchentisch. Ihr hing der Abschied nach. Er war anders als sonst gewesen. Irgendwie so unbestimmt. Oder endgültig? Wollte Nico mit ihr Schluss machen? Weil sie gegen seinen Opa ermittelte? Aber sie tat das doch nicht freiwillig. Wie hatte sie nur in so etwas hineingeraten können?

Mittwoch

Am Mittwochmorgen saß Agnetha völlig unkonzentriert vor ihrem Zeichenprogramm. Nach einer halben Stunde gab sie auf, fuhr den PC herunter und machte sich bereit für ihre Reise durch die Zeit. Was sie dabei gar nicht gebrauchen konnte, war ihre Mutter, die plötzlich vor der Tür stand und Einlass verlangte.

»Mutti, ich will gerade weg.«

»Du bist immer nur weg. Arbeitest du denn nie?«

»Doch, eigentlich jetzt.«

»Und warum tust du es nicht?«

»Weil du mich davon abhältst.« Agnetha versuchte, ihre Mutter, die bereits wieder vor ihrer Wohnungstür stand, sanft zurückzuschieben.

»Ich denke, du willst weg.« Ihre Mutter guckte sie über ihren Rollator hinweg aufmüpfig an. »Willst du jetzt weg oder arbeiten?«

Agnetha seufzte. »Erst kurz weg und dann arbeiten.«

»Prima. Dann kannst du mir Haftcreme mitbringen. Meine Zähne sind schon ganz locker.« Sie griff nach ihrem oberen Gebiss.

»Ja, Mama, mach ich.« Agnetha führte die Hand ihrer Mutter zurück zum Rollatorgriff. »Wenn du nun bitte aus dem Türrahmen treten könntest, dann könnte ich durch und schnell einkaufen. Heute Nachmittag bringe ich dir deine Haftcreme, ja?«

»Ja, ja, ist ja schon gut.« Langsam schob Frau Wiesenbauer sich wieder zurück in den Hausflur. Allerdings nicht, ohne einen langen Hals zu machen, um in Agnethas Wohnung zu spähen. »Bist du denn allein?«, fragte sie schließlich.

»Wie allein?« Agnetha runzelte die Stirn. »Ich bin nicht allein. Kaktus ist da. Das weißt du doch.«

»Den meine ich nicht.« Hannelore Wiesenbauer schob ihren Hals noch ein Stück höher. »Ich meine den netten jungen Mann. Ist der gar nicht mehr da?«

»Nico?« Agnetha atmete tief ein. »Nein, Mama, Nico ist nicht da.«

»Schade.«

»Aber er kommt wieder, oder?« Agnethas Mutter hatte diesen Dackelblick drauf.

»Ja«, sagte Agnetha, »wahrscheinlich.«

»Kind, nun lass ihn dir nicht gleich wieder durch die Finger flutschen.« Um ihre Mahnung zu untermauern, wippte sie mit ihrem Zeigefinger vor Agnethas Augen.

»Mutti, das lass mal meine Sorge sein.« Mit leichtem Druck schob Agnetha ihre Mutter zum Aufzug, drückte auf den Knopf und schob sie, als die Tür vor ihnen zur Seite summte, in den kleinen Raum hinein. »Tschüss, Mutti.« Sie winkte und schenkte ihr eine Kusshand.

Dann rannte sie die Treppe runter und war aus dem Haus verschwunden, bevor die Aufzugtür unten wieder aufsprang.

Auf dem Weg zum Friedhof holte sie das schlechte Gewissen ein, weil sie ihre Mutter so abgeschoben hatte. Sie würde das heute Nachmittag wiedergutmachen, nahm sie sich vor und ermahnte sich, nicht die Haftcreme zu vergessen. Als sie auf den Hauptweg des Friedhofes entlangschritt, schob sie die Gedanken an ihre Mutter in die hintere Ecke ihres Gedächtnisses. Jetzt galt es, in 1925 alles richtig zu machen. Sie eilte um das Sandsteinkreuz und war verschwunden.

*

Dafür tauchte sie im Jahr 1925 auf. Es war anscheinend später Abend. Wenn sie alles richtig gemacht hatte, müsste sie dieses Mal noch früher sein als beim letzten Mal. Der Geräuschpegel von der Innenstadt her zeigte auf jeden Fall, dass die Kirmes noch gut im Gange war. Einen Augenblick lang zögerte sie, ob sie sich umziehen sollte. Sie entschied sich dafür, schließlich waren wahrscheinlich noch eine Menge Menschen auf den Straßen. Daher eilte sie zum Kapellenanbau und zog sich um, was in der Dunkelheit gar nicht so einfach war.

Endlich machte sie sich auf zur nächsten Gaststätte. Es war mal wieder die von Pötter. Heute jedoch würde sie sich dort nicht lediglich ein Fahrrad leihen, heute würde sie die Kneipe betreten.

Es schnürte ihr das Herz zusammen, wenn sie daran dachte, dass sie dieses Mal während ihrer Zeitreise wahrscheinlich Zeuge des Mordes werden würde. Oder aber … vielleicht konnte sie ihn ja verhindern. Sollte sie das wagen? Das Geschehen der Vergangenheit ändern? Andererseits tat sie genau das bereits, indem sie hier auftauchte.

Das Grübeln darüber musste sie verschieben. Sie musste zusehen, dass sie Kommissar Peters an den Tatort bekam.

Die Kneipentür zur Schankwirtschaft Pötter ließ sich nur schwerfällig öffnen. Dichter Rauch schlug ihr entgegen und biss sich in ihre Augen. Na, das würde noch einige Jahrzehnte dauern, bis in den Kneipen und Restaurants das Atmen wieder angenehmer werden würde. Sie bahnte sich ihren Weg zur Theke. Der Wirt spülte Gläser, links aus dem Mundwinkel hing ihm ein Glimmstängel.

»Entschuldigung«, rief Agnetha gegen den Geräuschpegel aus lachenden und redenden Menschen an.

Der Wirt blickte ihr ein wenig mürrisch entgegen.

»Darf ich einmal telefonieren?«

»Da kann ja jeder kommen.« Er widmete sich wieder seinen Gläsern.

»Aber ich muss die Polizei rufen«, rief Agnetha zu ihm rüber.

Der Mann links neben ihr auf dem Barhocker unterbrach sein Gespräch und wandte sich zu ihr. Mist. Neugierig gespitzte Fremdohren hatte sie vermeiden wollen.

»Was'n passiert?« Glasige Augen blickten sie an.

Agnetha ignorierte ihn und konzentrierte sich auf den Wirt hinter der Theke.

»Die Polizeiwache ist gleich da drüben.« Er nickte in Richtung Innenstadt.

»Ich brauche Kommissar Peters. Der ist nicht da.« Sie nickte ebenfalls in die Richtung. »Bitte.«

Des Wirtes Interesse klebte weiterhin am Glas. Er hatte eins hochgehoben, hauchte es an und polierte es mit einem Trockentuch.

Agnetha ließ eine Hand in die Jackentasche gleiten und zog eine Münze hervor. Sie hielt sie ihm entgegen und wiederholte ihre Bitte.

Kurze Zeit später stand sie vor einem altmodischen Telefon. Sie zog einen zerknitterten Zettel aus ihrer Rocktasche, legte ihn auf die Ablage neben das Telefon und strich ihn mit der Hand glatt. Wer hätte gedacht, dass ihr der Zettel, den sie unabsichtlich aus Bubis Tasche gezogen hatte, nun nützlich sein würde? Sie steckte ihren rechten Zeigefinger in eines der Löcher der schwarzen Scheibe und begann zu wählen.

Nach fünfmaligem Klingeln meldete sich jemand. Es war Peters. Agnetha erkannte seine Stimme und sie sagte ihm, dass sie soeben eine Leiche gefunden habe. Er erfragte den Ort und versprach, sofort zu kommen.

Jetzt musste Agnetha sich beeilen. Sie bahnte sich ihren Weg aus der Kneipe hinaus und schnappte sich eines der unabgeschlossenen Fahrräder.

Die ersten Meter des Hermannsweges hatte sie gerade erst befahren, als sie hinter sich Motorengeräusche vernahm. Das musste Peters sein. Agnetha sprang vom Fahrrad und lehnte es schnell gegen einen Baum, bevor der Lichtkegel des Autoscheinwerfers sie einfing. Sie blieb stehen und winkte Peters zu. Der parkte nun sein Auto am Rande des Weges und stieg aus.

»Frau Wiesenbauer, nehme ich an?« Mit ausgestreckter Hand kam er auf sie zu.

»Ja, genau.« Auch Agnetha streckte ihre Hand aus. Er hatte sich ihren Namen gemerkt. Na, er würde hoffentlich noch keine Recherchen über sie angestrebt haben, sonst würde er noch herausgefunden haben, dass 1925 keine Agnetha Wiesenbauer in Ibbenbüren gemeldet war. Aber die Zeit von Google und co. war ja zum Glück noch nicht angebrochen. Sie glaubte nicht, dass er sich in dieser kurzen

Zeit nach ihr erkundigt hatte. Für ihn war dieses Treffen hier ja das erste mit ihr, zumindest, wenn sie mit ihrer Vermutung richtig lag, dass sie dieses Mal etwas früher in die Geschichte eingestiegen war.

Nachdem sie sich begrüßt hatten, führte Agnetha Herrn Peters zu der Stelle vor dem Hockenden Weib, an der jeden Augenblick das Verbrechen an Emilia Pacifico stattfinden würde. Vielleicht konnten sie es ja wirklich verhindern.

»Wo ist denn nun die Leiche?«, fragte der Kommissar, nachdem Agnetha ihn ein wenig suchend am Fuße der Felsformation herumgeführt hatte.

Immerhin hatte der Kommissar eine Taschenlampe dabei, sodass sie nicht im Stockdunkeln herumtapern mussten. Andererseits hielt der Schein der Taschenlampe vielleicht Emilias Mörder davon ab, sie die Felsen hinunterzustürzen. Vorsichtig schielte sie nach oben. Dunkel hob sich der Felsen gegen den Sternenhimmel ab. Der Kommissar neben ihr blieb stehen. Seine Frage nach der Leiche stand noch unbeantwortet zwischen ihnen. Was sollte sie sagen?

»Äh.« Sie ließ ihren Blick wieder über den Boden gleiten. »Also, …«

»Sie haben mich aber jetzt nicht …«

Das Unterholz knackste.

Kommissar Peters fuhr herum und schaltete zugleich das Licht seiner Lampe aus. Mit seinem auf den Mund gelegten Zeigefinger bedeutete er Agnetha, sich still zu verhalten. Anscheinend wähnte er den Mörder weiter vorne im Unterholz, während Agnetha sich fragte, ob dort gleich Achim und Emilia auftauchen würden und ob er sie dazu einladen würde, mit ihm in der Dunkelheit die Felsen zu erklimmen. Allerdings hörte sie keine Stimmen. Lediglich das Knacken von Zweigen drang an ihr Ohr. Und ein leichtes Schnaufen. Oder war das das Schnauben eines Pferdes? Agnetha lauschte angestrengt.

Mit einem Mal sahen sie, wie sich eine dunkle Gestalt zwischen den Bäumen durchschob. Doch diese Gestalt ging nicht aufrecht. Sie lief gebückt, schien etwas hinter sich her zu ziehen.

Als eine Wolke am Mond vorbeigezogen war, erkannte Agnetha den Cowboyhut.

Peters schob sich weiter vor und bedeutete Agnetha, hier auf ihn zu warten. Agnetha nickte. Achim Perkhan war mit sich und der leblosen Gestalt beschäftigt, die er durchs Gestrüpp zog, als dass er irgendetwas wahrnahm. Erst als das kalte Metall von Peters Revolver seinen Nacken berührte, bemerkte er, dass er nicht allein war. Er machte einen kläglichen Versuch zu fliehen. Die Drohung von Peters, es lieber nicht zu versuchen, ließ ihn stehenbleiben. Schon klickten Handschellen.

Agnetha schlich sich davon. Sie hatte Peters die Leiche samt Mörder präsentiert. Das sollte reichen. Sie wollte schnellstmöglich zurück, bevor Peters noch auf die Idee kam, sie zu einer Aussage mitzunehmen. Nicht dass dann noch ihre drei Stunden in Gefahr kamen. Sie musste zurück in ihr Jahr. Ins Jahr 2019. Und dort wollte sie jetzt endlich in Ruhe und ohne Geist leben.

Bei dem Gedanken daran ging ihr Herz auf.

Allerdings gab es da etwas, das ihr Schmerzen bereitete. Nico war bestimmt sauer, wenn er erfuhr, dass sie seinen Opa überführt hatten. Doch diesen Gedanken verdrängte sie.

*

Endlich zurück! Agnetha blinzelte ein wenig, denn sie kam aus der dunklen Nacht in den hellen Tag. Und genauso fühlte sie sich: als sei sie aus dem Dunkel ins Helle getreten, als sei eine tonnenschwere Last von ihr genommen. Sie hatte den Fall gelöst, hatte alles ins rechte Lot gerückt. Jetzt wollte sie nur eins: Nico sehen.

Nico sehen und Emilia vergessen.

Sie eilte vom Friedhof zum Bahnhof. Um halb fuhr der nächste Zug. Jetzt war es Zwanzig nach elf. Schnell kaufte sie beim Bahnhofsbäcker noch ein belegtes Brötchen, dann eilte sie zu Gleis 2. Ihre Mutter fiel ihr plötzlich ein. Sie durfte heute Nachmittag nicht vergessen, sie zu besuchen. Mit Haftcreme.

Als sie im Zug saß, fiel ihr Blick auf ihre rechte Hand. Der Ring saß noch am Finger. Sie zog ihn ab und steckte ihn in die Hosentasche. Ob sie ihn gleich Nico schenken sollte? Er würde sich bestimmt freuen. Vielleicht half das darüber hinweg, dass sie geholfen hatte, seinen Opa hinter Gitter zu bringen. Vielleicht. Sicher war sie da keineswegs und deswegen wunderte sie sich nicht über das mulmige Gefühl in der Magengegend.

Agnetha blickte aus dem Fenster. Die Bäume und Sträucher draußen flogen an ihr vorbei und ihr Magen rebellierte immer mehr. Schließlich war sie froh, als der Zug nach einer Viertelstunde bereits im Bahnhof einfuhr und sie aussteigen konnte. Der Fußmarsch von zwei Kilometern würde ihren flauen Magen bestimmt zur Ruhe bringen.

Nach zwanzig Minuten Fußmarsch bog sie von der Dutumer Straße rechts in die Felsenstraße und hier lief sie sofort wieder rechts in die Hofeinfahrt zu den Mehrfamilienhäusern. Den Spielplatz ließ sie rechter Hand liegen und steuerte direkt auf das hintere Haus zu. Nach ein paar Stufen stand sie vor der weißen Haustür. Linker Hand befanden sich die Klingel. Zielsicher drückte sie auf den zweiten Klingelknopf von oben und stutzte. Auf dem Schild stand ein anderer Name. Ihre Augen huschten über die Schilder. Auf keinem stand der Name Nico Flachsmeer.

Hä? Was sollte das jetzt?

Noch bevor sie sich weiter darüber Gedanken machen konnte, fragte eine Stimme nach ihrem Begehr.

Es war nicht Nicos Stimme.

»Ist … äh … hier ist Agnetha. Ist Nico nicht da?«

»Welcher Nico?«

»Nico Flachsmeer.«

»Hier gibt es keinen Nico Flachsmeer.«

»Das kann nicht sein.«

»Doch. Auf Wiedersehen.«

»Warten Sie«, rief Agnetha, die Gegensprechanlage jedoch blieb stumm.

Nico war nicht hier. Agnetha versuchte, ihre Gedanken zu sortieren, doch der Geistesblitz, der sie plötzlich durchfuhr, war so heftig, dass er alle anderen Einfälle wegfegte.

Nico war nicht nur nicht hier.

Nico war nirgendwo.

Es gab ihn gar nicht!

Sie hatte die Vergangenheit verändert.

Oh mein Gott!

Er war nie geboren worden!

Agnetha wurde schlecht. Sie lehnte sich gegen die Hauswand. Einen Augenblick später rasten ihre Augen nochmals über sämtliche Klingelschilder. Doch so oft sie auch hoch- und runterfuhren: Einen Nico Flachsmeer gab es nicht.

Es musste so sein. Sie hatte Nico vernichtet. Anstatt Nicos Mutter zu zeugen, hockte Nicos Opa nun im Gefängnis. Herrje! Was sollte sie tun? Sie musste zurück! Sie musste das wieder ausbessern. Das durfte nicht sein. Das konnte nicht sein, dass die Welt nun eine andere war. Eine Welt ohne Nico.

Ohne ihren Nico.

Ihr Nico. Er gehörte zu ihr. Und sie zu ihm. Sie wusste nicht, für wie lange. Doch gerade jetzt war es so.

Und nun war er nicht mehr da.

Weg.

Ausradiert.

Von ihr. Sie war schuld.

Agnetha lief zum Bahnhof zurück. Sie nahm den nächsten Zug und rannte zum Friedhof. Sie wollte sofort zum Kreuz und ihre Zeitreise starten, doch als sie am Friedhof ankam, erblickte sie ihre Mutter. Sie stand etwas über ihren Rollator gebeugt vor dem Grab ihres Vaters. Kurz zögerte Agnetha, dann eilte sie zu ihr.

»Mutti, was machst du denn hier?«, fragte sie.

Langsam und etwas steif drehte Hannelore Wiesenbauer sich zu ihrer Tochter um. »Ach, Agnetha, da bist du ja. Ich habe Papa gerade ein paar Pflanzen hingestellt.« Sie deutete auf das zarte Grün vor ihr auf dem Boden.

»Cannabis?«

»Ja«, freute sich Hannelore. »Ich dachte, wenn ich mal was brauche, kann ich hierhin kommen. Du bist ja nicht immer da. Und hier stehe ich nicht vor einer verschlossenen Wohnung. Um die Pflege können wir uns beide kümmern. Dann werden sie schon etwas.«

»Mutti, du kannst die Pflanzen doch nicht öffentlich auf dem Friedhof zur Schau stellen. Woher hast du die denn jetzt schon wieder?«

»Der Daan hat sie mir mitgebracht«, freute sich Hannelore.

»Sag deinem holländischen Freund mal, dass ich das nicht gutheißen kann.« Agnetha schüttelte den Kopf. »Mensch, Mutti, mitten auf dem Friedhof. Auffälliger geht's nicht.«

»Wieso auffällig? Die sind dekorativ. Und so viele strenge Gesetzeshüter sehe ich hier jetzt auch nicht.«

Agnetha starrte ihre Mutter an. Schließlich schüttelte sie den Kopf. Sie hatte keine Zeit, mit ihrer Mutter über den Sinn oder Unsinn von Cannabispflanzen auf Friedhöfen zu streiten. Doch der Vorwurf, der in diesem Augenblick aus Hannelore Wiesenbauer sprudelte, hielt Agnetha noch einmal zurück.

»Weißt du was, Agnetha«, sprach ihre Mutter, »du bist einfach viel zu pflichtversessen, viel zu biedern. Darum hat dich auch schon seit Jahren kein Mann mehr angeschaut, wenn ich das mal so sagen darf. Das musst du von Papa haben. Von mir auf jeden Fall nicht.«

Agnetha schluckte. »Was hast du da gerade gesagt?«

»Dass du das wohl von Papa haben musst. Ich will dir ja gar nichts Böses, Schätzchen, aber deiner Schwester, zum Beispiel, fällt das Leben viel leichter, weil sie alles etwas lockerer sieht. Solltest dir 'ne Scheibe von abschneiden.«

Mal ganz abgesehen davon, dass Agnethas Schwester geschieden war, andauernd einen neuen Freund hatte, sodass man mit den Namen schon ganz durcheinanderkam, und dass sie des Öfteren in finanziellen Schwierigkeiten steckte, hatte Agnetha nicht der direkte Vergleich mit ihrer Schwester getroffen, sondern die Aussage, dass ihre Mutter seit Jahren keinen Mann an ihrer Seite gesehen hatte.

»Und was ist mit Nico?«, fragte sie mit einer komisch piepsigen Stimme, dabei wusste sie schon längst, dass ihre Mutter sich nicht an ihren Besucher erinnern würde. Nicht, weil sie vergesslich wäre, sondern weil sie ihn nie getroffen hatte. So merkwürdig das auch in Agnethas Ohren klang.

»Wer ist Nico?«, fragte denn nun auch Hannelore und Agnetha meinte, einen leichten Hoffnungsschimmer in ihren Augen zu sehen.

»Ach egal.« Agnethas Hand fuhr abweisend nach unten. »Mutti«, sagte sie. »Ich muss los. Wir sehen uns nachher.« Sie umarmte ihre Mutter kurz und drückte ihr einen Kuss auf die Wange. Mit raumgreifenden Schritten eilte sie davon.

»Denk an heute Nachmittag«, rief ihre Mutter ihr hinterher. »Du kommst doch, oder?«

Agnetha dreht sich um und machte den Daumen hoch.

»Und denk an die Haftcreme!«

Agnethas Daumen fuhr nochmals nach oben. Na, der Mangel an Haftcreme schien immerhin noch aktuell zu sein.

Die 39-Jährige schaute auf die Uhr. Wie viel Zeit blieb ihr noch? Es war 13 Uhr.

Sie erreichte das Kreuz und ließ ihre Hand in die rechte Hosentasche gleiten. Sie fühlte den Stoff der Hose. Sonst nichts.

Der Ring war weg.

Das konnte doch wohl nicht wahr sein!

Obwohl sie genau wusste, dass sie das Schmuckstück in die rechte Hosentasche gesteckt hatte, fuhr sie mit ihrer Hand noch in die linke, dann in die hinteren, in beide. Nichts.

Agnetha begann zu schwitzen.

Was, wenn sie nicht mehr zurückreisen konnte? Oh, mein Gott! Das kannst du mir nicht antun! Ihr Blick wanderte zum Himmel, von dem, wie erwartet, keine Reaktion kam. Sie spürte, wie die Tränen sich ihren Weg suchten. Mit dem Ärmel wischte sie sie weg.

›Jetzt heul hier nicht rum! Das bringt nichts. Tu irgendetwas!‹, ermahnte sie sich und wusste doch überhaupt nicht, was sie nun machen sollte, wo sie suchen sollte. Denn sie war sicher, sie hatte den Ring nicht verloren, er hatte sich aufgelöst, war einfach ins Nichts entschwunden, so, wie er es immer tat, wenn er gerade nicht in die Zeit passte.

Sie starrte mit in den Nacken gelegtem Kopf die Jesusfigur an. Der Messias sah nicht kooperationswillig aus. Mit gleichbleibendem Ausdruck schaute er einfach links an ihr vorbei.

Agnetha lief zu dem Grab, an dem sie den Ring gefunden hatte. Vielleicht würde sie ihn dort ja ein weiteres Mal finden. Das war ihre einzige Hoffnung.

Auf ihrem Weg dorthin kam sie an Thereses Grab vorbei. Gedanken rauschten durch ihren Kopf. Sie sah, wie Nico sie das letzte Mal hier weggezogen hatte. Wie Teenies hatten sie sich gefühlt. Es kam ihr vor, als sei das vor einer Ewigkeit gewesen. Dabei war es vor drei Tagen gewesen. Und doch war es wie aus einer anderen Welt. Wahrscheinlich war es sogar eine andere Welt. Vielleicht war sie jetzt in einer Parallelwelt, während Nico weiter in ihrer Welt war. Wer wusste das schon?

Sie hatte das Grab bereits passiert, als sie plötzlich stehenblieb. Ruckartig schaute sie sich noch einmal um.

Es war nicht Thereses Grab.

Die Erkenntnis durchfuhr sie schockartig. Der Grabstein war ähnlich gestaltet, aber er war es nicht. Die Inschrift war eine andere. Hier lag ein Hermann Vogel.

Agnetha schaute die Grabreihe entlang. Sie war sicher, dass dies hier das Grab von Therese gewesen war. Das konnte nur eins bedeuten: dass Therese noch am Leben war. Sollte sie versuchen, es herauszufinden? Würde ihr das etwas bringen? Sie wusste es nicht, eine innere Stimme jedoch sagte ihr, dass sie den Beweis, die sichere Erkenntnis brauchte.

Die 39-Jährige holte ihr Handy aus dem Rucksack und tippte Thereses Namen in die Suchmaschine. Sie hatte Glück. Ihr Smartphone zeigte ihr eine Adresse hier in der Nähe an. Agnetha machte sich auf den Weg.

Sie sah sie im Garten beim Unkrautjäten. Agnethas Herz pochte, als sie über die graue Mauer spähte und die Frau beobachtete, die längst gestorben war. Vielleicht war es ja auch gar nicht Therese, sagte Agnetha sich. Hatte Therese eine Schwester gehabt? Sie wusste es nicht. Sie versuchte, den Kloß in ihrem Hals wegzuschlucken, bevor sie nun Thereses Namen rief.

Ein Hund wurde auf sie aufmerksam und rannte bellend auf die hüfthohe Mauer zu. Die Frau in dem Garten blickte sich um.

»Hero! Still«, rief sie und richtete sich auf.

Es war Therese. Agnetha wusste es so sicher wie das Wissen um den weißen, zu einem Herz geformten Fleck im Brustfell ihres Katers.

Trotzdem fragte sie: »Du bist Therese, oder?«

»Ja«, sagte die Frau und kam langsam auf sie zu. »Wer will das wissen?«

»Äh. Ich bin Agnetha. Agnetha Wiesenbauer«, sagte Agnetha. »Wir waren damals auf derselben Schule. Auf 'm Goethe.«

»Ach so«, lachte Therese und zog sich die Gartenhandschuhe aus. »Tut mir leid, ich kann mich gar nicht an dich erinnern.«

»Das macht nichts.« Agnetha grinste. »Das geht fast allen so. Ich scheine mich nicht gerade in das Gedächtnis meiner Mitschüler eingebrannt zu haben.«

»Ich war aber ja nur zwei Jahre in der Oberstufe am Goethe. Wir sind damals hierhin gezogen, weil mein Vater einen neuen Arbeitsplatz hatte.« Sie lächelte etwas entschuldigend. »Wahrscheinlich hatten wir keinen Kurs zusammen.«

»Nee, nee«, sagte Agnetha. »Du warst auch ’nen Jahrgang unter mir.«

»Ach so, ja dann.« Eine kurze Pause entstand.

»Ich wollte wohl gerne wissen«, durchbrach Agnetha die Stille, »ob du noch irgendetwas von Nico, also Nico Flachsmeer, gehört hast? Ich … ich wollte ihn mal besuchen, aber ich habe seine Adresse nicht mehr. Hast du sie vielleicht?«

»Nico?« Therese machte nicht das Gesicht, als würde sie sich erinnern. »Der Name sagt mir leider auch nichts«, bedauerte sie. »Aber, wie gesagt, ich war ja nur die letzten zwei Jahre bei euch. Da konnte ich mir nicht alle Namen merken.«

»Ja. Ist gut. Macht ja nichts.« Agnetha hatte ein wenig Mühe, ihr Lächeln im Gesicht zu behalten.

»Komm doch kurz rein«, lud Therese sie ein und deutete auf das Eingangstor links von ihr. »Ich mache uns einen Tee oder Kaffee und wir erzählen uns etwas von früher.«

»Ein anderes Mal gern.« Agnetha wandte sich ab. »Heute habe ich leider nicht viel Zeit.« Ihr Blick sollte Bedauern ausdrücken. Er war kurz, denn Therese sollte das Entsetzen in ihm nicht entdecken. Etwas erstaunt blickte die ehemalige Schulkollegin ihr hinterher.

Eine Schulkollegin, die es gar nicht mehr gab. Die es hier und jetzt aber gab. Und wenn Agnetha es schaffen sollte, zurückzureisen und irgendetwas wieder umzupolen, dann wäre Therese wieder tot. Es schnürte ihr das Herz zu. Dennoch lief sie mit schnellen Schritten zurück zum Friedhof.

Sie umrundete das Kreuz, sie musste so schnell wie möglich ihre Reise antreten. Doch – wie vermutet – klappte es nicht. Sie blieb da, wo sie war, wo sie eigentlich auch hingehörte, ins Jahr 2019. Wie sollte sie nur zurückreisen? Ohne Ring. Sie eilte zu dem Grab, wo sie beim ersten Mal den Ring gefunden hatte. Mit ihren Händen wühlte sie durch die Erde. Zuerst hinter der Grableuchte, dann hinter einem Blumentropf, schließlich suchte sie jeden Zentimeter ab. Nichts. Der Ring blieb verschwunden.

»Scheiße, Scheiße, Scheiße.« Mit geballten Fäusten kämpfte sie gegen eine Flut von Tränen an, die drohten, ihr das Gesicht entlangzurollen. »Emilia, nun hilf mir doch mal!«

Ein Finger tippte auf ihre Schulter.

Agnetha fuhr herum.

Emilia stand hinter ihr und Agnethas Satz rückwärts ließ sie fast aufs Grab fallen.

»Spinnst du?« Agnetha versuchte, ihre Tränen wegzuwischen.

»Na, ich danke für die freundliche Begrüßung«, sagte Emilia, »du hast nach mir gerufen. Also, wenn du mich nicht brauchst, kann ich auch wieder …«

»Entschuldigung.« Agnetha war mit einem Satz wieder bei ihr. »War nicht so gemeint. Ich brauche den Ring«, sagte sie. »Ich kann den Ring nicht mehr finden. Hast du ihn?«

»Wieso brauchst du den Ring? Du warst der Polizei eine helfende Hand. Ich glaube, wir sind der Sache nun ledig. Ich hatte versprochen, dich nach deiner emsigen Fleißarbeit in Ruhe zu lassen und …«

»Es ist der Falsche!« Agnetha umfasste Emilias Oberarme und schüttelte das Mädchen. »Bitte, du musst mich noch einmal zurückreisen lassen. Ich war zu schnell in meinem Urteil.«

»Wie kommst du darauf, dass er der Falsche ist?« Emilia spreizte ihre Arme.

»Ich … ich …« Agnetha ließ Emilia los. »Bitte«, sagte sie. »Bitte, lass mich zurückreisen. Lass mich den Fall weiter untersuchen.« Sie sah Emilia verschwommen durch einen Tränenschleier.

»Eigenartig«, sprach der Geist, »zunächst machtest du stets ein saures Gesicht, alsbald du ein wenig Fleiß an den Tag legen solltest, und jetzo musst du unbedingt dein Werk weiterführen.« Sie schüttelte den Kopf, als habe sie ein kleines Kind zurechtzuweisen. »Also, mir gefällt eigentlich ganz gut, wer da gerade im Kittken Bumm weilt.«

»Ja, aber wenn er es doch gar nicht war, dann kommt er sicher bald frei und es büßt wieder niemand für das Verbrechen, das an dir begangen wurde.«

Einen Augenblick schwieg Emilia, und Agnetha dachte, dass sie das Mädel mit ihren Worten getroffen hatte, doch schließlich sagte sie: »Weißt du was, Agnetha, ich glaube, du hast ganz egoistische, eigene Motive, warum du den Verbrecher nicht hinter Gittern haben möchtest.«

Agnetha spürte Emilias harten Blick.

»Nein«, rief Agnetha ein wenig zu laut, ein wenig zu schnell. »Nein! Ich will dir doch helfen.«

Emilia wandte sich um und ging.

»Emilia! Warte! Bitte!« Agnetha rannte los, holte sie ein und legte ihre Hand auf Emilias Schulter.

Das Mädel blieb stehen und strich Agnethas Hand weg. »Habe ich recht?«, fragte sie.

»Ja.« Agnetha nickte.

»Ein Jeder lässt sein Tun von egoistischen Motiven leiten.« Bedauernd schüttelte sie den Kopf.

Agnetha stand da, wollte etwas sagen und wusste doch nicht was.

»Aber ich will mal nicht so sein.«

Agnetha schaute auf und sah ein leichtes Funkeln in Emilias Augen. Ihr Herz schöpfte neue Hoffnung. »Finde den wahren Mörder«, fuhr Emilia fort und Agnetha nickte. »Aber beschwer dich nicht bei mir, wenn du vor Rätseln stehst.«

Die 39-Jährige schüttelte den Kopf und mit einem erleichterten Lächeln sah sie den Ring auf Emilias ausgestreckter Handfläche liegen. Schnell nahm sie ihn an sich und verschloss ihn in ihrer Faust.

»Danke.« Agnetha flüsterte es mehr, als dass sie es sagte und sie rannte bereits los Richtung Kreuz, sodass sie die letzten Worte, die Emilia ihr zurief, kaum wahrnahm.

»Denke daran, wenn du einen Fehler gemacht hast, landest du später in der Zeit.«

*

Nachdem sie sich im Anbau umgezogen hatte und nun nach draußen in die Sonne trat, fiel ihr Blick auf die Zeitung, die bei den Bänken lag. Fast wie bei ihrer ersten Reise. Nur, dass Emilia nicht auf der Bank saß. Von ihr war nichts zu sehen.

»Emilia?« Agnetha spähte in alle Richtungen, ihr Geist blieb verschwunden. Also ging sie auf die Bank zu, setzte sich und nahm die Zeitung in die Hände. Wie spät es wohl war?

Die Zeitung gab ihr darüber keine Auskunft, doch als ihr Blick auf das Datum fiel, setzte ihr Herz aus. Es war der 16. September 1925. Das bedeutete einerseits, dass es nun schwierig werden würde, den Mörder zu finden.

Andererseits aber – und diese Erkenntnis traf sie so plötzlich, dass ihr die Luft wegblieb - … Achim war nicht der Mörder. Er konnte es nicht sein, wenn Emilias Aussage stimmte. Yeah! Sie ballte die Hand zur Faust und zog sie Richtung Hüfte.

Emilia hatte es ihr gerade noch hinterhergerufen: »… wenn du einen Fehler gemacht hast …« Sie hatte einen Fehler gemacht. Sie hatte es ermöglicht, dass Achim festgenommen wurde. Er war der Falsche, denn sie war nun zu einem späteren Zeitpunkt gelandet.

Die Frage war, wie sollte sie es jetzt noch schaffen, an den wahren Mörder zu gelangen? Wo sollte sie anfangen zu recherchieren? Zehn Tage nach dem Mord?

Sie begann, die Zeitung zu lesen. Auch hier gab es einen Artikel über den Mord an Emilia. Er war kürzer als der vom letzten Mal. Achims Anwalt ließ verlauten, dass sein Mandant die Leiche lediglich bei sich auf dem Hof gefunden habe und diese dann in Panik und aus Angst vor Schwierigkeiten unter Zuhilfenahme seines Pferdes in den Dörenther Klippen habe ablegen wollen. Ihm täte es sehr leid und es sei ein Fehler gewesen, die Leiche hinwegzuschaffen anstatt die Polizei zu rufen. Abgesehen davon habe er absolut nichts mit dem Mord zu tun.

Außerdem erfuhr Agnetha, dass an dem von Achim Perkhan bezeichneten Leichenfundort bei ihm zu Hause tatsächlich eine Menge Blut gefunden worden war, sodass man nun davon ausgehe, dass es sich hierbei um den Tatort handele. Demnach sei Emilia auf dem Anwesen des ehrenwerten Großlandwirts Perkhan wahrscheinlich durch einen Stoß vom Scheunendach zu Tode gekommen. Belastend für den Verdächtigen sei, dass er selbst oft oben auf diesem Dach gesessen habe, welches er meist über einen Baum erreicht habe. Die Polizei habe zusätzlich eine an die Wand der Scheune gelehnte Leiter aufgetan, die zum Besitztum der Perkhans gehöre. Das mache es wahrscheinlich, dass der jüngste Sohn der Perkhans zusammen mit dem späteren Opfer das Dach über diese Leiter betreten habe. Zeugen hätten zudem auf der Kirmes einen Streit zwischen Achim und Emilia beobachtet.

Ja, das mit dem Streit, das wusste sie ja schon. Agnetha faltete die Zeitung zusammen. Der Streit wirkte nicht gerade entlastend auf die Verdächtigungen gegen Nicos Opa. Andererseits war Emilia vielleicht ja auch einfach aus Unachtsamkeit vom Dach gefallen. Warum nur gestand Achim das dann nicht? Das gäbe sicherlich keine große Strafe, oder? Und würde Emilia sie engagiert haben, wenn es sich bei ihrem Tod um einen Unfall handelte? Aber vielleicht wusste Emilia ja selbst nicht, ob sie durch einen Unfall oder durch Mord umgekommen war.

Agnetha atmete tief durch. Er war es nicht. In ihrem Kopf bildete sich immer wieder dieser Satz. Aus diesem Grund sprach er auch nicht von einem Unfall. Achim war nicht mit ihr auf dem Dach gewesen.

Aber warum war sie da hinaufgeklettert? Mitten in der Nacht. Allein. Oder war jemand anderes bei ihr gewesen?

Agnetha sah auf. Der Wind trug ihr den leisen Klang schlurfender Schritte und gemurmelter Worte zu. War hier eine Beerdigung? Sie schaute sich um. Zwischen den Sträuchern hindurch entdeckte sie Leute, die langsam einen schmalen Pfad entlanggingen. Agnetha stand auf, um besser sehen zu können. Gerade hatte sie beschlossen, der kleinen Prozession zu folgen, da fiel ihr etwas ein. Schnell blätterte sie erneut durch die Zeitung. Bei den Trauernachrichten blieb sie stehen.

Sie hatte es bereits geahnt. Das da vorn war nicht irgendeine Beerdigung. Es war Emilias Beerdigung. Agnetha stand auf und schlich der Gesellschaft hinterher. Sie hielt sich im Hintergrund und versuchte, sich zu merken, wer dort alles mitging. Viele waren es nicht. Ganz vorn mit der Rose in der Hand, das war bestimmt Emilias Mutter. Sie wurde gestützt von einer anderen, ungefähr gleichaltrigen Frau, dann folgten ein paar jüngere Personen. Ob das Klassenkameraden von Emilia waren? Geschwister hatte sie doch keine, oder?

Ganz hinten und etwas abseits lief noch ein junges Mädchen in Emilias Alter. Agnetha fiel als Erstes die schöne Rose auf, die sie in Händen trug. Irgendwie hatte Agnetha das Gefühl, dass diese junge Frau betroffener vom Tod Emilias war als die anderen jungen Leute. Lag es nur an der Rose? Oder an dem Taschentuch, das sie immer wieder zur Nase und zu den Augen führte?

Im Hintergrund hielt sich Kommissar Peters auf. Automatisch trat Agnetha einen Schritt zurück hinter einen Baum. Sie wollte auf keinen Fall ihre Zeit auf der Polizeiwache vergeuden, um dem Kommissar zu erklären, wo sie denn geblieben war, nachdem sie ihm die Leiche mitsamt Achim Perkhan präsentiert hatte.

Agnetha wartete noch zehn Minuten, dann löste sich die kleine Gesellschaft bereits wieder auf. Allein das Mädel mit der Rose stand noch an Emilias Grab. Jetzt fuhr ihre Hand vor und die Rose fiel ins tiefe Erdreich. Beim Anblick dieser jungen Frau traf selbst Agnetha der Verlust Emilias, obwohl sie normalerweise das Gefühl hatte, dass Emilia immer noch lebte. Selbst fast hundert Jahre später. Ihr Geist war ihr ja auch ziemlich lebendig entgegengetreten.

Doch beim Anblick dieser jungen Frau, die reglos ins Innere des Grabes starrte, setzte sich bei Agnetha ein Kloß im Hals fest.

Endlich bewegte sich das Mädel wieder, wandte sich ab und entfernte sich mit gesenktem Kopf.

Agnetha folgte ihr.

»Hallo.«

Das Mädchen hatte bereits die Klinke des Tores umfasst. Langsam drehte es sich um. Aus verheulten Augen starrte es sie an.

»Entschuldigung«, sprach Agnetha, »ich möchte dir mein Beileid aussprechen.«

»Danke.« Die junge Frau wandte sich bereits wieder ab und griff nach erneut nach der eisernen Klinke.

»Hast du einen Moment Zeit für mich?«

»Warum?« Sie hatte sich wieder zu Agnetha gedreht. Skepsis sprach aus der Tonlage ihres Wortes, Trotz aus ihrer Körperhaltung, Trauer aus ihren dunklen Augen.

»Bist … warst du eine gute Freundin von Emilia?«

»Wer sind Sie, dass Sie mir eine solche Frage stellen?«

»Ich … ähm, also, ich bin auch so etwas wie eine Freundin von Emilia. Mein Name ist Agnetha.« Die 39-Jährige reichte der jungen Frau die Hand. Die Jugendliche starrte so lange drauf, bis Agnetha sie wieder zurückzog.

»Agnetha?«, sprach sie schließlich. »Nie gehört.« Sie runzelte die Stirn. Ihr brauner, grader Pony und ihr Pagenschnitt ließen ihr hübsches Gesicht ein wenig arrogant erscheinen.

»Ich bin noch nicht so lange mit ihr bekannt«, sagte Agnetha. »Ich möchte gerne herausfinden, wer sie umgebracht hat«.

Die junge Frau hob eine Augenbraue an. »Haben Sie ebenfalls ein astrologisches oder ein anderweitig hellseherisches Betätigungsfeld?«

»So in etwa.« Agnetha ordnete ihre Zeitreise in diesen Bereich hinein. »Aber kannst du mir vielleicht erst einmal verraten, wer du bist?«

Einen kurzen Moment schien die junge Frau nachzudenken. »Aber gewiss.« Ein kurzes Lächeln formte ihre Lippen. »Ich bin Rabea.«

»Sehr erfreut, Rabea.«

»Warum wollen Sie herausfinden, wer Emilia umgebracht hat? Vielleicht ist sie einfach gestürzt.«

»Glaubst du das?«

»Nein.«

»Ich auch nicht.«

»Und warum wollen Sie die Wahrheit herausfinden? Ist das nicht die Aufgabe der Polizei?« Rabeas Augen blickten Agnetha fest an.

Hatte Agnetha Rabea in der kurzen Zeit richtig eingeschätzt? Agnetha startete einen Versuch. »Sie hat Kontakt zu mir aufgenommen.« Gespannt wartete Agnetha auf Rabeas Reaktion.

»Sagen Sie das doch gleich.« Jetzt zeigte sich ein breites Lächeln auf Rabeas Gesicht.

»Also, nur um Missverständnisse auszuräumen: Nach ihrem Tod.«

»Ist mir klar.« Rabea lächelte immer noch. Sie schien geradezu erfreut.

›Strange‹, dachte Agnetha. Aber prima. Das erleichterte das Gespräch.

»Und ich bin Emilias einzige wahre Freundin«, sagte Rabea.

»Die einzige oder die einzig wahre unter vielen?«

»Die einzige und die wahre.«

»Gut.« Agnetha. »Hatte sie denn Feinde?«

»Margot.«

»Achims Freundin?«

»Achims Freundin.« Rabeas Blick wurde wieder eisern trotzig.

»Und warum sollte Margot Emilia zum Feind haben?«

»Weil sie hinter Achim her war, das dumme Ding.«

»Also, du meinst Emilia. Emilia war in Achim verliebt?«

»Wenn Sie das so romantisch ausdrücken wollen. Ja, dann war sie es wohl.«

»Und Margot war eifersüchtig?«

»Und wie.« Rabea blickte zur Straße. »Ich muss jetzt weiter«, sagte sie plötzlich. Schon drehte sich das Mädchen um und öffnete die Pforte.

»Halt. Warte«, rief Agnetha. »Kannst du mir noch deine Adresse nennen?«

»Wieso brauchen Sie meine Adresse?«

»Nur so, falls ich Hilfe brauche.« Agnetha lächelte.

»Dann fragen Sie die Sterne.«

»Bitte«, rief Agnetha ihr hinterher. »Du möchtest doch auch, dass der Mord an deiner Freundin aufgeklärt wird. Lass uns zusammenarbeiten.«

Rabea war stehengeblieben und blickte zu Agnetha.

»Ich denke, die Polizei hat bereits Achim festgenommen.«

»Ja, das ist richtig«, sagte Agnetha. »Aber der war es nicht.«

»Sagen das Ihre Karten?«

»Ja, nein, ich meine. Vielleicht.« Agnetha zog etwas hilflos die Schultern hoch.

Rabea schüttelte den Kopf und ließ ein kurzes Lachen erklingen. »Brunnenstraße 6«, sagte sie schließlich.

»Danke.« Agnetha machte den Daumen hoch. »Emilia wird sich freuen, dass du mir hilfst.« Sie strahlte, bis Rabeas dunkle Augen sie trafen. Es sprach so viel Wut aus ihnen. Was hatte das junge Mädel in ihrem Leben erlebt, dass es sie so unberechenbar machte?

Agnetha wandte sich um und eilte zur Straße ›An der Aa‹. Bei der Hausnummer 7 blieb sie stehen. Dieses Mal war niemand im Garten bei der Wasserpumpe. Mit einem flauen Gefühl in der Magengegend schlich Agnetha zur Tür. Ihr Finger näherte sich dem Klingelknopf. Was sollte sie gleich sagen? Hoffentlich machte Margot nicht sofort Jagd auf sie, wenn sie sie wiedersah. Ihren hinteren Fuß noch auf der

Treppenstufe haltend, drückte sie schließlich die Klingel. Der schrille Ton ließ sie zusammenfahren.

Es dauerte einen Moment, dann näherten sich Schritte. Durch die geriffelte Glastür sah sie undeutlich eine Figur auf sich zukommen. Die Tür öffnete sich und Margot stand vor ihr. Agnetha atmete tief durch.

»Guten Tag …«

»Sie?« Die Stimme klang nicht freundlich.

Agnetha gab den Raum eines Schrittes preis. Okay, Margot wusste also, dass sie schon einmal miteinander das Vergnügen gehabt hatten.

»Ja, also, … bitte hören Sie mir zu. Ich möchte wirklich helfen. Ich möchte Achim aus dem Gefängnis holen.«

»Wo ist der Ring?«, fragte Margot Sandstein und deutete auf Agnethas Hände, an denen sich kein Ring befand.

»Bei der Polizei«, behauptete Agnetha.

Einen Augenblick lang schien Margot nachzudenken. Dann nickte sie.

»Sie sind also Achims Anwältin?«, fragte Margot.

»Nicht direkt«, antwortete Agnetha ausweichend. Irgendwie hatte sie das Gefühl, dass sie die Story mit der Anwältin lieber aufgeben sollte. Zu Recht, wie sich kurz darauf herausstellte.

»Achim hat keine Anwältin«, sagte Margot. »Ich habe ihn gefragt.«

»Ja, das ist richtig.« Agnetha knetete ihre Hände. »Ich bin keine Anwältin. Aber Sie können mir glauben, dass …«

»Und er ist auch nicht mit einer Frau Wiesenbauer bekannt.«

»… dass ich alles tun werde, um Ihren Freund da herauszubekommen.« Agnetha sank ein wenig zusammen. Gleich würde Margot sie wieder davonjagen. Was konnte sie tun, um mit ihr im Gespräch zu bleiben?

Zu Agnethas Erstaunen zog Margot Sandstein die Tür weiter auf. »Kommen Sie rein«, sprach sie und Agnetha trat ein.

Sie konnte nicht sagen, dass sie sich jetzt wohler fühlte. Eher wie in der Höhle eines Bären. Wenn er nun Appetit bekäme, wäre sie dran.

Margot führte sie durch einen Flur an einer aufgestellten, großen Zinkwanne vorbei und Agnetha fragte sich, ob die Familie darin wohl an den Samstagen ihr Bad genoss.

Achims Freundin öffnete eine Tür und Agnetha fand sich in der guten Stube wieder. Kalt und etwas stickig war es in diesem Raum. Er wurde wohl nicht so oft genutzt. In einem großen Eichenschrank hinter einer Glastür erblickte sie gutes Geschirr und kristallene Gläser. In eine Ecke war ein gekachelter Kamin eingebaut. Die Stühle waren schwer und hatten gedrechselte Holzbeine. Alles wirkte so unberührt, sodass Agnetha sich gar nicht setzen mochte. Erst als Margot sie aufforderte, zog sie den Stuhl zurück und ließ sich nieder.

»Warum wollen Sie Achim da herausholen?« Margot schien nicht bereit zu sein, etwas zu erzählen, wenn sie nicht wusste, aus welchem Grund Agnetha sich so für ihren Freund ins Zeug legte.

»Ja, also, es ist so …« Agnetha räusperte sich. »Du kannst mich übrigens ruhig duzen.« Margot zog die Augenbrauen zusammen und Agnethas Augen wanderten zur Decke. Okay, so weit schien Margot noch nicht zu sein. Agnetha dachte noch einen Moment über die Geschichte nach, die sie sich auf der Fahrt hierher ausgedacht hatte. Hoffentlich war die glaubwürdig.

»Ich habe früher als Magd auf dem Hof von Achim gearbeitet«, begann Agnetha. »Und ich war seine Babysitterin.«

»Was ist das?«

»Oh. Ich meine, ich habe auf ihn aufgepasst. Schon als er ein Säugling war.«

»Sie meinen, Sie waren seine Kindsmagd?«

Kurz zögerte Agnetha, dann nickte sie. ›Was für ein seltsamer Begriff, wird hoffentlich wohl stimmen‹, dachte sie.

»Achim hat Sie nie erwähnt.«

Warum sah der Blick von Margot eigentlich immer so skeptisch aus? Agnetha atmete tief durch.

»Nun ja«, sagte sie, »ich ging, als er drei war. Vielleicht erinnert er sich nicht.«

»Aber Ihr Interesse ist geblieben? Das ist doch …« sie dachte einen Augenblick nach. »… achtzehn Jahre her.«

Agnetha nickte.

»Um ehrlich zu sein …« Agnetha biss kurz die Zähne zusammen, denn sie war hier alles andere als ehrlich. »Seine Mutter hat mich informiert. Wissen Sie, ich wohne schon lange in Rheine, Frau Perkhan und ich haben allerdings hin und wieder noch Briefkontakt. Und sie weiß, dass ich als Detektivin tätig bin.«

»Als Detektivin?« Margots buschige Augenbrauen wanderten immer höher.

»Ja, ich weiß, ist ungewöhnlich.« Agnetha staunte: Margots Augenbrauen verharrten noch immer an derselben Stelle. »Ich bin meiner Zeit sozusagen um einiges voraus.« Sie lächelte etwas unsicher. »Aber ist doch egal.« Agnetha beugte sich vor und berührte die Hand von Margot, die diese sofort vom Tisch zurückzog. Auch die Augenbrauen flutschten nun runter und zogen sich zusammen. »Sie und ich. Wir beide wollen dasselbe«, sprach Agnetha, »dass Achim aus dem Gefängnis kommt, weil wir wissen: Er war es nicht. Lassen Sie uns bitte zusammenarbeiten.«

Margot schien einen Moment nachzudenken. »Einverstanden«, sagte sie schließlich. »Vielleicht kann ich Ihnen helfen.«

»Ja?« Agnethas Oberkörper richtete sich auf. Ihr Herz begann, schneller zu schlagen. Mit dieser direkten Ansage hatte sie nicht gerechnet.

»Ja.« Margot atmete tief durch. »Achim war nämlich nicht der einzige, mit dem Emilia an dem Abend Streit hatte. Es gab da noch eine Freundin …«

»Rabea?«

»Sie kennen sie bereits?« Wieder die Augenbrauen, die in die Höhe schossen und wie zwei Bögen an die Stirn getackert waren.

»Ja. Hab sie auf der Beerdigung getroffen.«

»Sie waren da?«

»Ja, Sie nicht.«

»Wir waren nicht befreundet.«

Agnetha unterdrückte einen Kommentar.

»Waren bestimmt nicht viele da.«

»Ein paar.«

»Sie war eine Spinnerin.« Margot seufzte. »Ich weiß, man soll nicht schlecht über Tote sprechen, aber was sie und ihre Mutter mit ihrer Sternendeuterei und Kartenleserei den Leuten aufgeschwatzt haben. Das war schon nicht mehr schön.«

Agnetha ließ auch das unkommentiert. »Zurück zu Rabea«, sagte sie. »Sie haben sich also gestritten. Haben Sie gehört, worum es ging?«

»Nicht wirklich, die haben ja sofort aufgehört, als ich dazukam. War im Kolpinghaus bei den Toiletten. Aber Rabea hat ihr gedroht, hat gesagt, wenn du jetzt nicht mitkommst oder mitmachst oder so, dann war es das. So oder so ähnlich.«

»Hm. Gut. Mitkommst oder mitmachst.« Agnetha überlegte. »Was könnte sie denn damit gemeint haben.«

»Das sollte vielleicht Ihre Aufgabe sein, das herauszufinden.«

»Jap. Da haben Sie recht. Hab auch eher laut nachgedacht.« Agnetha grinste.

»Ja, und ich muss jetzt zusehen, dass ich fertig werde. Meine Schicht fängt gleich an.« Margot stand bereits wieder auf.

»Oh, ja.« Agnetha sprang ebenfalls auf. »Wo arbeiten Sie denn?«

»Im St.-Elisabethkrankenhaus. Bin da als Krankenschwester.«

»Na, dann will ich Sie mal nicht länger aufhalten.« Agnetha ging hinter Margot her in den Flur hinein. »Danke für Ihre Hilfe«, sagte sie, als sie an der Tür waren. Sie zögerte kurz, bevor sie sich für eine letzte Frage entschied. »Wussten Sie, dass Emilia in Achim verliebt war?«

Einen Moment lang wirkte Margots Gesicht wie versteinert, schließlich entspannte es sich wieder. »Was macht das schon«, antwortete sie ausweichend. »Sie hätte ihn nie bekommen. Achim liebt mich. Nur mich.«

Margot wich Agnethas Blick aus, den sie ihr beim Hinausgehen zuwarf. Als Agnetha sich kurz vor der ersten Treppenstufe noch einmal umdrehte, fiel die Tür bereits ins Schloss.

›Soso‹, dachte Agnetha, Achim liebte also einzig und allein Margot. Die Aussage war ein wenig sehr bestimmt aus Margots Mund geschossen. Fast so, als befürchtete sie, dass dem eben nicht so sein könnte. Optisch wären Emilia und Achim das passendere Paar. Aber das war nur so eine subjektive Meinung von Agnetha, denn Emilia war trotz ihrer aufdringlichen Laberei doch ziemlich attraktiv, ebenso wie Achim. Während Margot eher wie ein rundlicher Bauerntölpel wirkte.

Agnetha eilte zur Brunnenstraße. Sie musste unbedingt mit Rabea sprechen. Fast war sie erstaunt, als Rabea sie sofort in die Wohnung ließ. In der Küche saß ihre Mutter mit zwei kleinen Brüdern von Rabea. Rabea war wohl ein jugendlicher Unfall gewesen. So jung, aber auch erschöpft, wie die Mutter wirkte. Rabea führte Agnetha in ihr kleines Zimmer, in dem noch ein weiteres Bett stand. Dann gab es da noch einen Schrank und einen Stuhl. Mehr nicht. Mehr passte allerdings auch nicht hinein.

»Meine Schwester«, sagte Rabea mit Blick auf das eine Bett.« Die ist aber gerade nicht da.« Rabea setzte sich aufs Bett und bedeutete Agnetha, auf dem Stuhl Platz zu nehmen.

»Was sagt Margot?«

»Sie sagt, dass Emilia mit dir einen Streit hatte.«

»Hab ich mir schon gedacht, dass sie das nicht unerwähnt lässt.«

»Worum ging es?«

»Worum es immer ging.«

»Und das wäre?«

»Ich wollte weg von hier.« Sie ließ ihren Blick durch das Zimmer wandern. »Vor einem Jahr noch hatte Emilia versprochen mitzukommen. Doch jetzt, wo ich es ernsthaft durchführen wollte, da hat sie kneifen wollen.«

»Warum?«

»Na, warum wohl. Weil sie so saublöd war, sich in diesen Angeber Achim zu verlieben.«

»Und warum wolltest du weg?«

»Ist mir zu eng hier.«

Agnetha nickte. »Und wo wolltest du hin?«

»Nach Münster.«

»Gehst du eigentlich noch zur Schule?«

»Ich? Nein. Ich arbeite mal hier, mal da. Hab schon alles gemacht. Bei Sweering in der Näherei. In der Landwirtschaft. Auf der Preussag. Zeitungsverkäufer. Beim Bäcker. Ich kann alles. Ich würde auch in Münster etwas finden. Hier ist es zu eng«, wiederholte sie und ließ ihre Augen erneut durch den Raum wandern. Einen Augenblick lang blieb ihr Blick an einem Bilderrahmen haften. Das Bild hing am Kopfende des Bettes, auf dem Rabea saß. Es war eine Aufnahme von Emilia.

Agnetha starrte das Bild an. Es war nicht die Fotografie an sich, die Agnetha innehalten ließ. Es war der etwas schmierige Abdruck, der Dank der Sonneneinstrahlung auf dem Bild sichtbar wurde.

»Darf ich?« Agnetha stand auf und nahm das Bild von der Wand. Sie wendete es ein wenig hin und her. Sie hatte richtig gesehen. Der Abdruck auf dem Glas war der eines Mundes. Rabea hatte dem Bild einen Kuss gegeben. Mehrere.

»Kann es sein, dass du ebenfalls unglücklich verliebt bist?«

»Ich?« Rabea lachte ein wenig schrill. »Nein! Wie kommen Sie denn darauf?«

»Ich glaube, du warst in Emilia verliebt.«

»Sind Sie bescheuert?« Rabeas Kopf drehte zur Tür. Agnetha spürte, wie erschrocken die junge Frau war und wusste, dass sie richtiglag.

»Wie können Sie so etwas aussprechen?« Rabea rang um Fassung. »Das ist eine infame Unterstellung!«

»Rabea, beruhige dich. Ich finde es völlig in Ordnung, wenn du dich in Emilia verliebt hast. Ich finde es erschreckend und traurig, dass du das nicht zugeben darfst. Vielleicht noch nicht einmal vor dir selbst.«

Agnetha sah, wie Rabea plötzlich gegen die Tränen ankämpfte. Sie setzte sich neben das junge Mädchen und nahm sie in den Arm. Kurze Zeit später war ihre Schulter nass, Rabeas Augen sahen verheult aus, doch es schien Agnetha, als habe ihre Seele Flügel bekommen und sei ein wenig ins Schweben geraten.

»Ich habe es noch nie jemandem gesagt«, schniefte sie schließlich. »Selbst Emilia nicht. Es ist so krank. Ich bin so krank. Verkorkst. Warum bin ich so? Wenn ich nur wüsste, wie ich das abstelle.«

»Du bist nicht verkorkst.« Agnetha hielt sie immer noch in den Armen und strich ihr sanft mit der Hand über den Oberarm. »Du lebst lediglich in der falschen Zeit.«

Rabea schaute auf. »Wie meinen Sie das?«

»Ach nix. Ich meine nur, ich hoffe, dass es irgendwann einmal so sein wird, dass es normal ist homosexuell zu sein.«

Rabeas Augen wurden noch größer. »Sind Sie eine Zeitreisende?«

Agnetha zuckte zusammen. Wie kam sie darauf? Nur weil sie einmal kurz eine Vermutung über die Zukunft angestellt hatte? Agnetha musterte Rabea. Was würde das junge Mädchen sagen, wenn sie ihre Frage mit ›Ja‹ beantworten würde?

»Wie kommst du darauf?«, fragte Agnetha.

»Irgendwie würde das zu Ihnen passen.« Rabea rückte ein bisschen zur Seite und betrachtete Agnetha. An ihrem Ohrläppchen blieb Rabeas Blick hängen. Ihre Augen wurden schmal. »Sie haben zwei Ohrringe.«

»Hat das nicht jeder?«, fragte Agnetha, obwohl sie wusste, was Rabea meinte.

»An einem Ohr«, ergänzte Rabea. »Außerdem …« Ihr Blick wanderte weiter, blieb in ihrem Gesicht hängen. Da Agnetha sich selbstbewusst geben wollte, hielt sie Rabeas starrenden Blick aus und blickte ihr ebenfalls in die Augen. Rabeas Gesicht näherte sich dem Ihren.

»Irgendetwas stimmt außerdem nicht mit ihren Augen.«

»Mit meinen Augen, wieso?«, fragte Agnetha und fühlte sich doch ertappt. »Okay.« Sie senkte den Blick. »Ich trage Kontaktlinsen.«

»Aus Glas? Anstelle einer Brille?«

»Ja, anstelle einer Brille, aber nicht aus Glas.«

»Ich habe mal darüber gelesen. Es gab Versuche, eine solche Linse aufs Auge zu setzen. Aber die waren aus Glas und zwanzig Millimeter dick.«

»Zwanzig Millimeter? Wie soll das denn gehen? Die sind keinen Millimeter dick.«

Rabea zuckte die Schultern. »Es gibt keine so dünnen Linsen.« Wieder starrte sie Agnetha an. »Sie kommen aus der Zukunft.« Sie sagte es mit einer Gewissheit, dass selbst Agnetha ein Schauer über den Rücken lief.

»Okay, nehmen wir mal an, ich behaupte, das stimmt. Glaubst du an so einen Unsinn?«

»Natürlich.«

Agnetha staunte. Damit hatte sie nicht gerechnet.

»Gut. Du hast mich durchschaut. Emilia hat mir in der Zukunft aufgelauert und mich hierher zurückgeschickt, damit ihr wahrer Mörder gefunden wird.« Agnetha hatte die Sätze schnell heruntergerasselt, als hoffte sie, dass diese unglaubliche Geschichte im Vorbeirauschen nicht hängenbliebe und sie somit nicht des Irrsinns überführte.

Umso mehr erstaunten sie die Worte, die sie nun hörte.

»Warum haben Sie das nicht gleich gesagt«, sprach Rabea. »Natürlich helfe ich Ihnen. Gemeinsam werden wir es schaffen.«

»Gut.« Agnetha wurde warm ums Herz. Sie hatte eine Verbündete. »Wie wollen wir fortfahren?«, fragte sie, noch zu perplex, um eigene Ideen zu sortieren.

»Na, wir tragen unser Wissen zusammen. Was hat Margot zu der Anschuldigung gesagt, dass sie eifersüchtig auf Emilia war?«

»Sie sagt, sie hatte keinen Grund, eifersüchtig zu sein. Sie wisse, dass Achim sie und nur sie liebe. Ziemlich selbstsicher, was die Treue von Männern angeht, würde ich sagen.«

»Pah, ich wäre mir da an ihrer Stelle mal nicht so sicher.«

»Hatte Achim was mit Emilia?«

Rabea winkte ab. »Ganz kurz. Und das wohl, bevor er etwas mit Margot hatte. Aber seitdem war Emilia wie blind. Nur Augen für den ollen Kerl hatte sie. An jedem Halm hat sie sich festgehalten. Aber an dem Abend von Kirmessonntag, da hat sie es wohl zu weit getrieben. Wollte nach einem Tanz unbedingt noch einen Kuss von ihm. Daraufhin ist es zum Streit gekommen. Soweit ich weiß.«

»Also wäre es wirklich möglich, dass Achim der Täter ist?« Agnetha dachte an Nico und ihr wurde bange bei den Worten, die nun folgen sollten.

»Möglich wäre es.«

»Aber wenn sie sich doch gestritten haben, wie kann es sein, dass er und Emilia zusammen auf dem Dach der Scheune waren, von der Emilia dann heruntergestürzt ist? Oder ist sie ihm hinterhergeschlichen? Ist er wirklich nach der Feierei auf der Kirmes zu Hause noch aufs Dach geklettert? Das würde doch niemand machen. Wenn man gefeiert hat, müde ist, Alkohol im Blut hat, dann will man ins Bett.«

Rabea presste die Lippen aufeinander, als denke sie nach, ob sie etwas sagen solle.

»Oder etwa nicht?«, hakte Agnetha nach.

»Achim hat ihr nach dem Streit noch eine Nachricht geschrieben«, sagte Rabea.

»Was? Das sagst du erst jetzt? Was für eine Nachricht? Wie denn? Ihr habt doch noch gar kein Whatsapp?«

»Wottswas?«

»Vergiss es.« Agnetha winkte ab. »Kennt ihr noch nicht.« Sie atmete tief durch. »Was für eine Nachricht?«, wiederholte sie.

»Eine Nachricht, einen Zettel hat er ihr zukommen lassen. Auf dem stand, dass er sie gerne später noch einmal sprechen möchte oder so. Um elf. Auf dem Scheunendach. Er wolle sich mit ihr versöhnen, hat sie gejubelt. Ich habe ihr gleich davon abgeraten, dorthin zu gehen. Aber sie wollte nicht auf mich hören. Ist sogar extra noch nach Hause geeilt, um ein besonderes Kräuterextrakt aufzutragen. Mit diesem werde er ihr nicht widerstehen können, hatte sie gemeint.«

»Scheiße!« Agnetha haute mit der zur Faust geballten Hand auf ihr Bein.

»Ja, genau, Scheiße, die Kräuter haben wohl nicht so gewirkt«, meinte Rabea, die nicht ahnte, dass Agnetha aus einem ganz anderen Grund der Entwicklung der Geschichte mit mulmigem Gefühl entgegensah.

»Bist du sicher, dass Achim der Absender dieser Nachricht war?«, fragte sie.

»Wer sollte sie sonst geschrieben haben?«

»Stand denn sein Name drauf?«

Rabea dachte nach. Schließlich zuckte sie mit der Schulter. »Kann ich nicht sicher sagen. Ich erinnere mich nicht.«

»Gibt es denn keinen anderen Kandidaten, der ihr eine solche Botschaft hätte zukommen lassen können?« Agnetha machte ein Gesicht, als habe sie in eine saure Zitrone gebissen.

»Wer sonst außer Achim sollte sie auf dem Scheunendach von Achims Elternhaus sprechen wollen?«

»Du hast recht. Das spricht für Achim als Täter«, seufzte sie. »Verdammter Mist! Hast du das der Polizei gesagt?«

Rabea nickte. Und Agnetha stöhnte.

»Was ist denn so schlimm daran, wenn Achim verurteilt wird. Ich meine, wahrscheinlich war er es.«

»Wenn er es wirklich war und er im Gefängnis bleibt, dann …« Agnetha brauchte einen Moment, die Worte wollten nicht über ihre Lippen springen.

»Dann …?«

»Dann wird es meine große Liebe nie geben.« Wow. Hatte sie gerade wirklich ›große Liebe‹ gesagt?

Ja, gestand sie sich ein, hatte sie. Und es war genau das, was sie in diesem Moment für Nico empfand. Er war ihre große Liebe. Bereits damals schon zu Teenager-Zeiten und auch jetzt, wo endlich ihr Traum in Erfüllung zu gehen schien. Wäre ihr da nicht so ein Geist namens Emilia in die Quere gekommen. Okay. Eigentlich hatte es mit dem Ring angefangen. Mit diesem vermaledeiten Ring. Und ihrem Putzfimmel. Hätte sie nur nicht gemeint, unbedingt diese Gravur auf einem fremden Grab säubern zu müssen …

Einen Augenblick saßen sie stumm nebeneinander. Jeder hing seinen Gedanken nach.

»Weißt du, wo die Nachricht geblieben ist?«

Rabea zuckte mit den Schultern. Plötzlich heiterte sich ihre Miene auf. »Aber …«, sagte sie. »es gibt da noch vier Jungs, etwas jünger als Emilia, die haben sie gerne geärgert. Da könnte ich mir natürlich schon vorstellen, dass die so etwas verfassen, um sie auflaufen zu lassen.« Rabea nickte. »Das wäre eine Möglichkeit. Eine weitere Spur, die wir verfolgen könnten.«

»Ja, stimmt. Ihre Namen sind Robert und Engelhart Baar, Thomas Mersch und …«

»Clemens Wolf.«

»Ja.« Agnetha riss die Augen auf. »Das war sein Name. Kennst du die vier?«

»Vom Sehen. Emilia hat mich auf sie aufmerksam gemacht. Sie haben sie häufiger eine Hexe genannt und sind hinter ihr hergerannt und so. Das hat sie mir erzählt. Ich glaube, vor denen hatte sie wirklich ein bisschen Bammel«, meinte Rabea.

»Weißt du, wo sie wohnen?«

»Das werde ich herausfinden.« Rabea setzte wieder ihr Lächeln auf, das ihrem hübschen Gesicht so gut stand und ihren Augen ein wenig von der Wut und Trauer nahm.

»Gut«, sagte Agnetha. »Und ich werde Emilias Mutter aufsuchen. Vielleicht ist die ominöse Nachricht dort. Schließlich ist sie nach der Kirmes ja zuerst nach Hause, wie du gesagt hast.« Agnetha blickte zu Rabea, die nickte. »Na ja, oder der Zettel ist längst bei der Polizei«, überlegte Agnetha weiter. »Aber wenn er noch bei der Mutter ist, dann könnte ich ja vielleicht einen Handschriftenvergleich machen. Ich müsste irgendwie an die Handschrift von Achim kommen.«

»Einverstanden. Und ich versuche mal, an die Handschriften der vier Jungs zu kommen.« Sie stand auf und blickte zu Agnetha, die immer noch saß. »Das wird schon«, sagte sie. Und das Mädchen mit den traurigen Augen klopfte ihr aufmunternd auf die Schulter.

*

Als Agnetha vor der kleinen Hütte am Rande des Riesenbecker Postweges stand, fiel ihr Blick zufällig auf ihre Armbanduhr und Agnethas Puls begann zu rasen. So lange war sie schon hier? Ihr blieb höchstens noch eine halbe Stunde. Inklusive Weg zurück, der allein bereits eine Viertelstunde kosten würde. Oje, hoffentlich war Emilias Mutter kooperativ. Mit einem Schauder dachte sie an die Rückkehr bei ihrer ersten Zeitreise. Das durfte ihr nicht noch einmal passieren. Sie würde bestimmt nicht nochmals einen Retter in der Not finden, der sie zum passenden Grab trug.

Schnell überwand Agnetha die drei Stufen und klopfte an die Haustür, denn einen Klingelknopf konnte sie nicht entdecken.

Als Rosalie Pacifico die Tür öffnete, zuckte Agnetha zusammen. Der tieftraurige Blick einer leidenden Mutter, die gerade ihr Ein und Alles verloren hatte, traf sie hart. Und was Agnetha nun tat, hätte sie nie gedacht, dass sie so etwas jemals machen würde. Denn ohne zu überlegen trat sie einen Schritt vor und umarmte diese fremde Frau. Deren lange, von grauen Strähnen durchwobene Haare flossen über Agnethas Hände und Unterarme.

»Es tut mir so, so leid«, sagte Agnetha.

Rosalie Pacifico wehrte sich nicht gegen die Umarmung, sie versteifte sich auch nicht, obwohl Agnetha genau das nach ihrer impulsiven Tat erwartet hatte. Zumindest hätte sie selbst wahrscheinlich befremdlich reagiert, wenn eine ihr unbekannte Frau sie umarmt hätte. Doch Emilias Mutter war da anders. Wahrscheinlich, weil ihr ganzes Leben darauf beruhte, auf Gefühle zu achten, sensibel zu reagieren, hatte sie eine andere Antenne für Emotionen entwickelt als die Menschen, die sich nicht mit Übersinnlichem beschäftigten.

Ein Schauer jagte über Agnethas Rücken, als Rosalie Pacifico sie nun fragte: »Schickt Emilia dich?«

Mit großen Augen trat Agnetha einen Schritt zurück und schaute die Frau an. Schließlich nickte sie.

»Komm rein«, sagte Rosalie und ging vor.

Agnetha folgte.

»Woher …?«, fragte sie, »woher wissen Sie, dass …?«

Emilias Mutter drehte sich zu ihr um. »Ich spüre das«, sagte sie. »Und ich freue mich. Das gibt mir Trost. Bisher konnte ich keinen Kontakt zu ihr aufnehmen. Aber durch dich …« Sie schenkte Agnetha einen intensiven Blick. »Ich spüre sie durch dich.«

Agnetha nickte. »Leider habe ich nicht viel Zeit«, sprach sie, während sie Emilias Mutter in einen kleinen Raum folgte, der wohl Emilias Zimmer war, zumindest befand sich dort ein Bett. Auf dem Boden verstreut und auf einem kleinen Tisch lagen Bücher und Postkarten. Ebenso hatte Emilia ihren Boden dekorativ hier und dort mit Wäsche drapiert. In einem Sessel saß ein Teddybär. Agnetha hob ihn hoch, presste ihn an sich und unterdrückte den Drang, sämtliche Wäschestücke aufzuheben und in den Wäschekorb zu befördern oder zusammenzufalten und wegzuhängen. »Emilia hat mir aufgetragen, ihren Mörder zu finden«, sagte sie und gab dem Teddybären wieder etwas Luft.

»Das habe ich mir schon fast gedacht.«

»Ich habe jetzt nur zehn Minuten Zeit. Ich …« Sie stockte, wusste nicht, ob sie ihren Satz zu Ende führen sollte. Rosalie Pacifico nahm ihr ab, dass sie mit Emilia in Kontakt stand. Doch würde sie ihr auch Glauben schenken, wenn sie behauptete, aus einem anderen Jahrhundert zu kommen? »… ich bin eine Zeitreisende.« Agnetha hielt die Luft an.

»Ich weiß«, sagte Rosalie. »Schau dich recht gut um. Kann ich dir irgendwie behilflich sein?«

»Ich suche einen Zettel. Vielleicht hat Emilia ihn am Samstagabend hier irgendwo abgelegt. Sie ist doch hier gewesen, bevor sie sich auf den Weg zu Achims Elternhaus gemacht hat, oder?«

»Ja, sie war hier. Ich war bereits zu Bett gegangen, aber hier ist alles hellhörig. Wie du vielleicht gesehen hast, verstecken wir uns nicht in irgendwelchen Räumen. Es ist alles offen und frei. Türen gibt es lediglich nach draußen.«

Ja, das war ihr aufgefallen. »Und? Haben Sie zufällig einen Zettel gesehen? Es steht etwas von einem Treffen auf dem Scheunendach bei Perkhans drauf.«

»Ja, den habe ich sofort entdeckt. Emilia hatte ihn hier auf den Tisch gelegt.« Sie machte einen Schritt auf das Tischchen zu und fuhr bedeutungsvoll in einem Halbkreis ihre Hand aus, um auf die Karten auf dem Tisch zu deuten.

Agnetha rückte näher, im Arm immer noch den Bären, und ließ ihren Blick hastig über die Karten wandern. »Wo ist er denn?«

»Den habe ich versteckt.« Ihre Stimme klang jetzt so geheimnisvoll, dass Agnetha fast ein wenig mulmig wurde.

»Kann … kann ich ihn sehen?«

»Komm.« Rosalie Pacifico ergriff Agnethas Hand. Mit leichtem Schwung schickte Agnetha den Bären wieder zurück auf seinen Sessel und folgte Emilias Mutter durch all die am Boden liegenden Sachen in eine andere kleine Kammer, die wie ein Sternendeuter-Arbeitszimmer anmutete. Es gab dort mehrere Kugeln und Kartenstapel, Zettel und Zeitschriften. Auch hier gab es Bücher über Astrologie und Zukunftsdeutereien.

»Bleib hier stehen«, sagte Emilias Mutter. Sie lief auf einen schmalen Tisch an der Wand zu. Auf ihm befand sich ein unsortiertes Chaos aus Zetteln, Zeitschriften, Postkarten und sonstigen papierenen Utensilien. Rosalies Hände begannen über den Dingen zu kreisen. Plötzlich schnellte ihre rechte Hand herab und tauchte in der nächsten Sekunde mit einem Zettel zwischen den Fingern wieder auf. Mit zwei behänden Schritten war sie bei Agnetha und hielt ihr das Papier vor die Nase.

Agnetha nahm den Zettel an sich und stutzte. Auf das Papier waren rechts oben in der Ecke mit leichten Strichen ein paar Ibbenbürener Häuser und die Mauritiuskirche eingraviert. Agnethas Kopf wurde heiß. Sie wusste sofort, wo sie einen solchen Block bereits gesehen hatte.

»Darf ich den Zettel behalten?«

»Aber natürlich, mein Kind«, sagte Emilias Mutter. »Wenn es dir weiterhilft.«

Agnetha war bereits halb auf dem Flur. »Danke«, rief sie. »Tut mir leid, ich muss los.«

»Ich weiß«, sprach Rosalie. »Aber ich warne dich«, schickte sie hinterher, »gib den Zettel nicht der Polizei.«

Agnetha hielt inne. »Warum nicht?«

Rosalie Pacifico zuckte mit der Schulter. »Es ist nicht der Verstand, auf den ich höre. Aber mein Gefühl weiß es. Es ist der bessere Lehrmeister, auf den wir hören sollten. Ich habe den Zettel auch nicht der Polizei gezeigt.«

»Sie war hier?«

»Natürlich.«

»Ich habe ihnen lediglich von den vier Jungs erzählt, die Emilia oft das Leben schwer gemacht haben.« Einen Moment hielt sie inne. »Aber die waren es nicht.«

»Warum haben Sie sie dann der Polizei genannt?«

»Weil sie Beschäftigung suchten und die bösen Jungs ein wenig polizeiliche Befragung verdienen.«

Agnetha schüttelte den Kopf. Schließlich lächelte sie, hob den Zettel an und sagte »Danke.« Sie drehte sich um und eilte zu dem Fahrrad, das nicht das Ihrige war und das sie dennoch schnellstmöglich zum Friedhof bringen musste. Als sie Schwung holte und sich in den Sattel schwang, spürte sie bereits ein Kribbeln in ihrer rechten Hand, das sich über das Handgelenk den Arm hinaufarbeitete.

Sie hatte es noch rechtzeitig geschafft, sie stand hier am Grab von Anton Wiesenbauer und rang nach Atem. Ihr Herz klopfte laut in ihrer Brust. Ihre rechte Hand baumelte gefühllos an ihr herab, doch schaffte sie es, mit der linken Hand den Ringfinger zu ergreifen. Sie schloss die Augen und begann, den Ring zu drehen.

*

Als sie die Augen wieder öffnete, war es dämmrig und sie wusste, sie war wieder in einer anderen Zeit. In ihrer Zeit. Ihr Herz hüpfte und ein erleichtertes Lachen zeichnete sich um ihre Mundwinkel ab. Vor ihr war das Grab ihres Vaters. Das erkannte sie auch, ohne die Inschrift zu lesen.

»Hi Papa.« Sie hob ihre rechte Hand zum Gruß. Gut. Die funktionierte auch wieder. Sie drehte sich nach rechts und eilte zum Ausgang. Heute würde sie sich nicht umkleiden, denn gleich morgen früh würde sie nochmals die Reise in die Vergangenheit antreten.

Sie passierte die Fußgängerbrücke über die Bahnschienen. Unter ihr ratterte ein Zug durch. Der Wind blies ihr durchs Gesicht und durchwühlte ihre Haare. Agnetha fröstelte und legte noch einen Gang zu.

Schließlich erreichte sie ihre Wohnung und schloss die Tür auf. Wie gewöhnlich begrüßte Kaktus sie mit einem freudigen Satz auf ihre Schulter. Er verfing sich ein wenig in ihren Haaren, zog kräftig darin herum, sprang schließlich ab und jagte vor ihr her in die Küche.

»Kaktus«, lachte Agnetha, »du bist doch eine verrückte Nudel.« Als sie sich auf den Küchenstuhl setzte, merkte sie, wie erschöpft sie war. Liebevoll strich ihr Kater ihr um die Beine und sie hob ihn auf den Schoß. Dann gab sie ihm sein Futter.

Auf der Fensterbank blinkte der Anrufbeantworter. Fünf Anrufe.

Oh, nein! Mama! Sie hatte ihre Mutter vergessen! Wie spät war es? Ein Blick zur Küchenuhr sagte ihr, dass es bereits 21 Uhr war. Agnetha seufzte, stand auf und schaltete den Anrufbeantworter an. Der erste Anruf war von 14.30 Uhr und enthielt die Erinnerung, bloß nicht die Haftcreme zu vergessen. Und etwas Zartbitter-Schokolade wäre auch schön.

Im zweiten Anruf klang schon leicht die Frage an, wo sie denn bliebe, es sei bereits Viertel nach drei. Ach ja, und Wattestäbchen seien nicht mehr vorhanden. Ob sie die noch schnell mit besorgen könne.

Der dritte Anruf kam vom Büro aus Münster. Der Chef des Verlages, Herr Süßblut, war voll des Lobes für ihre pünktliche und gut ausgefeilte Arbeit. Und es tat ihm leid, dass er am Morgen nicht habe am Gespräch teilnehmen können. Okay, hier war wieder irgendetwas schräg, denn er war am Morgen da gewesen. Und er war nicht wirklich begeistert von ihrer Leistung gewesen. Warum sonst hatte er sie noch einmal um Nachbesserungen gebeten?

Der nächste Anruf kam wieder von ihrer Mutter. Die Stimme klang jetzt doch vorwurfsvoll. Sie säße hier vor ihrer Kaffeetasse und weder der Kuchen noch Agnetha seien anwesend.

Noch bevor Agnetha den letzten Anruf abhören konnte, klingelte das Telefon. Agnetha zuckte zusammen, dann nahm sie den Hörer ab. Es war ihre Mutter.

»Mama, du schläfst noch nicht?«

»Natürlich nicht. Ich bin viel zu enttäuscht von dir.«

»Mama, Entschuldigung, das …«

»Da bittet man dich einmal um einen Gefallen …«

»Mama, morgen komme ich vorbei. Ganz bestimmt. Und ich besorge dir all die Dinge, die du brauchst.«

»Na, das hoffe ich. Meine Zähne wären heute auf dem Markt bereits beinahe in der Apfelauslage gelandet.«

»Das tut mir so, so leid. Echt Mama. Ich werde das wiedergutmachen. Heute ist mir etwas dazwischengekommen. Morgen …«

»Wenn es wenigstens ein Mann wäre.«

»Was? Wie meinst du das denn?« Sie sprach doch wohl nicht mehr von der Apfelauslage, oder?

»Na, das verstehst du wohl recht gut. Du solltest mal zusehen, dass du einen Mann abbekommst. Die Auswahl wird durch das lange Warten nicht besser.«

»Mama, aber ….«

»Nicht ›Mama, aber‹. Manchmal muss man den Tatsachen ins Auge sehen. Du wirst auch älter. Da wird man nachher vom Markt gedrängt.«

»Mama!« Agnetha fand Mutters Argumentation irgendwie nicht mehr ganz korrekt. Doch ihre Kraft, sich mit ihrer Mutter anzulegen, war für heute erschöpft. Und sie musste einsehen, dass sie anscheinend immer noch in einer Welt lebte, in der es Nico nicht gab. Sonst hätte ihre Mutter nicht so geredet und ihr Auftraggeber wäre nicht so zufrieden mit ihrer Arbeit gewesen.

In ihre Gedanken hinein drang die Stimme von Hannelore Wiesenbauer, allerdings war Agnetha nicht mehr in der Lage, ihr zuzuhören. »Mama«, sagte sie einfach in den Wortschwall hinein, »wir sprechen uns morgen. Ich muss ins Bett.« Damit legte sie auf und ging ins Bad.

Bevor sie ins Bett ging, kramte sie noch einmal den Zettel aus ihrer Rocktasche. Sie legte ihn auf den Tisch und glättete ihn mit ihrer Handfläche.

›Treffe dich heute Abend gegen 23 Uhr noch mit mir auf dem Scheunendach. Nimm Platz auf dem Dachfirst und warte auf mich. Achim‹

Ein komischer Text, fand Agnetha. Klang fast wie ein Befehl. Aber vielleicht meinte sie das ja auch nur aus heutiger Sicht. Achims Name stand dort. Aber hieß das auch, dass er es geschrieben hatte? Agnetha hoffte, nicht.

Sie starrte auf den Zettel und begann zu gähnen. Die Buchstaben verschwammen vor ihren Augen. Sie würde morgen weitermachen.

Donnerstag

In der Nacht hatte sie kaum geschlafen. Um sechs Uhr weckte Kaktus sie aus einem Halbschlaf und verlangte sein Futter. Agnetha stand auf, versorgte den Kater mit Dosenfutter und sich selbst mit Kaffee, einem Joghurt und Obst. Eine halbe Stunde später war sie in ihrem 1925er-Style auf dem Weg zum Friedhof. Der morgendliche Berufserkehr rollte bereits durch die beleuchteten Straßen, doch auf dem Friedhof war es ruhig. Die vereinzelt flackernden Kerzen versprühten eine beinahe heimelige Atmosphäre. Ein wenig ärgerte sie sich, dass sie automatisch ihren Rucksack aufgeschnallt hatte.

Der Weg zum Kreuz war ihr so vertraut, dass sie ihn auch im Dunkeln mit Leichtigkeit bewältigte. Im Dämmerlicht gegen sieben Uhr morgens verließ sie das Jahr 2019 und war mit dem nächsten Schritt fast ein Jahrhundert zurückgereist. Allerdings sah es hier nicht so aus, als schicke sich die Sonne bereits an, den nächsten Morgen in blassen Farben zu begrüßen. Es war stockdunkel. Agnetha taperte zum Kapellenanbau, um ihren Rucksack abzulegen, und verließ danach den Friedhof.

Aus der Innenstadt klang Musik und Stimmengewirr zu ihr herüber. Agnetha lief zur Mauritiuskirche an der ›Großen Straße‹ und schaute hoch zum Kirchturm. Die Uhr dort zeigte zwanzig nach zehn.

Wenn jetzt Kirmessonntag war, würde heute Nacht der Mord an Emilia geschehen. Vielleicht konnte sie ihn sogar verhindern, wenn sie sich beeilte. Sie stürmte ein paar Schritte los, doch wurde sie dann langsamer. Mittlerweile sollte sie gelernt haben, was für Auswirkungen ihr Eingreifen besaß. Würde sie es wagen, sich erneut in den Lauf der Dinge einzumischen? Sie wusste es nicht. Was würde sie machen, wenn sie die Chance bekam, Emilia das Leben zu retten? Sie könnte das doch nicht ungenutzt lassen, könnte sie doch nicht vor ihren Augen sterben lassen. Andererseits

… Was würde das für Auswirkungen auf die Zukunft haben? Auf ihre Zukunft?

Egal. So oder so. Sie hatte heute Abend die Chance, Emilias Mörder zu überführen oder zumindest herauszufinden, wer es war. Vielleicht würde der Geist Emilia ja damit zufrieden sein. Vielleicht würde es ihn zur Ruhe bringen, damit er seinen Frieden bekam.

Wie gewohnt suchte Agnetha sich ein Fahrrad, was heute besonders leicht war, denn es standen genügend am Rande der Kirmes herum. Sie fuhr damit zur ›Groner Allee‹, wo sich Achims Elternhaus befand.

Auf den letzten Metern zum Hof schaltete sie den Dynamo aus. Im Dunkeln fuhr sie weiter. Es war zurzeit sternenklar und der Vollmond reflektierte einiges an Licht. Sie lehnte das Fahrrad vorne an den Jägerzaun. Dann schlich Agnetha die lange Hofeinfahrt entlang, die wie eine Allee wirkte. Im vorderen Bereich ragte dunkel und groß das herrschaftlich anmutende Wohnhaus hervor. An das Wohnhaus grenzte nach hinten hinaus der große Kuhstall. Es war die Scheune links daneben, die Agnethas Aufmerksamkeit auf sich zog. Im Mondlicht war eine Gestalt auf dem Dach zu erkennen. Vorsichtig robbte sie den Dachfirst entlang. Jetzt setzte sie sich. Es war Emilia.

Agnetha näherte sich vorsichtig im Schutz der Bäume. Plötzlich tauchte eine Person hinter ihr auf. Eine große Person mit einem breiten Hut auf dem Kopf.

Achim.

Agnetha stockte der Atem. »Nein!«, schrie sie in dem Moment, in dem die Gestalt hinter Emilia ihre Hände vorschnellen ließ. Mit einem kurzen Aufschrei fiel Emilia vom Dach.

»Nein!« Agnetha rannte auf die am Boden liegende Gestalt zu. Sie lag neben einem großen Findling und ihr Kopf war merkwürdig verdreht. Agnethas Herz pochte wild gegen ihre Brust.

»Emilia«, flüsterte sie.

Es hatte keinen Zweck, sich um Emilia zu kümmern.

Die Zeitreisende rannte los, rannte um die Scheune herum. Sie musste Achim erwischen. Wie konnte er nur? Das konnte alles nicht wahr sein! Agnethas Augen suchten das hintere Dach ab. Fast fürchtete sie, dass gleich ein Schatten auf sie herunterspringen würde, doch zu ihrem Erstaunen erblickte sie niemanden mehr auf dem Dach. Wo war er? Gehetzt schaute sie sich um. Dann ging sie ein paar Schritte vorwärts, bewegte sich auf einen großen Misthaufen zu.

Plötzlich löste sich eine dunkle Gestalt aus dem Dunkel der Schuppenwand, rannte um den Misthaufen und lief über ein offenes Feld auf einen daran angrenzenden Wald zu. Agnetha raste hinterher, sank in der tiefen Erde des Feldes ein, knickte ein paarmal um, verfluchte ihren Rock und rannte immer weiter. Sie sah ihn im Wald verschwinden, die Bäume verschluckten ihn. Als sie den Waldrand erreicht hatte, war von dem Kerl nichts mehr zu sehen. Es war, als hätten die dunklen Bäume Emilias Mörder in sich aufgesogen und unsichtbar gemacht.

Agnetha hielt inne. Kurz beugte sie sich vor und versuchte, ihren Atem zu beruhigen. Sie musste sich eingestehen, dass es keinen Sinn mehr machte, Achim weiter zu folgen. Sie hatte ihn aus den Augen verloren. Mit zitternden Knien kehrte sie um. Wenn die Vergangenheit sich ordnungsgemäß hier und jetzt wiederholen würde, dann müsste Achim vorne wieder auftauchen, um Emilias Leiche fortzuschaffen.

Im Dauerlauf eilte sie zurück zur Scheune, umrundete diese und blieb wie erstarrt stehen. Vor ihr lag Emilia. Und über sie gebeugt war Achim.

Wie konnte das sein? Das gab es gar nicht. So schnell hatte er niemals aus dem Wald zurückfinden können. Es sei denn … Agnetha schaute noch einmal zurück zum Wald.

Es konnte nur sein, dass der Achim, den sie verfolgt hatte, gar nicht Achim war. Er hatte sich lediglich wie Achim gekleidet. Damit sie ihn für Achim hielt? Wohl kaum.

Dann wohl eher, damit Emilia ihn für Achim hielt. Emilia wäre Achim überallhin gefolgt. Also auch auf das Dach.

Agnetha schaute wieder zu Emilia. Achim wandte sich gerade von der Leiche ab und schritt nun weg. Was hatte er vor? Wo wollte er hin?

Einen Augenblick später hörte sie ein leichtes Schnauben und sie wusste es. Er holte sein Pferd, er würde es satteln und trensen und zu den Dörenther Klippen reiten, um Emilia dort abzulegen.

Was sollte sie tun?

Sie musste dringend mit Kommissar Peters sprechen. Doch wenn sie jetzt zu einem Telefon eilte, ihn anrief, dann würde er zu den Dörenther Klippen fahren, die Leiche entdecken, vielleicht sogar noch Achim erwischen und wieder falsche Schlussfolgerungen ziehen.

Sie hoffte, dass es nicht nur ihr Herz war, das Achim nun als unschuldig ansah. Sie befragte ihren Verstand. Es war im Bereich des Möglichen, dass Achim es vor ihr hierher geschafft hatte. Die Frage war, warum hatte sie ihn nicht gesehen? Sie hätte ihn doch über das Feld zurückeilen sehen müssen. Oder gab es einen anderen Weg vom Wald hierher, der genauso schnell zu meistern war? Agnetha drehte sich zum Wald. Sie konnte nichts ausmachen. Es gab einzig den Weg über das Feld. Sie fuhr mit ihren Händen in ihre Rocktasche und dachte nach.

Die Münzen, die Emilia ihr zur Verfügung gestellt hatte, glitten durch ihre nervösen Finger. Im Stall waren Geräusche zu hören. Eine Stimme sprach beruhigend, ein Schnauben, leichtes Hufgeklapper. Agnetha zog sich etwas weiter hinter die Scheune zurück.

Und plötzlich fühlte sie es zwischen ihren Fingern. Der Zettel! Sie zog ihn hervor, zerknüllte ihn und steckte ihn zurück. Jetzt wusste sie, was sie zu tun hatte.

Sie musste zur Polizeiwache. Sofort.

Bis zum Morgen konnte sie nicht warten. Sie hatte höchstens noch zwei Stunden für ihre Zeitreise. War die Polizeiwache nachts geöffnet? Oder würde sie dort einbrechen müssen? Immerhin war heute Kirmes. Da würde wahrscheinlich noch jemand da sein. Nur hatte sie noch keine Ahnung, wie sie unbemerkt in das letzte Büro vordringen sollte. In das Büro von Hans Meyer.

Als Agnetha hinter der Scheunenwand hervortrat, führte Achim gerade das Pferd auf die leblose Emilia zu. Schnell verschwand Agnetha wieder hinter der Scheune. Ihre Knie zitterten. Ein paar Sekunden lang hielt Agnetha den Atem an, dann schlich sie nach hinten weg, umrundete das Wohnhaus und rannte die lange Hofeinfahrt entlang bis vorne zu ihrem Fahrrad, das weiterhin am Jägerzaun lehnte. Ob Achim sich wohl gefragt hatte, was das für ein Fahrrad war, als er eben nach Hause gekommen war?

Eben.

Das war nur einen Augenblick her gewesen. Und doch hatte dieser Augenblick seine – und nicht nur seine – Welt verändert.

Agnetha versuchte den Gedanken an Emilia und vor allen Dingen daran, wie sie hinabgestürzt war, zu verdrängen. Sie schnappte das Fahrrad und fuhr los Richtung Innenstadt.

Sie hatte kein gutes Gefühl, als sie sich dem Polizeigebäude näherte. Ihr Herz schlug heftig gegen ihre Brust und ihre Finger zitterten. Leise umrundete sie das Gebäude. Vor dem Fenster von diesem Meyer blieb sie stehen. Es gab keine Fensterläden, die geschlossen waren und keine Jalousien. Wenn sie einen Stein nähme und die Scheibe einschmeißen würde, dann könnte sie vielleicht das Fenster öffnen. Doch das traute sie sich nicht. Es wäre viel zu laut und würde wahrscheinlich sämtliche Polizisten auf den Plan rufen, samt weiterer Bürger mit leichtem Schlaf.

Agnetha schlich weiter um das Gebäude herum. Vielleicht gab es ja noch eine andere Möglichkeit. Sie umfasste die Fensterrahmen. Die Fenster waren in der Mitte geteilt und nach außen zu öffnen. Agnetha umklammerte das Holz der Rahmen und zog. Kein Fenster ließ sich öffnen.

Erst als sie ihren Kopf in den Nacken legte, sah sie im ersten Stock ein Fenster, dessen Rahmen weiter vor stand. Das musste es sein. Das war ihr geöffnetes Fenster. Sie musste nur noch einen Weg finden, da oben hochzukommen.

Agnetha schaute sich um. Eine Leiter war nicht in Sicht. Dafür aber ein hölzernes Fass. Ob das reichen würde? Sie musste die Tonne zwei Meter bewegen, was nicht einfach war.

Danach brauchte sie mehrere Anläufe, um auf die Tonne zu klettern, dabei war sie gar nicht unsportlich, doch der enge Rock machte es ihr nicht gerade leicht. Schließlich schaffte sie auch das. Vorsichtig richtete sie sich auf. Gesang klang von der Straße zu ihr herüber. Ein paar Leute mit Spaß in den Backen torkelten den Gehweg vor der Sparkasse entlang. Agnetha presste sich an die Hauswand und hoffte, dass niemand einen Blick hierher richten würde.

Die Gruppe war fast aus ihrem Blickwinkel verschwunden, als sie eine Stimme ausmachte. »Haha«, lachte diese, »die Regentonne kleidet ‘ne Statue. Hat sich wohl jemand ‘nen Scherz erlaubt.«

»Was ’n für ’ne Statue?«, fragte eine andere Stimme und brachte die Gruppe zum Stehen.

Agnetha sprang mit einem Satz von der Tonne und hockte sich dahinter.

»Na, da!«

Schritte näherten sich und Agnetha machte sich noch kleiner.

Oh, mein Gott! Lass sie weitergehen! Agnethas Ohren begannen zu rauschen. Ihr Atem wurde hektisch.

»Da ist nix.«

»Eigenartig. Eben war da noch eine.«

Allgemeines Gelächter.

»Kurt, komm, wir müssen. Sonst gibt’s Ärger. Dein Eheweib ist die mit den meisten Haaren auf den Zähnen.«

»Ja, gleich.« Kurt schien nicht Willens zu sein, seine eben entdeckte Statue als Fata Morgana abzutun.

Agnetha spürte seine Nähe. Sie kauerte sich noch tiefer zusammen. Noch ein, zwei Schritte und er würde sie hinter der Tonne entdecken.

»Ku-hurt«, rief der Chor von der Straße her.

›Kurt, geh! Hör auf deine Kollegen‹, rief Agnethas innere Stimme.

Der Schlag seiner flachen Hand auf den Deckel der Regentonne ließ Agnethas Atem stocken. Doch dann schien er dem Drängen der Kollegen nachzugeben. Seine Schritte entfernten sich wieder. Agnetha bekam weiche Knie und musste sich setzen. Warum ausgerechnet jetzt Tränen aus ihren Augen liefen, verstand sie nicht. Sie schniefte kurz, rieb sich mit dem Jackenärmel durchs Gesicht und ermahnte sich, konzentriert zu arbeiten. Sie glaubte nicht, dass sie noch viel mehr als eine Stunde Zeit hatte.

Erneut kletterte sie auf die Tonne. Sie erreichte das Fenster im ersten Stock. Es ließ sich tatsächlich recht mühelos aufziehen. Hineinklettern würde sie so aber nicht können. Doch sie hatte Glück. Man hatte wohl versucht, ein paar Kletterpflanzen eine eiserne Rankhilfe zu geben und genau diese Konstruktion befand sich direkt vor Agnetha. Sie schaffte es, mit ihren Händen die untere Seite des Fensterrahmens zu umklammern. Mit den Füßen arbeitete sie sich die wackelige Rankhilfe entlang. Nach kurzer Zeit hing ihr Oberkörper über dem Fensterrahmen. Nun musste sie es noch hineinschaffen. Sie schob sich noch ein Stück weiter vor und entschwand kurze Zeit später durch die Fensteröffnung ins Innere. Die Landung auf dem Holzboden war nicht gerade weich und leise war auch irgendwie anders.

Schnell richtete sie sich auf und lauschte. Als sich nach einigen Sekunden nichts tat, schloss sie das Fenster, um bei den nächtlichen Kirmeswanderern nicht mehr Misstrauen als nötig zu erregen. Schließlich schlich sie durchs dunkle Zimmer und erreichte die Tür zum Flur.

Sie quietschte ein wenig, als sie sie öffnete. Mit leisen Schritten tastete Agnetha sich zur Treppe vor. Der obere Flur war dunkel, im unteren brannte Licht. Sie spähte zunächst übers Treppengeländer. Im Erdgeschoss tat sich nichts. Also setzte sie ihren Weg fort und schlich die Treppe hinab.

Unten angekommen, spähte sie um die Ecke. Es war niemand zu sehen. Ihr Blick galt der Tür von Meyers Büro. Hoffentlich war sie nicht verschlossen. Schnell huschte Agnetha zur Tür, drückte die Klinke und konnte es kaum fassen: Die Tür gab nach. Ein triumphales Lächeln stahl sich in Agnethas Gesicht. Agnetha schlüpfte durch den Türspalt, schloss die Tür und lehnte sich dagegen.

Das Einzige, was sie die nächsten Sekunden laut hörte, war ihr Herz.

Sie musste den Lichtschalter finden. Sie musste es wagen, Licht anzumachen, auch wenn man sie so vielleicht schneller entdecken würde. Ihre Hand spürte die schwarze runde Dose neben der Türzarge. Agnethas Finger fühlten den Schalter. Er war nicht zum Kippen, sondern wie bei ihrem Opa damals zum Drehen. Als das Licht ansprang, wartete sie wieder einen Moment mit angehaltenem Atem. Sie registrierte die Vorhängegardine neben dem Fenster. Schnell huschte sie hin und zog sie zu.

So, jetzt musste sie suchen. Ihr Blick glitt über den Schreibtisch. Meyer schien sogar etwas aufgeräumt zu haben. Sie zog die oberste Schublade auf und dann die zweite. Und da entdeckte sie, was sie suchte. Es war der Block. Der Block, auf dem aller Wahrscheinlichkeit nach der Zettel geschrieben worden war, den Emilias Mutter ihr übergeben hatte.

Agnetha betrachtete ihn näher. Die Abrissränder oben zeigten, dass bereits eine Reihe von Zetteln verbraucht worden waren. Doch was Agnethas Blut schneller fließen ließ, war der Abdruck einer Schrift auf dem obersten Zettel. Sie hob den Block an und betrachtete ihn aus verschiedenen Perspektiven. Es war nicht einfach, aus dem Abdruck etwas zu entziffern, doch als sie eine Zeit lang draufgestarrt hatte, war sie sicher: Er war es! Dies hier war der Block, auf dem die Nachricht für Emilia geschrieben worden war. Die

Nachricht, die sie auf das Dach locken sollte. Die Nachricht, die sie ins Verderben gestürzt hatte.

Aber warum?

Was hatte Meyer mit Emilia zu tun?

Die Einzige, die ihr vielleicht eine Antwort darauf geben konnte, war Emilias Mutter.

Oder Rabea.

Sie bräuchte ein Foto von Meyer. Agnethas Blick schweifte durch den Raum. Auf dem Schreibtisch stand nichts. An der Wand hing auch nichts. Verdammt! Wie kam sie an ein Bild von dem Polizisten? Ohne allzu große Hoffnung durchwühlte sie die Schreibtischschubladen.

Sie wurde fündig. Es war ein Foto einer alten Frau, die auf einem Sofa saß. Meyer stand dahinter. ›Oma‹ stand auf der Rückseite.

›Yeah‹, triumphierte Agnetha in dem Moment, in dem sich die Tür vor ihr öffnete.

»Was machen Sie denn hier?« Die Stimme war ebenso erstaunt wie erbost. Babyface stand vor ihr.

Anstatt zu antworten, huschte Agnetha zwei Schritte nach hinten und verschwand hinter der Vorhängegardine. Sie riss den Fensterhebel hoch, drückte das Fenster auf und zog sich auf den Fenstersims hoch.

»Halt!«, hörte sie die Stimme von Babyface. Schon spürte sie die Hände an ihren Beinen. Zum Glück war die Gardine dazwischen, sodass der Polizist sie nicht richtig zu packen bekam. Sie entglitt seinen Fingern und Agnetha sprang hinaus. Block und Bild hatte sie sich zwischen die Zähne geklemmt. Sie landete auf dem Rasen vor dem Fenster, nahm ihre Beweisstücke in die Hand und rannte los. Den Weg durch Gärten und über Mauern kannte sie mittlerweile. Irgendwann stand sie wie bereits einige Male zuvor keuchend an die Mauritiuskirche gelehnt. Ein Blick zur Kirchturmuhr zeigte ihr, dass sie noch genau eine halbe Stunde Zeit hatte.

Wo sollte sie hin? Zu Emilias Mutter oder zu Rabea?

Sie eilte zu Rabea, weil der Weg zu ihr der kürzere war. Im Garten suchte sie kleine Kieselsteine zusammen und warf sie an Rabeas Fenster. Es dauerte einen kleinen Augenblick, dann flammte ein Licht auf und Rabeas Gesicht erschien neben der Gardine. Agnetha winkte und Rabea öffnete das Fenster.

»Kannst du kurz runterkommen?« Agnetha schwenkte das Foto in ihrer Hand.

»Wer sind Sie?«, drang Rabeas Stimme an ihr Ohr.

Ach du … Rabea kannte sie ja gar nicht. Sie hatte sie ja erst auf der Beerdigung kennengelernt. Wie sollte sie sie in der kurzen Zeit davon überzeugen, ihr etwas über Hans Meyer zu erzählen?

»Emilia schickt mich«, rief Agnetha hoch. »Bitte! Komm runter. Es ist wichtig.«

»Warum sollte Emilia das tun?«

Agnetha stockte. Sie konnte ihr doch jetzt nicht so einfach zurufen, dass ihre Freundin soeben ermordet wurde. Schließlich wusste die jetzige Rabea dort oben noch nichts davon.

»Rabea? Was ist hier los?« Die Mutter von Rabea tauchte im Hintergrund auf. »Was fällt dir ein, nachts Unterhaltungen zu pflegen?« Die Mutter drehte sich zum Fenster. »Und Sie! Verschwinden Sie!«, rief sie in die Dunkelheit hinaus.

»Aber …!«, rief Agnetha noch. Es hatte keinen Zweck. Das Fenster war bereits zu.

So'n Mist! Zur Mutter von Emilia würde sie es zeitlich nicht schaffen. Enttäuscht lief Agnetha zurück zum Friedhof. Immerhin meinte sie nun, den wahren Mörder gefunden zu haben. Vielleicht reichte das ja, auch wenn sie nicht wusste, warum er es auf Emilia abgesehen hatte.

Allerdings … Wenn sie wirklich darüber nachdachte, dann reichte das wahrscheinlich nicht. Denn Kommissar Peters hatte noch keine Ahnung von dem Mörder in seinen Reihen. Zu diesem Zeitpunkt wusste er ja nicht einmal, dass jemand ermordet worden war. Das würde er erst in ein paar Stunden erfahren.

Sie würde wohl nochmals hierhin reisen müssen. Den Beweis für Meyers Schuld hielt sie fest in ihren Händen. Sie eilte zu ihrer mittlerweile vertrauten und nicht mehr ganz so rumpeligen Kammer und holte ihren Rucksack. Kurze Zeit später stand sie am Grab und drehte den Ring.

*

Als sie wieder zum Grabstein blickte, war da der Name ihres Vaters. Es war taghell und die Sonne schien in den herbstlichen Morgen.

»Hey Papa«, murmelte sie.

Im nächsten Augenblick hörte sie ihren Namen. Es war der schönste Klang ihres bescheuerten Namens, den sie je gehört hatte. Mit einem Satz sprang sie herum und das Lachen, das sich auf ihrem Gesicht ausbreitete, hätte strahlender nicht sein können.

»Nico!« Sie begann zu rennen und stürzte nach ein paar Metern in seine Arme.

»Agnetha«, lachte auch er und seine Lippen klatschten ihr einen überschwänglichen, festen Kuss auf den Mund. »Mensch …« Seine Augen leuchteten. »… dass ich dich noch einmal wiederfinde. Ich hatte fast schon nicht mehr dran geglaubt.«

»Wieso?«

»Weil du seit zwei Tagen verschollen bist.« Er drückte sie fest an sich. Dann schob er sie ein Stück von sich weg und betrachtete sie. »Hey«, sagte er, »was hast du denn für stylische Sachen an?«

»Tja.« Agnetha drehte sich. »So bändige ich meine raumgreifenden Schritte.« Sie machte einen Ausfallschritt, der vom Rocksaum ausgebremst wurde.

Nico grinste, zog sie zu sich heran und Arm in Arm liefen sie Richtung Ausgang. »Deine Wohnung«, fuhr Nico fort. »sie gehört nicht mehr dir. Da wohnt jemand anderes. Eine Frau Marschall. Du glaubst gar nicht, wie konfus mich das gemacht hat.«

»Na, das gleiche kann ich sagen. Ich war bei dir und du hast nicht mehr in der Felsenstraße gewohnt.« Dass sie Therese getroffen hatte, wollte sie lieber für sich behalten.

Als sie vor ihrer Wohnung standen, deutete Nico auf die Klingelschilder.

»Guck«, sagte er und stutzte. »Das gibt's doch nicht.« Er deutete auf das zweitoberste Schild. »Du bist ja wieder da!«

»Nichts anderes habe ich erwartet.« Mit einem Grinsen schob Agnetha ihren Schlüssel in die Tür.

»Aber ich schwöre«, begann Nico, »… noch vor einer halben Stunde hat hier …«

»Ja, da waren wir ja auch noch in unterschiedlichen Welten. Aber jetzt sind wir wieder in der richtigen.« Sie schenkte ihm ein Lächeln. »Ich freue mich«, fügte sie hinzu.

»Na, und ich erst mal.«

Sie waren mittlerweile bei ihrer Wohnungstür angekommen. Bevor sie den Schlüssel ins Schlüsselloch stecken konnte, umarmte Nico sie nochmals. Sie spürte seine Nähe, seine Kraft und mit einem Mal hoben ihre Füße vom Boden ab und sie schwebte.

»Das Ganze noch mit etwas Anlauf«, lachte Agnetha, »und wir bekommen die Hebefigur aus ›Dirty Dancing‹ hin.«

»Klar. Das schaffen wir.« Er grinste und ließ sie wieder zu Boden gleiten.

»Ich glaube, wir sollten langsam rein.« Agnetha nickte zur Wohnungstür. »Da ist jemand hinter und kratzt bereits gegen das Türblatt.«

»Wie? Dann gibt es gleich keinen Angriff von der Garderobe her?«

»Warten wir's ab.« Agnetha schloss die Tür auf. Wie ein Blitz raste Kaktus vor ihr her, sprang an eine an der Garderobe hängenden Jacke und war im nu oben auf der Ablage. Sein Hinterteil wackelte erwartungsvoll. Und als Nico an ihm vorbeischritt, flog er auf ihn herab.

»Hach, Kaktus«, sagte Nico, »das war aber ziemlich vorhersehbar.« Er pflückte den Kater von seiner Schulter und setzte ihn auf den Boden. Kaktus beschleunigte von

Null auf Hundert, fegte eine seiner Spielmäuse über die Küchenfliesen, verschwand unter dem Tisch, um kurze Zeit später auf diesen zu springen und von Agnetha hinuntergescheucht zu werden.

»Puh.« Agnetha schüttelte den Kopf. »Ein bisschen übermütig, der Gute.« Sie stellte ihren Rucksack auf einen der Küchenstühle und griff zur Tür des Hängeschranks. »Möchtest du etwas trinken?«

»Ja, gerne.«

Sie nahm zwei Gläser und wandte sich wieder zum Küchentisch.

»Das gibt's doch nicht.« Agnetha stellte die Gläser auf den Tisch. »Kaktus! Wie bist du denn jetzt da schon wieder so schnell hineingeraten?« Sie zog an Kaktus' Hinterteil, das als einziges noch aus Agnethas Rucksack lugte. »Hatte ich den Reißverschluss etwa nicht richtig zu?« Sie schüttelte den Kopf und holte ihren Kater wieder hervor. »Da ist nichts für dich drin.« Mit gerunzelten Augenbrauen betrachtete sie den Kater auf ihrem Arm, der auf irgendetwas herumkaute. Es sah aus, versuchte er, es loszuwerden.

»Na, was hast du denn da schon wieder?« Agnetha half ihm, den Papierfussel zu entfernen. »Das kommt davon, wenn man in anderer Leute Sachen herumstöbert.« Agnetha hatte ihm den kleinen Papierfetzen abgenommen. Sie setzte Kaktus auf den Boden und wollte das Papier gerade in den Karton neben ihrem Schrank befördern, als ihr Blick auf einige Zahlen fielen.

›20.09.1925‹ stand dort.

War das ein Datum? Was, um alles in der Welt, hatte Kaktus da eben angeknabbert?

»Was ist los?«, fragte Nico hinter ihr.

»Das Datum …« Agnetha stürzte zu ihrem Rucksack und zog eine Zeitung hervor. Tatsächlich. Sie hatte eine Zeitung von ihrer Zeitreise mitgenommen. Dabei hatte sie dort gar keine gekauft. Außerdem hatte die Zeitreise sie vorhin nicht in den zwanzigsten September befördert. Die Kirmes und der Mord waren in der Nacht zum siebten September geschehen.

Agnetha breitete die Zeitung auf dem Tisch aus. Das war ja echt merkwürdig. Stand dort noch etwas über den Mord an Emilia?

Beim ersten Durchblättern konnten sie nichts entdecken.

Agnetha war bereits wieder aufgestanden und hatte eine Wasserflasche geholt. Sie goss gerade Wasser in die Gläser, als Nico auf eine Meldung tippte.

»Da hat sich jemand umgebracht. Vor einen Zug geschmissen. Das war aber doch wohl nicht Opa Achim, oder? Nee, kann ja nicht.«

»Dann wärst du jetzt nicht hier. Wie kommst du auf deinen Opa?« Agnetha beugte sich über ihn.

»Weil man an dem Unglücksort einen Cowboyhut gefunden hat. Das war doch das Markenzeichen von Opa. Oder war das damals Mode in Ibbenbüren?« Er runzelte die Stirn.

Agnetha entriss ihm die Zeitung und überflog den Artikel.

Er hatte Selbstmord begangen. Sie war sicher, dass er es war. Der Artikel nannte keinen Namen, aber der Hut passte. Der Hut, den er getragen hatte, als er Emilia vom Dach gestoßen hatte. Der Hut, der Emilia glauben machen sollte, er sei Achim Perkhan. Der Hut von Hans Meyer. Emilias Mörder hatte sich umgebracht.

Warum nur hatte er Emilia und sich das angetan? Agnetha fand keine Antwort darauf. Sie musste noch einmal zurück. Sie spürte, dass sie dort noch etwas zu erledigen hatte. Sie musste noch herausfinden, warum Hans Meyer das getan hatte. Ihre Hand glitt zu ihrer Hosentasche vorne rechts, der Ort, an dem sie den Ring aufbewahrte – wenn sie nicht gerade vergaß, ihn vom Finger zu nehmen. Sie fühlte die harte Delle und atmete erleichtert aus. Der Ring war noch da. Ein Zeichen, dass sie noch reisen konnte. Reisen musste?

Sie schaute zu Nico. »Ich muss noch einmal zurück«, sagte sie.

Aus besorgten Augen schaute er sie an. »Sicher?«

Sie nickte.

»Reicht morgen?« Ein bettelnder Hundeblick aus honiggelb-braunen Augen fixierte sie.

»Klar.« Sie lachte und schob sein Gesicht zur Seite.

»Hey«, protestierte Nico. »Was soll das?«

»Du bist kein Hund«, sagte Agnetha. »Also solltest du nicht so dreinschauen.«

»Hat aber funktioniert.« Er grinste. »Heute bleibst du bei mir.« Er zog sie zu sich rüber. »Oder ich bei dir«, flüsterte er in ihr Ohr. Und sie nickte.

Freitag

Sie war also wieder hier. Es war teilweise bewölkt, im Augenblick strahlte die Sonne sie allerdings an. Welcher Tag heute wohl war? Hoffentlich nicht vor Emilias Todestag. Sie wollte das Ganze nicht noch einmal miterleben. Doch wenn dem so wäre, wenn sie wirklich noch vor dem Abend des sechsten Septembers hier war, konnte das nicht bedeuten, dass sie die Tat verhindern sollte? Agnetha wurde flau im Magen. Sie wollte sich nicht schon wieder Gedanken über so eine Entscheidung machen. Wie konnte sie herausfinden, welches Datum heute war? Agnetha schaute sich um. Die Menschen schienen gerade etwas anderes zu machen, als zum Friedhof zu gehen. Sie stand hier mutterseelenallein.

Dann hatte sie eine Idee. Sie bog vom Hauptweg ab und folgte dem schmaleren Pfad an den Einzelgräbern entlang. Schließlich entdeckte sie es. Es war noch kein Grabstein drauf zu sehen. Doch stand dort ein kleines Holzkreuz. Auf dem stand ihr Name: Emilia Pacifico.

Einen Augenblick lang blieb Agnetha vor dem Grab stehen und faltete die Hände.

»Emilia«, flüsterte sie. »Ich werde herausfinden, warum er dich umgebracht hat. Ich werde es schaffen und es dir berichten.« Als sie die Worte sprach, fiel ihr auf, dass Emilias Geist schon recht lange nicht mehr neben ihr aufgetaucht war. Vielleicht käme sie jetzt kurz vorbei? In Erwartung ihres Geistes drehte Agnetha sich um, doch es war niemand hier. Kein Geist. Kein Mensch. Erst nach längerem Suchen entdeckte die 39-Jährige eine alte Frau. Weiter vorne auf der anderen Seite vom Hauptweg schleppte sie gerade eine Gießkanne von einem der Wasserbecken zu einem Grab.

»Ich werde es herausfinden«, versicherte Agnetha nochmals. Sie wandte sich ab und lief zum Ausgang.

Sie hatte drei Stunden Zeit und sie hatte das Gefühl, dass Emilias Mutter der Schlüssel zur Lösung war. Ihren Rucksack mit der Zeitung und dem Foto von Hans Meyer und seiner Oma legte sie in den Anbau. Dann ›lieh‹ sie sich ein Fahrrad und radelte zum Riesenbecker Postweg.

Sie klopfte an die Haustür und drückte nach kurzem Warten die Klinke herunter.

»Frau Pacifico?« Agnethas Stimme klang dünn und zaghaft durch die kleine Küche, in der sie nun stand. Es befanden sich dort ein Waschbecken und ein Kohleofen, ebenso standen dort ein Sessel und ein Sofa.

Agnetha schritt bereits durch den Flur. Die Atmosphäre dieses Ortes drückte auf ihren Magen. Fast hatte sie das Gefühl, dass hier hinter allen Türen – die es hier ja noch nicht einmal gab – ein Geist lauerte. Sie zuckte zusammen, als sie die Stimme von Emilias Mutter vernahm.

»Komm nur her.«

Agnetha drehte sich nach links und entdeckte Rosalie Pacifico. Zwischen Kisten, Zeitungen und Kugeln saß sie in dem kleinen Raum, wo sie ihre Materialien aufbewahrte, auf einem Sofa.

»Frau Pacifico?« Agnetha lehnte sich an die Türzarge. »Ich weiß nicht, ob Sie mich noch kennen, aber wir haben schon einmal …«

»Agnetha Wiesenbauer, natürlich kenne ich dich.« Sie lächelte. Es sah gequält aus. In ihren Augen spiegelte sich der Schmerz einer Mutter, die ihr Kind verloren hatte. Sie klopfte neben sich auf die Sitzfläche des Sofas. »Komm zu mir und setz dich.«

Agnetha folgte Rosalies Aufforderung. Ihr Klumpen im Magen dehnte sich aus. »Also«, begann sie, »Sie erinnern sich an meinen Besuch?«

»Ist ja noch nicht so lange her.«

»Ja, ich dachte nur, weil …« Sie stockte. »Ich komme manchmal selbst nicht mehr ganz so mit, wen ich wann und wo getroffen habe. Mal bin ich später in der Zeit, mal früher. Ist ganz schön verwirrend.« Sie lächelte.

»Hast du Nachrichten von Emilia?«, fragte Rosalie Pacifico und ihre Augenbrauen zogen ein wenig in die Höhe.

»Nicht direkt von Emilia«, sagte Agnetha, »aber ich weiß, wer sie umgebracht hat.« Sie schluckte. ›Umgebracht.‹ Vielleicht war dieses Wort zu hart für eine Mutter.

»Hans Meyer.«

»Sie wussten …?«

»Nicht sicher. Aber da es der Achim nicht war und ich annehme, dass du mir gleich von der Selbstjustiz von Herrn Meyer erzählen wirst …«

»Sie wissen es bereits?«

Rosalie Pacifico schenkte ihr ein Lächeln.

»Welches Datum ist heute?«, fragte Agnetha.

»Der 19.09.1925.«

»Aber …« Agnetha schaute auf die Wanduhr. Sie zeigte 15 Uhr. »Aber … hat er sich nicht jetzt gerade erst umgebracht?«

Rosalie zuckte mit der Schulter.

»Sie wissen es nicht aus der Zeitung«, sagte Agnetha.

»Ich brauche keine Zeitung. Ich empfange die Schwingungen.«

Agnethas Klumpen im Magen zog sich zusammen und machte sich hart und schwer. »Aber warum?«, fragte sie. »Warum hat er Emilia umgebracht?«

»Es war sein Irrglaube. Er meinte, etwas deuten zu können. Er war am Kirmessonntag morgens bei uns im Zelt. Hat eine ausführliche Audienz verlangt. Die ihn einiges gekostet hat. Das gebe ich zu.« Sie machte eine Pause. »Ich habe ihm leider nicht das Glück voraussagen können, von dem er überzeugt war, dass es auf ihn zukomme.«

»Wegen so etwas mordet er?« Agnetha zog die Augenbrauen zusammen. »Und überhaupt, was hat Emilia damit zu tun?«

»Er hatte die Sitzung bereits im Voraus bezahlt. Emilia hat vorne im Zelt in einem Zigarrenkasten das Geld verwaltet. Er wollte sich an unserer Kasse bedienen, weil er meinte, wir hätten ihn betrogen. Als er seine Finger den Deckel anhoben, hat Emilia zugeschlagen. Ein kräftiger

Schlag mit einem dünnen langen Stock hat gereicht, um ihn ordentlich zu belehren. Er ist direkt geflohen.«

»Haben Sie das auch der Polizei gesagt?«

Rosalie schüttelte den Kopf.

»Warum nicht?«

Emilias Mutter schwieg einen Moment. »Weißt du, wenn das Vertrauen hin ist …«

»Sie haben kein Vertrauen in die Polizei?«

Rosalie schwieg eine Weile.

»Mein Mann war Italiener«, sagte sie. »Sie sind nicht gerade gut mit ihm umgegangen.«

Agnetha nickte. Sie hielt es für besser, nicht weiter zu fragen.

»Es ist besser so.« Rosalie umfasste eine Kugel, die vor ihr auf dem Tisch lag.

»Was ist besser so?«

»Dass die Polizei ihn nicht gesucht hat.«

Agnetha brauchte einen Moment, dann begann sie zu verstehen. »Sie haben geahnt, dass er sich umbringt.«

Das Schweigen war ihr Antwort genug.

Agnetha atmete tief ein. »Ich weiß nicht, ob man das eine trauernde Mutter überhaupt fragen darf, aber …« Sie zögerte. »… finden Sie, dass das nun so etwas wie eine ausgleichende Gerechtigkeit ist? Es bringt Emilia nicht zurück. Und hätten Sie der Polizei geholfen, wäre er festgesetzt worden und hätte sich vielleicht nicht umgebracht.«

»Was ist schon gerecht?«, fragte Rosalie.

»Na, auf jeden Fall ist nun einer weiteren Mutter das Herz gebrochen worden.«

»Das glaube ich nicht.«

»Hat er keine Mutter mehr?«

»Doch. Aber er war ihr wohl eine Last. Von Anfang an.«

»Stand ihm das auf der Stirn geschrieben? Oder stand das in den Karten? In der Kugel?« Agnetha versetzte einer Kugel einen Stoß. Sie wusste auch nicht, warum der Tod von Hans Meyer sie jetzt so mitnahm. Immerhin war er der Mörder von Emilia. Vielleicht war es, weil er sinnlos war, ein sinnloser Tod, denn er brachte doch nichts, brachte Emilia nicht zurück. Vielleicht war es auch, weil jedes Leben wertvoll war. Auch das von einem Hans Meyer. Und sie fragte sich, was in dessen Leben falsch gelaufen war, dass er Emilia das angetan hatte.

Rosalie berührte ihren Arm. Agnetha zuckte zusammen.

»Nein. Das hat er erzählt.«, sagte Emilias Mutter und Agnetha wusste schon gar nicht mehr, auf welche Frage sie geantwortet hatte. »Die Menschen sind plötzlich gesprächig, wenn sie dafür bezahlt haben, dass ihnen jemand zuhört«, fuhr Rosalie Pacifico fort. »Sie lassen all ihre innere Last, die sie seit Ewigkeiten mit sich herumschleppen, heraus. Alles, was sie sich sonst nicht trauen, zu erzählen, das sprudelt nur so heraus. Er war ein armer Kerl.« Sie senkte den Kopf. »Aber er hat meine Emilia umgebracht.«

Agnetha nickte. Einen Augenblick saßen sie stumm nebeneinander. Agnetha ließ ihren Finger zu Rosalies Hand wandern und strich der Mutter sanft über den Handrücken. Da begann Rosalie zu erzählen, denn auch sie musste es loswerden. Auch sie hing anscheinend der Frage nach, warum Hans Meyer zu dem geworden war, was er war. Doch sie kannte seine Geschichte. Und sie teilte dieses Wissen, diese Last nun mit Agnetha. Sie erzählte von den Dingen, die Hans Meyer ihr erzählt und die sie gar nicht erfragt hatte. Ursprünglich hatte sie lediglich sein Geburtsdatum wissen wollen. Stattdessen war seine Lebensgeschichte aus ihm herausgesprudelt.

Er war der älteste Sohn einer in armen Verhältnissen lebenden Familie. Der Vater war lange arbeitslos gewesen, später aber als Bergmann bei der Preussag tätig gewesen. Er war ein Tyrann, schlug seinen Sohn gerne mit einer Gerte, wenn dieser etwas falsch gemacht hatte. Und er machte oft etwas falsch, denn er war ein Tollpatsch, wie Hans Meyer selbst von sich behauptet hatte. Sein Bild vom Vater war geprägt von Furcht. Nachts träumte er oft von der wutverzerrten Fratze des Vaters, wie sie über ihm hing. Und über allem tanzte der Stock. Die Mutter war nicht viel liebevoller. Sie schlug zwar nicht so oft und nicht mit dem Stock, sie hatte aber so viel mit den nachfolgenden fünf Brüdern und einer Schwester zu tun, dass sie kaum Zeit hatte. Hans kannte sie nur ›in anderen Umständen‹. Eines Tages war er mit dem Vater neben den Bahngleisen unterwegs, um Kastanien zu sammeln. Sie überquerten die Schienen und der Vater klemmte sich den Fuß an einer Weiche. Es musste wohl irgendetwas gerissen oder gebrochen gewesen sein, denn Meyer erzählte, dass sein Vater, nachdem er sich aus der Weiche befreit habe und aufgetreten sei, laut geschrien habe. Dann sei er umgefallen. Auf die Schienen. Ganz benommen sei er gewesen und habe dem kleinen Hans die Hand hingehalten. Der Sohn hatte noch versucht, ihn herunterzuziehen. Doch dann kam ein Zug. Als der kleine Hans davonsprang, brüllte sein Vater hinter ihm her und nannte ihn einen Versager, einen Feigling. Hans blieb nicht stehen. Den ganzen Tag rannte er. Rannte und rannte, bis er gar nicht mehr wusste, wo er war. Irgendwann hat ein Polizist ihn gefunden und nach Hause gebracht, wo seine Mutter ihm eine Backpfeife verpasst habe. Die folgende Zeit war hart, denn die Armut war nunmehr ein permanenter Gast. Doch für Hans wurde die Zeit schöner. Zwar stellten sich wieder Albträume ein, dieses Mal allerdings war es ein nahender Zug. Und keine auf ihn niederschmetternde Gerte. Der Albtraum wurde mit den Jahren blasser, kam seltener. Vaters Gerte verbuddelte der kleine Hans im Wald und sie fuhr nie wieder auf ihn herab.

Im Ersten Weltkrieg, in den er zum Schluss noch eingezogen wurde, wurden die Leichen Alltag. »Und jetzt …«

»Wie kann so jemand denn bei der Polizei arbeiten?«, fragte Agnetha.

»Wieso?« Emilias Mutter schaute sie erstaunt an. »Er war doch abgehärtet. Die Polizei braucht Leute, die auch mal 'ne Leiche sehen können.«

Agnetha verzog ihr Gesicht. ›Ja‹, dachte sie, ›und welche, auf die sie spucken kann. Wobei das vielleicht gar kein polizeispezifisches Merkmal war. Vielleicht war es unser aller Merkmal als Gruppe.‹

»Aber er war wohl wirklich zu gedankenlos und untalentiert«, unterbrach Rosalie Agnethas Gedankengänge. »Darum hat man ihn dort lediglich Laufburschentätigkeiten machen lassen, was ihn sehr gewurmt hat. Er hatte mit einer Beförderung gerechnet, die meine Sterne aber nicht hergaben. Meine Sterne hatten mir nur leider nicht verraten, dass er mit negativen Schwingungen nicht umgehen konnte.« Sie senkte den Kopf.

»Das tut mir alles sehr leid.« Agnetha stand auf und strich der Mutter über die Schulter. »Für Sie und für Emilia.« Sie überlegte einen Augenblick und fügte hinzu: »Und auch für Hans Meyer.« Agnetha schlug die Augen nieder. Vielleicht war es auch gar nicht die Wut über die teuer bezahlten schlechten Neuigkeiten gewesen, die Hans Meyer hatten zum Täter werden lassen. Agnetha nahm an, dass der Grundstein viel früher gelegt worden war. Nun, da sie seine Kindheitsgeschichte kannte, glaubte sie vielmehr, dass es der Stock war, zu dem Emilia gegriffen hatte. Der musste etwas in ihm ausgelöst haben. Doch das sagte sie nicht. Sie wollte ihr Deutungsvermögen nicht das über einer trauernden Wahrsagerin stellen.

Rosalie Pacifico saß einfach da. Ihr Kopf nickte kaum merklich in einem gleichmäßigen Takt.

»Leider muss ich jetzt gehen«, sagte Agnetha. »Meine Zeit hier ist begrenzt.« Sie wandte sich ab, doch dann hielt sie inne. »Könnten Sie mir einen Stift und einen Briefumschlag geben?«

Emilias Mutter nickte und deutete auf einen Tisch in der Ecke. Agnetha machte drei Schritte. Ihre Augen suchten den Tisch ab. Es lag sehr viel Papierkram herum. Einen Stift fand sie in einer Zigarrenschachtel. Den Briefumschlag entdeckte sie, als sie einige Zettel zur Seite räumte.

»Danke.« Agnetha machte zwei Schritte auf die Tür zu.

»Sag ihr, dass ich sie immer bei mir trage«, flüsterte Rosalie ihr hinterher.

Einen Moment stockte die Zeitreisende. Dann blickte sie zu Rosalie und nickte.

Sie würde sie also noch einmal treffen.

Doch zunächst hatte Agnetha noch eine Kleinigkeit zu erledigen. In Ibbenbürens Innenstadt kaufte sie sich eine Zeitung vom gestrigen Tag, schnitt den passenden Artikel aus und näherte sich dem Polizeigebäude. Sie nahm an, dass in der ursprünglichen Welt von 1925 die Polizei dem Selbstmord von Hans Meyer kein Augenmerk geschenkt hatte, zumindest nicht im Zusammenhang mit dem Mord an Emilia. Vielleicht hatte man ja auch angenommen, Hans Meyer sei in seiner Zerstreutheit vor den Zug gelaufen. Wer wusste das schon? Vielleicht war der Hut nicht erwähnt oder nicht gefunden worden. Oder ein gedankenloser Polizist hatte ihn einfach entsorgt. Auf jeden Fall hatte es damals wohl nicht die Idee gegeben, Hans Meyers Tod mit dem von Emilia in Verbindung zu bringen. Diese Verbindung würde Agnetha jetzt herstellen. Sie musste sicherstellen, dass die Polizei dieses Mal einen Zusammenhang erkannte. Sie nahm an, dass Kommissar Peters ihren Hinweis richtig zu deuten wusste. Schließlich hatte ihr die jetzige Zeitschiene ja bereits gestern ihren Nico zurückgegeben und somit vielleicht vorausgesetzt, dass sie der Polizei die passende Information noch einreichen würde.

Sie nahm den Zeitungsausschnitt, markierte die Erwähnung des Cowboyhutes und steckte den Artikel in den Briefumschlag. 'Für Kommissar Peters' schrieb sie auf den Umschlag und schob ihn unter der Tür durch.

*

Am Friedhof setzte sie sich auf die Bank, die an der Kapelle stand. Hier, wo sie Emilia das erste Mal getroffen hatte, saß sie nun und wartete. Ihr Rucksack lag neben ihr. Die Zeitung hatte sie bereits hervorgeholt.

Es dauerte tatsächlich nicht lange und Emilia kam hinter der Kapelle hervor. Sie setzte sich neben Agnetha.

»Ich glaube, heute treffen wir uns zum letzten Mal«, sagte Emilia.

»Ich denke.« Agnetha hielt Emilia die Zeitung hin. »Er hat sich umgebracht«, sagte sie. »Es war Hans Meyer, euer verärgerter Kunde.«

»Also nicht Achim.« Emilia blickte in die Ferne zu den hohen Bäumen. Sie schien erleichtert.

»Nein«, sagte Agnetha, »es war nicht Achim.« Ihr Blick suchte ebenfalls die Bäume, zwischen deren Blätter die Sonne tanzte. »Zum Glück nicht.« Mit einem Lächeln auf den Lippen stand Agnetha auf.

»Du bist auch froh darüber?« Emilia zog die Augenbrauen hoch.

»Und wie«, lachte Agnetha. Sie gab Emilia die Zeitung, warf ihr einen Handkuss zu und eilte dann zum Grab von Anton Wegmeister.

Es war Zeit, dass sie wieder dahinreiste, wo die Zukunft für sie begann. Die gemeinsame Zukunft mit dem Enkel von Achim Perkhan.

Emilia schlug nochmals die Zeitung auf. Unter dem Artikel zum Selbstmord von Hans Meyer stand eine kleine handschriftliche Notiz: »Deine Mama trägt dich bei in ihrem Herzen – bis ihre Flügel sie eines Tages zu dir bringen werden.«

Emilia legte die Zeitung beiseite und stand auf. Aus ihrem Auge wischte sie eine Träne. Ihr Mund zeichnete ein Lächeln.

Nachwort

Liebe Leserin, lieber Leser,
ich freue mich, dass Sie gemeinsam mit Agnetha diese Reise angetreten haben und hoffe, dass sie Ihnen gefallen hat. Wie immer möchte ich am Ende noch ein paar Dinge erwähnen, die mit meinen Recherchen zur Vergangenheit zu tun haben.

Einer der Haupthandlungsorte in diesem Roman ist der Zentralfriedhof in Ibbenbüren. Dazu möchte ich mich zunächst einmal outen und sagen, dass ich eine geborene Ibbenbürenerin bin und dieser Roman für mich etwas Besonderes ist. Wie der Friedhof derzeit ausschaut, weiß ich ziemlich gut. Er ist parkähnlich angelegt und ein Gang zwischen den vielen alten Bäumen lässt einen dort eintauchen und die Zeit vergessen. Apropos Zeit. Ich muss gestehen, ich weiß nicht exakt, wie der Friedhof 1925 aussah. Lassen Sie es mir bitte als künstlerische Freiheit durchgehen, wenn ich ihn nicht zu sehr zu heute verändert habe. Das im Roman vorkommende Kreuz trägt die Jahreszahl 1919, das Jahr, in dem auch der Friedhof dort angelegt wurde. Dass Agnethas Lieblingstoilette in dem kleinen Anbau (heutzutage wirklich dort anzutreffen) früher eine Rumpelkammer war, ist meiner künstlerischen Fantasie entsprungen (schließlich sollte sie ja ein wenig was zum Aufräumen haben☺).

Ein weiterer Schauplatz, an dem Agnetha auf ihren Touren zu den Dörenther Klippen (ein empfehlenswerter Ort für Wanderungen) vorbeikommt, ist die Ibbenbürener Sommerrodelbahn. Sie ist dem Einfall eines Bergmanns entsprungen und am 13.Mai 1926 rodelten dort die ersten Schlitten hinab. Auf der **Website der Sommerrodelbahn** gibt es weitere Infos. Vielleicht lohnt sich ein Besuch ja? Als Kind bin ich dort gerne den Hang hinabgesaust☺.

Margot, die Freundin von Achim, bezeichnet Ibbenbüren einmal als Kleinstadt. Nun, vielleicht fragen Sie sich ja, wie groß Ibbenbüren damals war. Meinen Recherchen zufolge (aus ›Ibbenbüren – Einst und Jetzt‹ von Anton Rosen entnommen) betrug die Einwohnerzahl 1925 7.334 Personen

(Ibbenbüren Stadt), 8.448 Personen (Ibbenbüren Land) und gesamt 15782 Personen. Laut Wikipedia gilt die Bezeichnung ›Kleinstadt‹ von 5.000 bis 20.000 Einwohnern. Also lag Margot richtig mit ihrer Bezeichnung. Heute geht die Einwohnerzahl übrigens auf die 54.000 Personen zu.

Das Werk von Anton Rosen ist übrigens eine freundliche Leihgabe des Ibbenbürener Stadtmuseums, bei dem ich mich gerne für die freundliche Unterstützung und die vielen Informationen bedanken möchte. Wer weiter in das Ibbenbürener Leben und das der Familie Többen eintauchen möchte, sollte auf jeden Fall das liebevoll hergerichtete Museum besuchen.

Und die **Website des Stadtmuseums Ibbenbüren** ist einfach super. Dort gibt es in der Rubrik ›gestern und heute‹ sehr viele Fotos, die einen durch die Straßen führen – einmal aus heutiger Sicht und dann wieder von früher – stets vom selben Standpunkt aus. Total interessant😊.

Falls Sie noch Fragen oder Anregungen haben oder Sie mir ein Feedback schicken möchten, so freue ich mich auf eine Nachricht von Ihnen über **jamiecraft@ewe.net**. Gerne dürfen Sie ihre Meinung auch über eine Rezension auf Amazon oder über eine Leseplatt-form kundtun.

Zu finden bin ich außerdem auf Facebook unter **facebook.com/JamieCraft.Autorin** und auf Instagram unter **instagram.com/jamie._.craft**.

Meine Website können Sie unter **jamiecraft.blogspot.com** aufrufen. Dort können Sie auch einen **Newsletter abonnieren** und bleiben somit immer informiert über Gewinnspiele, Neuerscheinungen und sonstige Neuigkeiten.

Unter dem Pseudonym **Pebby Art** schreibe ich Kinderbücher und humorvolle Cosykrimis.

Ich hoffe, wir lesen uns bald wieder und ich wünsche Ihnen alles Gute und viele spannende, humorvolle, mitreißende und erholsame Lesestunden.

Beste Grüße

Jamie Craft

Weitere Bücher der Autorin

Die verbotene Seite
Ein historischer Roman aus dem alten Frankfurt (1887)

Himmelsstern. Das Ferne so nah (Band 1)
Himmelsstern. Der Weg zurück (Band 2)
Himmelsstern. Das Geheimnis der alten Frau (Band 3)
Mitreißende Familiengeschichte aus dem Nachkriegsdeutschland

Die Prophezeiung: Das Inferno von Little Germany, New York (Band1)
Lillies Reise gegen die Zeit (Band 2)
Zwei Zeitreiseromane nach einer wahren Tragödie, die sich 1904 auf dem East River ereignete.

Alle Bücher auf Amazon erhältlich

Printed in Poland
by Amazon Fulfillment
Poland Sp. z o.o., Wrocław

73766471R00115